巴金故居 策划

第四病室

手稿珍藏本

巴金 著

華文出版社

图书在版编目（CIP）数据

《第四病室》手稿珍藏本 / 巴金著 . -- 北京 : 华文出版社 , 2019.8
ISBN 978-7-5075-5161-7

Ⅰ . ①第… Ⅱ . ①巴… Ⅲ . ①中篇小说－中国－现代
Ⅳ . ① I246.5

中国版本图书馆 CIP 数据核字 (2019) 第 152650 号

《第四病室》手稿珍藏本

作　　者：巴　金
责任编辑：余佐赞　戴明敏
装帧设计：北京禾风雅艺图文设计有限公司
出版发行：华文出版社
社　　址：北京市西城区广外大街305号8区2号楼
邮政编码：100055
网　　址：http://www.hwcbs.com.cn
电　　话：总编室010-58336239
　　　　　发行部010-58336212
经　　销：新华书店
印　　刷：天津艺嘉印刷科技有限公司
开　　本：965mm×635mm　1/16
印　　张：26
字　　数：40千
图　　片：371幅
版　　次：2019年8月第1版
印　　次：2019年8月第1次印刷
标准书号：ISBN 978-7-5075-5161-7
定　　价：298.00元

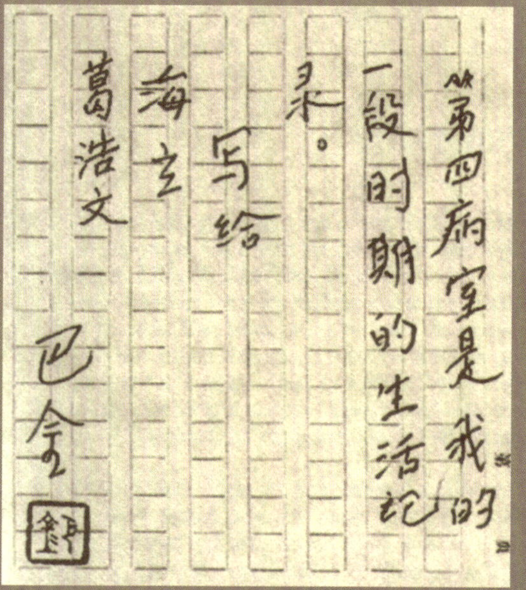

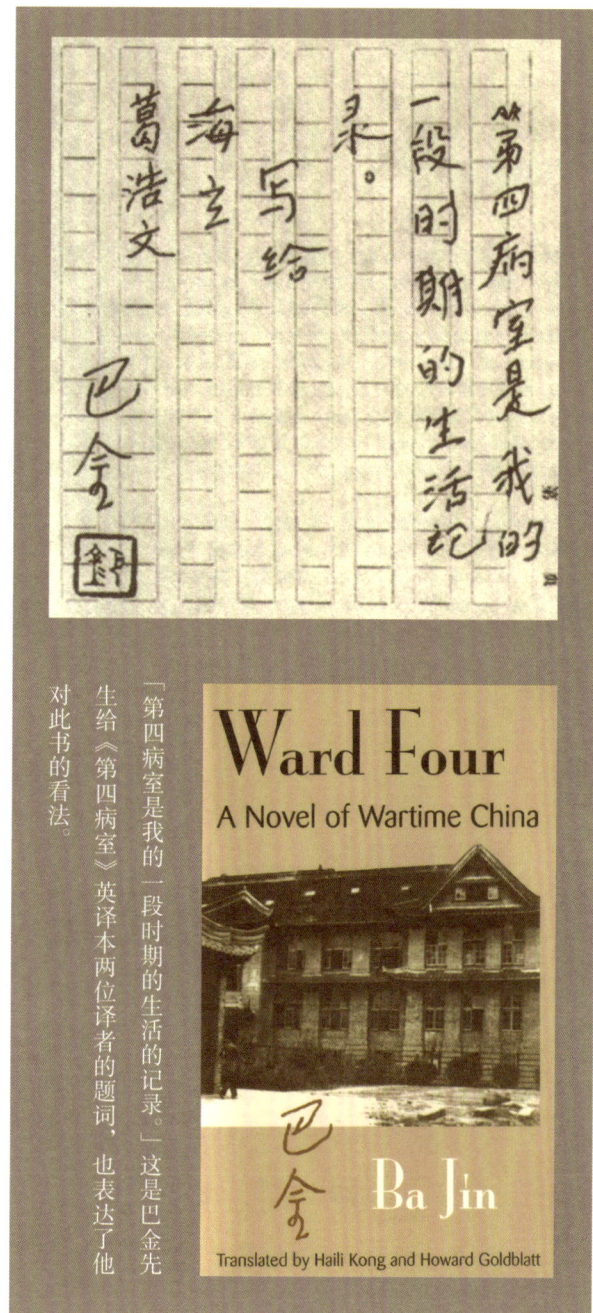

「第四病室是我的一段时期的生活的记录。」这是巴金先生给《第四病室》英译本两位译者的题词，也表达了他对此书的看法。

目录

《第四病室》手稿

第四病室

中篇小说
"第四病室"（巴金作）
原稿共一百八十五页
一九四六年一月
上海良友图書公司出版

第四病室

巴金作

第一章

六月一日（星期四）

下午三點鐘我搬到醫院裏來了。一個看護拿着一塊牌子引我到三等病房去。我跟着她從登記處出來，順着一條石板鋪的路，穿過兩道門，拐了兩個彎，走進一個小小的院子。看護是個高身材的少女，腿長，腳步下得急，這條路不用說是她走慣了的。但我卻是第一次走到這裏來，前天上午下過一陣雨，石板還有點滑，我又穿着膠底皮鞋，不慣走這種路，何況右手還提着一個包袱，我差一點跟不上她了。看見這個小院子，我不覺寬慰地吐了一口氣，我想應該是這裏了。那個房間的門上掛着第四病室的黑漆的木牌。[redacted]院子裏有一叢芭蕉和十多株高的草。[redacted]

[redacted]那個看護沿着石板路進第四病室去了。我跟在她後面。

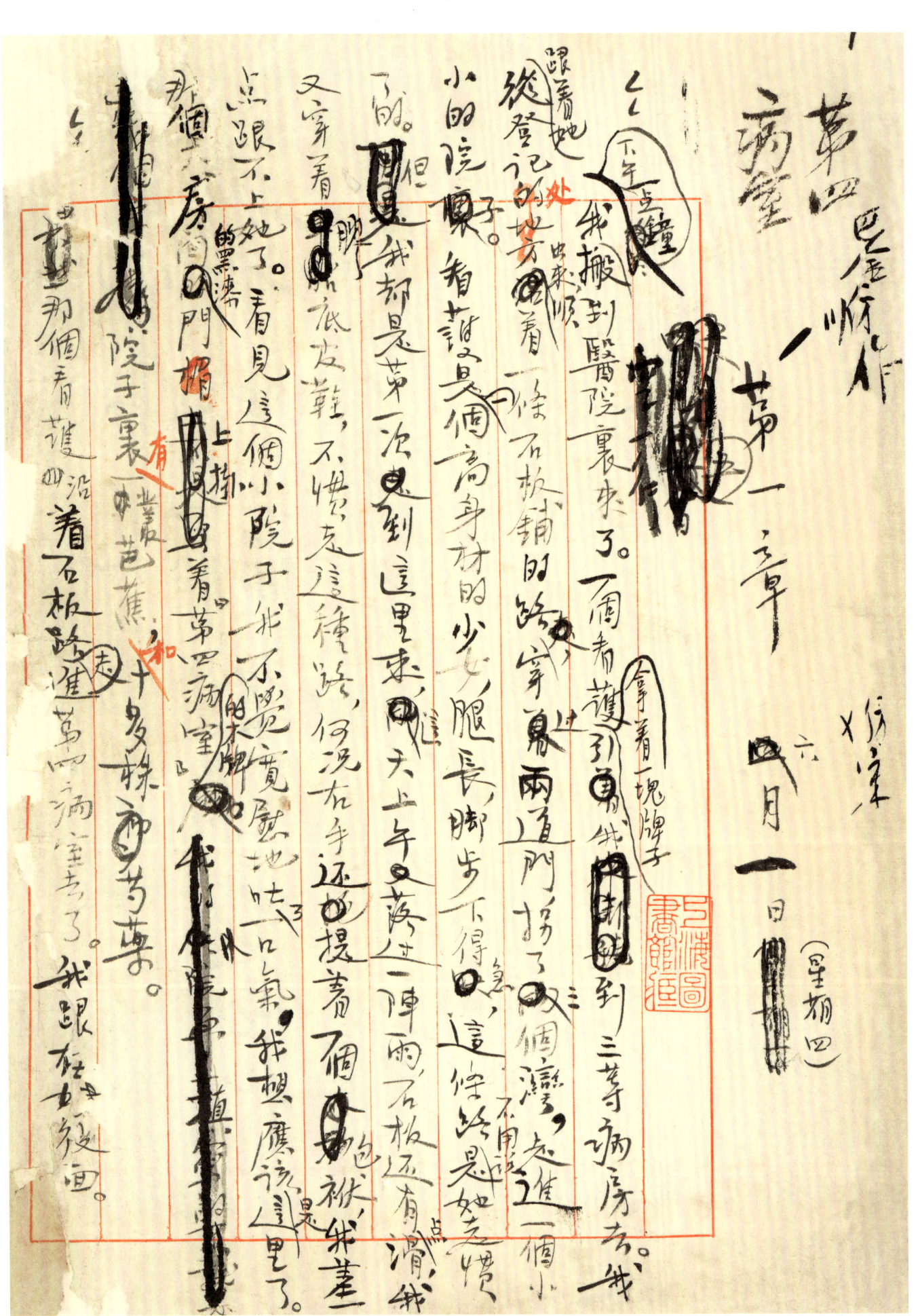

跨進兩寸高的門檻以後，我第一個印象是：到處都是床和人。正對着門有一張條桌，桌上放了一堆紙件，兩個鋼筆和墨水。我跟着看護走到條桌前，她把我介紹給坐在那里的一位穿藍色旗袍燙頭髮的中年女人，她稱她做汪小姐，把手裏的單子交給她，就轉身走出去了。

汪小姐站起來，一面看單子，一面問我：「膽素有嗎？」「膽囊發炎了？」我答道：「說是。」她又問：「陸先生自己帶鋪蓋嗎？」我答道：「沒有。」她便解釋地說：「鋪蓋少，病人多，洗得不勤，不大乾淨。自己帶鋪蓋來好一点。」我說：「我以前不曉得。」我心裏想：住在醫院裏，恐怕什麼不乾淨！

她不再問什麼了，就指着右邊角落裏一張靠牆的床鋪对我說：「這里，床已鋪好了，第五床，請过去休息吧。」她微微一笑，便把頭掉開了。

我抱着我的一包衣物，經过一病床中間窄小的过道，走向她指給我的那張

2

病床。第五号，一块黑底白字的洋铁号牌挂在床头墙上，让人不会看错。

许多对陌生的眼睛把我一直送到第五号病床。

床上铺着白布被单，是新洗过的，不过上面还留着一块饭碗口一般大的黄色药迹。这使我记起了汪小姐的话。床头靠着墙，左手挨近第六号病床，右边靠墙，不过中间各有一块过道，各隔着一個小方櫃，小木櫃，那是靠着床头墙安放的，左边那個櫃上放着一個痰盂，下面有門，裏面分两层可以存放我带来的衣物。床下有一個方凳，凳上放着一把起了一点锈的夜壶。

我不需要别人给我解释，便知道在我住院的期間，我可以自由使用的东西就只有這麼一点兒。和两把茶壶，显然是给我们两人分用的。第六床的櫈子被铁架占去了。我再看脚下，這是一片陰湿、污黑、不十分平坦的土地，我又往上看，上面沒有天花板，屋頂相当高，兩边牆上各有兩個墻通氣的高窗，兩边木壁上各有兩排可以撑起放下的格子窗，糊窗的白皮紙破了，就不曾重糊，現在成了麻雀飛翔的航路了。這病房比尤醫生家的病室差得太多。不过牠並沒有使我失望。這只是三等病房，每天只收住院費三十元，連伙食連普通醫藥費都包括在内，比最下等的旅館最壞的房間還要便宜。在這里住上兩個月，牠的全部費用是我可以担得起的。所以我很感謝尤醫生把我介紹到這個醫院來。

〻我把衣服包放在床上，打開牠，拿出肥皂、牙膏、牙刷放在櫃上，把臉帕掛在臉帕架上（櫃子的一边釘得有個臉帕架），把別的衣物塞在櫃子裏面。櫃子並不大，不过我帶來的東西也不多。

〻做了這些事情以後，我感到了一点疲倦。我覺得頭有点暈，又有点發燒。我想躺下來休息。

3

我这个病的时候，我就不会感到什么痛苦。但是我一想到我的病时，那痛苦就可以使我难……

我必须等我看到一件使我感兴趣的事情，我才能够忘记它。

我想躺下来休息……我便脱下……一面把枕头垫得高高的，我穿着线衫睡在被窝里。

我把手按住我觉得痛的地方，一面随意地睁大眼睛看我四周的情形。

那些病床，那些病人，那些陌生的面孔，那些新奇的声音渐渐地吸引了我的注意。

我这一排一共有七张床，我是第七床，都是床头靠着白粉墙的，床头朝着我……

在我的脚下放着第十二张床，那是第十一床，每张床的右边都靠近床头有一个木柜。

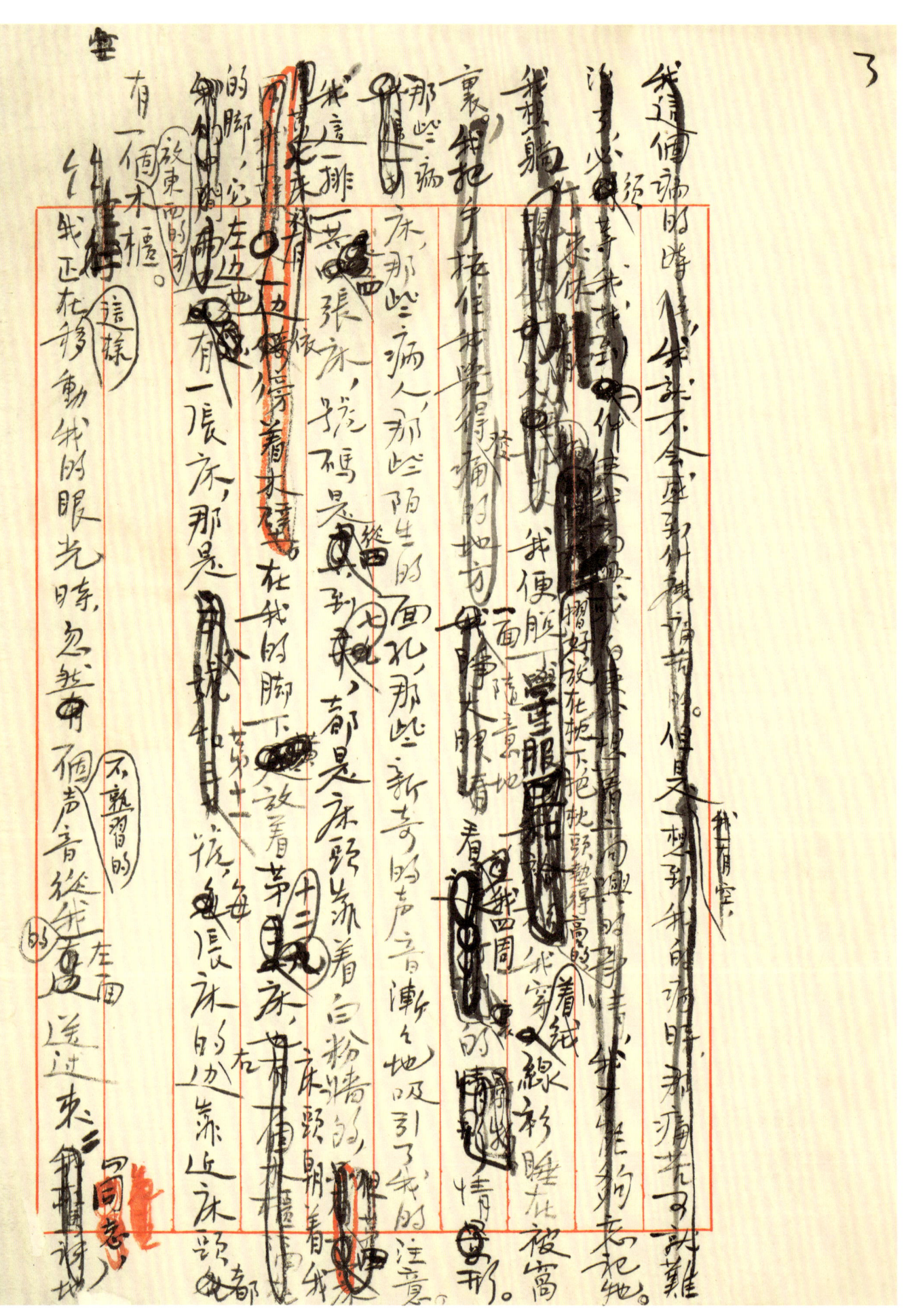

这样我正在移动我的眼光时，忽然有个不熟习的声音从我的左面送过来：“同志，……”

「們，請吃餅乾。」

我驚訝地側過頭去看。說話的是第六床的病人。他伸出光着的右膀，拿着一塊餅乾放在嘴裏嚼着，胸前被單上正攤開一包餅乾。他的眼光從餅乾上移到我的臉上來。

「我不餓，謝謝你。」

「你不要客氣呀，我是吃不完的。」

他說着，他好像在笑，可是我卻看不見他的笑容。他的臉帶紅黃色，是年青而健康的面容。五官也頗端正，只是眉毛和眼角都往上斜，成了倒八字的形狀，頗像戲台上裝扮的眉眼。這給他那樸實的農民的臉孔上塗了一點怒容。他的左膀高高地舉起來，纏着繃帶，從肘拐一直纏到手腕，只露出一隻手，手指曲着，被吊在一個鐵架上，這個簡單的鐵架就放在床上面，而且是用繩子縛牢了的。

「你的左膀？」我的眼睛望着那鐵架，我嘴裏吐出了這半句問話。

「是跌傷的，骨頭跌斷囉，」他說着，也看了一下他那隻跌斷的手臂。

「怎麼跌斷的？」我又問一句。

「我跟我們廠裏兩個同事，坐三輪卡到花溪去玩。那開車的是我們的司機，真渾蛋，才走了一公里，就把車子開翻了，我們兩個都受了傷。我昏了好半天才醒轉來。一臉一身都是血。先抬到陸軍醫院，那個地方只有一個勤務兵照顧，要茶要水都不方便。我住了兩天，這裏有了病床，我就搬過來。」他一口氣說了這許多話，

他說得慢，但我也不想阻止他。他說的是普通話，不過帶着江浙人的口音。他吐字並不十分清楚。他身子躺得筆直。說話時他微微動了動左右膀，臉稍稍向我這面偏了一下，兩個眼珠向着我這邊來。

「你住院有幾天了？」我在他停了嘴的時候，問他。

“今天第六天了，進來的時候說是兩個星期就可以接好的，”他說着，一面把餅乾放到床頭櫃上面去。“真苦，動都不能動一下。”他解釋地加了一句。他兩道濃眉皺得更緊了。

“不要緊，過兩天就会好的，”我這樣安慰他。

“說不定。第一床那個人睡了兩個月了，還没有聽說要取石膏架子。我連石膏都沒有上，”他指着靠門邊的第一號病床說。

我朝他指的那張床看，我只看見被單下面聳起一大堆東西，我看不清楚那個人平躺在枕上的頭。

“他是接骨腿吧？”我又問。

“是給機器打斷的。你隔壁第四床是割盲腸的。”

我聽見他這樣說，便把臉掉向右边去看第四床的病人。那里沒有枕頭，一張灰白色的臉平平地放在墊被上。眼睛半睜開，嘴唇没有血色，急促地吐着氣。

「痛得厲害吧？」我耽心地問道。我心裏跳得很厲害。我有點害怕；

「這倒不要緊，過兩天就好的，」他仍舊把頭偏回左边。「我也是來開刀的，並且是大手術。比不得我們。」

「請問你貴姓？」

「我姓陸。」

「我叫朱雲標。」我沒有問他的姓名，他自己說了出來。其實他不說我也會知道。我無意間看了他的床號牌一眼，床號下面就貼着他的姓名和入院日期。他是上月廿六日入院的。

「我在××材料庫當庫員。」

在這時我忽然聞到一陣小便的臭氣，不覺自語道：「哪里來的臭氣？」

「老鄭來倒小便壺啊，」第六床接着說。

「我不知道老鄭是誰，但我看見一個工人提了一隻鉛桶朝着我們這面走來，他把桶放在第四床床腳，卻去拿了第六床的便壺來，把小便倒在桶裏。我聽見一陣濺水聲，正要找手帕蒙着鼻孔，一股帶大蒜氣的尿臭已經撲到鼻孔來了。工人把便壺放回到原處，又去把鉛桶提到第七床床腳放着。又是一陣暴雨聲和一陣臭。工人放回便壺後，我看見第六床伸了右手到床下面去摸凳子。他的手只能摸到凳子的一隻角。無論如何他拿不到便壺。

「唉呀，又是這樣放！」第六床皺緊濃眉自語道。接着他大聲喚道：

「老鄭，老鄭！」

「老鄭已經到第九床那里去了，他回過頭板着面孔問道：「什麼事？」

「小便壺，我拿不到呀！」第六床焦急地說。

「拿不到，你講話客氣一點。這個'請'字，又不是花錢的事。我們也是人啊！」

老鄭說着，他那張四方臉還是死板板的，不說肉，連挨近鼻樑地方幾顆麻子也不肯動一下。他也是濃眉，厚嘴唇，只是鼻子却是蹋的，眼白上帶了幾根紅絲。

「這總是樣兒，」我才只說了兩句話，第六床訴苦般地自語道。

老鄭走過來，嘴裏嘰咕着，伸手把第六床床下的凳子拉了一半到外面，他又拿起便壺用力在凳上一放，一面說：「現在拿得到，你喝吧，你喝吧。」他並不正眼看病人，就氣沖沖地走了。接着倒水的聲音又響起來。

「這個工友為什麼這麼大的脾氣？」我感到一點不平，又覺得有點奇怪，暗暗想道。可是第六床却不作聲了。

我也不想再講話。我的病痛不知道在什麼時候已經消失了。我有一點兒睡意，就慢慢閉上眼睛。

「我迷迷糊糊地過了不會兒，這中間我好像聽見隔壁第四床病人的嘔吐声，但我也並不注意。

空一行

「試表，試表！」少女的声音在我旁边喚着。我睜開眼睛。一個矮胖的看護小姐站在我床前，她遞給我一支温度表，說：「好好地擱在嘴裏。」我点点頭。我把它放在口裏。我想笑，想說：「難道這個我都不知道！」又聽見她在說：「把手伸出來！」便把手伸去給她，讓她去數脈搏。她默默地在一個小本子上用鉛筆劃了兩三個字就走了。我聽見她又在喚第四床：「試表！試表！」那個第四床的病人發出兩声苦痛的呻吟。

「你还難过嗎？」少女的声音問道。

「痛，」病人含糊地答應了一句，我聽不出他在說什麽。

「你要喝水，是不是？」她柔声再問。

「痛，」病人短短地應了一声。

「我拿給你喝好啦。」她拿起櫃上的茶壺，俯下身去，把壺嘴

7

放到病人的口边，讓水慢々流進病人的嘴裏。

「夠啦，等一會兒再喝吧。」她像吩咐一個小孩似地說。我看那個病人，他唇邊有一圈短々的鬍子，額上有好幾條縐紋。他至少比她大十多歲。在他面前她卻露出那樣的大人氣。其實她不过是一個十七八歲的女孩子。

「胡小姐！胡小姐！」第九床的病人在喚她。

「哪樣？」她抬起頭問道。

「你今天進城吧？」

「今天我不進城。方小姐進城。你要買哪樣？」胡小姐微笑道。她的臉形像一個「日」字，滿圓的。

「方小姐是那個身材高々的吧？」第三床的病人坐起來說。他是个個三十左右的人，顴骨略高，牙齒也稍々突出。頭髮剪得帶點滑稽相。

「那是袁小姐，人家臉並不長啊。方小姐就是那個嘴突出的，不大愛笑的，不過人都是很好的。試表！」她說着，走到第三床跟前，把表遞給那個病人了。

「說好，我看這個醫院裏就只有你胡小姐好，沒有哪個比得上！」第三床又帶笑說。

她他還不把溫度表放進嘴裏去。

「不要亂說吧，這個醫院裏有四個病室，你沒有見過的護士多着呢！」

胡小姐笑答道，她又催他一聲：「快試表，不要拿着玩！」她一面在數他的脈膊。

「我又沒有發燒，還天天試溫度幹什麼！」第三床不在乎地說。

「那你不管。只要住院一天，不管病好沒有好，就得試溫度，驗脈膊。」胡小姐說完，就向着第二床走去，不再理那個病人了。

「我口裏還啣着一支溫度表。她不來拿去，我不能忍耐，只想取出。

8

來，讓自己看一下。我果然取出來了。可是我把她橫拿在手裏，始終看不出水銀升

到多高，我看了又看，還是不知道我的溫度多少。

「胡小姐來了。」「不要自己拿出來亂看。」她責備地說，就把溫度表從我手裏拿了

去。「又發燒嗎？」我問她。「有一點，不要緊。」她答道，就匆匆走開了。

第四床的病人忽然哇地一聲嘔吐起來。我聽見第三床在喊：「胡小姐，快來，第四床

吐了。」「不要緊，他是要吐的，」胡小姐回過頭朝第四床望了一眼，簡單地答道。她繼續向着

病室裏護士們辦公桌那邊走去。那是護士們辦公的地方。條桌後面還有一塊略帶方形的空地，

正面牆上開了一堵大窗，兩邊各設着一個放藥品和用具的帶擱板的櫥。

「第四床又止了吐，歇了一兩分鐘，卻含糊地叫起來，聲音不大，我只聽見「小姐，兩

個字。我不知道他要什麼。我看他，他臉色黃得真難看，嘴唇苦痛地微微動着。

〃〃：胡小姐，胡小姐，第四床叫你！〃第三床那個病人大聲說。

〃：胡小姐正在桌前和護士長汪小姐講話，就掉轉頭來問了句：〃哪樣？〃

〃〃：他請你过來有事情，〃第三床帶笑說。

胡小姐遲疑一下，也還是走過來了。她直走到第四床床前，埋下頭，声音溫和地問那個病人〃：你要哪樣？是不是要喝水？〃

〃〃：病人訴苦地說了兩句話。声音还是不清楚，不过我聽懂了他的意思：他心裏難过，要睡枕頭。〃

〃〃：不行，你打过麻藥針，不好睡枕頭，今天故意把你枕頭拿去的。再难过你也得熬过今天，明天好囉，〃胡小姐搖搖頭說。

〃〃：病人應了一声，就不再響了。我却想着：他還是半身麻醉，就這樣難受。我將來

30

兩刀時要用全部麻醉。那么我受得了，這樣一想，我心裏真有点害怕了。我掉过臉不敢再看他。我勉强閉上眼睛，想睡一會兒。

空

〃老鄭，老鄭！你去給我叫一碗大滷麵來。〃我聽見一個好像熟習的声音大声在調說。我睁開眼，先看見老鄭端了一個盤，盤着幾個淺口的土飯碗走到第四床跟前，放了一個碗在那上，[illegible]說：〃你自己会吃嗎？〃滷人哼了一声。老鄭也不去管他說什麼，就轉身走向第二床問道：〃蘇先生，你喊肉絲麵？〃

〃大滷麵，快点兒去，我餓得受不住了！〃第三床露出一排黄牙齒带笑說。

〃好的，〃老鄭答應一声，他又向第七床走去。他留下一個碗給那個病人。

“老鄭，老鄭，”這是第六床的呼喚聲。老鄭回过頭憎厭地朝第六床看了一眼，連哼也不哼一聲。

“我要買雞蛋，”第六床似乎还没有感覺到這種恨意，他只顧自己說，他的右手伸在枕頭下面摸他的鈔票。

“剛纔走过你面前，你連屁也不放一個。急出了你倒要買東西啦，我又不是你的飯童的聽差，”老鄭咕嚕着。他並不理睬第六床，卻端着木盤……

八床……到对面一部分去了。

……床十八床和第六床是……像直線……

老鄭走遠了。第六床的右手抓着那張鈔票壓在花被上。他呆了似地望着老鄭的背影，半晌才迸出一聲“啊喲！”接着是一聲嘆息。他的眉毛和眼睛顯得更朝上豎了。“何必這樣欺負人！”他用了一種古怪的聲音低低說

八

我害怕他這樣的神氣。

〻〻"他們那種人曉得要錢，你給他一点錢，他就不會這樣的，"一個陌生的声音接嘴說，說話的人坐在第八床上。一塊白布（也許是一方手帕）從他下巴一直束到前額，在髮際打了個蝴蝶似的結，那兩隻小翅膀高高地翹着。這樣一來，他的臉顯得豐滿多了。他穿着件灰布棉背心，和件白布的襯衫。

〻〻"給錢也到出院時候，這里又不是旅館客棧，"第六床咕嚕着說。

〻〻"現在不比從前了，生活這樣高，天天在漲，哪個人不要錢，"第八床的病人接嘴說。

第八床和第十三床排在一根直線上，在我眼睛看來，牠們是橫放的，中间留了一塊空地位，兩張直放的病床佔據了這地位的一大半，那是第十一床和第十二床。第十一床的床頭靠近第九床的床腳，第十二床的床头挨近第二床的床脚。

「老沈，你又在讲什么？讲个笑话吧。」第三床带笑的答道。

「老沈，现在不好讲笑话，小姐要干涉的，」第六床笑答道。「我在讲医院。就说住院吧。从前在上海，只要搬进医院，你身上不用带一毛钱。现在连胶布都要自己去买来。没有胶布，你就休想换药。再说，钱不够，你缴了一笔住院费，不等你出院，过两天钱扣得差不多的，入院处的先生就会跑来像讨债一般地逼着你要钱。你简直跟钱庄一样……」

「少讲点好不好。你们病轻的不在乎，人家现在也要休息。」第四床今天才开过刀，胡小姐害怕起来，走过来抱怨似地挥着手说，不过她脸上仍旧现着温和的表情。

「好，老沈，不要讲了，免得惹起胡小姐生气，」第三床嘻笑地说。

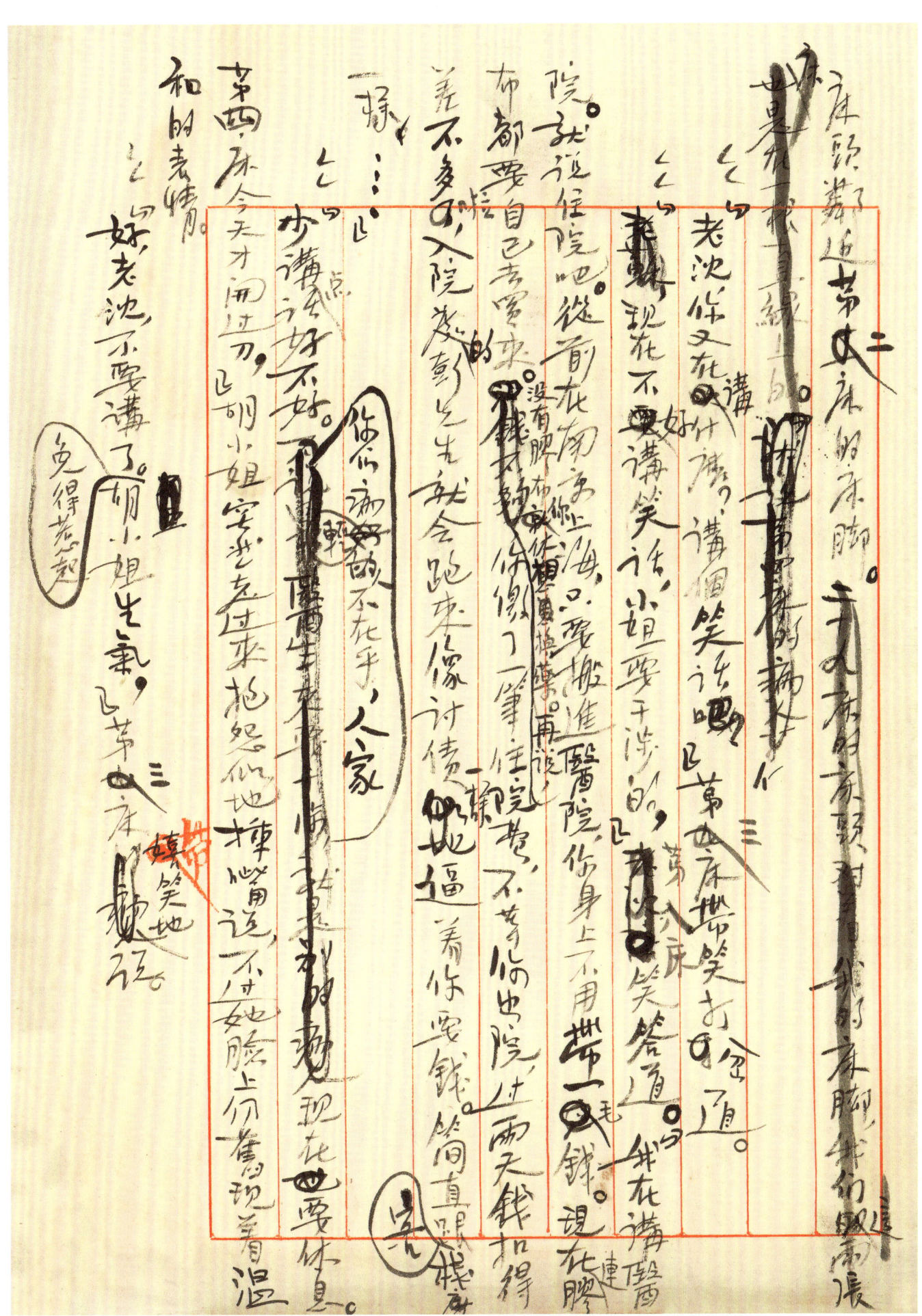

"今天讓胡小姐剉了髮剪子啦，"第八床笑道。他又轉向胡小姐說（半開玩笑地）："胡小姐，好，你學起袁小姐那個樣子來，你本來是個好人。"

"你不要亂說，人家袁小姐也是個好人，"胡小姐的胖臉上現出一絲笑意。

"是我曉得。這里的小姐都是好人，沒有個不好的，"第八床說着，自己忍不住先笑了。

"好，好，不要講了。等會醫生來瞧見又要怪我們護士不負責，"胡小姐微微皺起眉頭說。她說完便掉頭走開了。

第八床做了個鬼臉，這是對着第三床表示的。他也不再作声了。

第三床也躺下去用鋪蓋蒙着頭睡了。

但是屋子裏並不是靜寂的。別的病人在講話。後來胡小姐也在同汪小姐說話。一個穿紅絨線衣的護士從外面進來，在條桌前立了兩分鐘又匆匆走出去了。又接着一個精幹的護士走進來。她坐在藥櫥前面寫什麼東西。

空一行

大夫們進來了，來的不只一個，有男有女，都穿着一樣的白色工作衣。他們談着走進來。前頭一個就是給我看病的馮大夫。我第一眼就認出他應該來看我的病了。這樣一想着，我感到一點寬慰，同時又有一點興奮。

馮大夫和別的大夫們圍着條桌談了一會兒，他們在談話，在看病歷表，女大夫在寫字。我的好奇的眼光只能探索到這一點。但是馮大夫和一個女大夫向着我走來了。女大夫手裏捧着一個放了好些藥瓶的長方形的匣子。她比馮大夫矮一個頭，身子卻比他寬。圓臉，濃髮，大眼，厚嘴唇，特別引人注目。他們立在我的病床的兩邊。馮大夫張開他那彷彿用黑漆筆繪上兩

12

八字胡的薄薄嘴唇，和蔼地笑问道："你好吗？——今天进来了。"

我点点头过后又急切地问他："还好。明天就可以开刀吗？"

冯大夫不回答，却反问我："你不觉得痛苦吧？"

"不。"我不加思索地回答。

"……後，大夫给你照X光相，"大夫看了看病历表，冯大夫说。

"照了X光就可以开刀吗？"我又问。

"不一定。看了相片再说，"冯大夫答道，他揭开我的

"让我看看一下。"

他已经在门诊室里看过了，但是他还要看，而且旁边有一位年

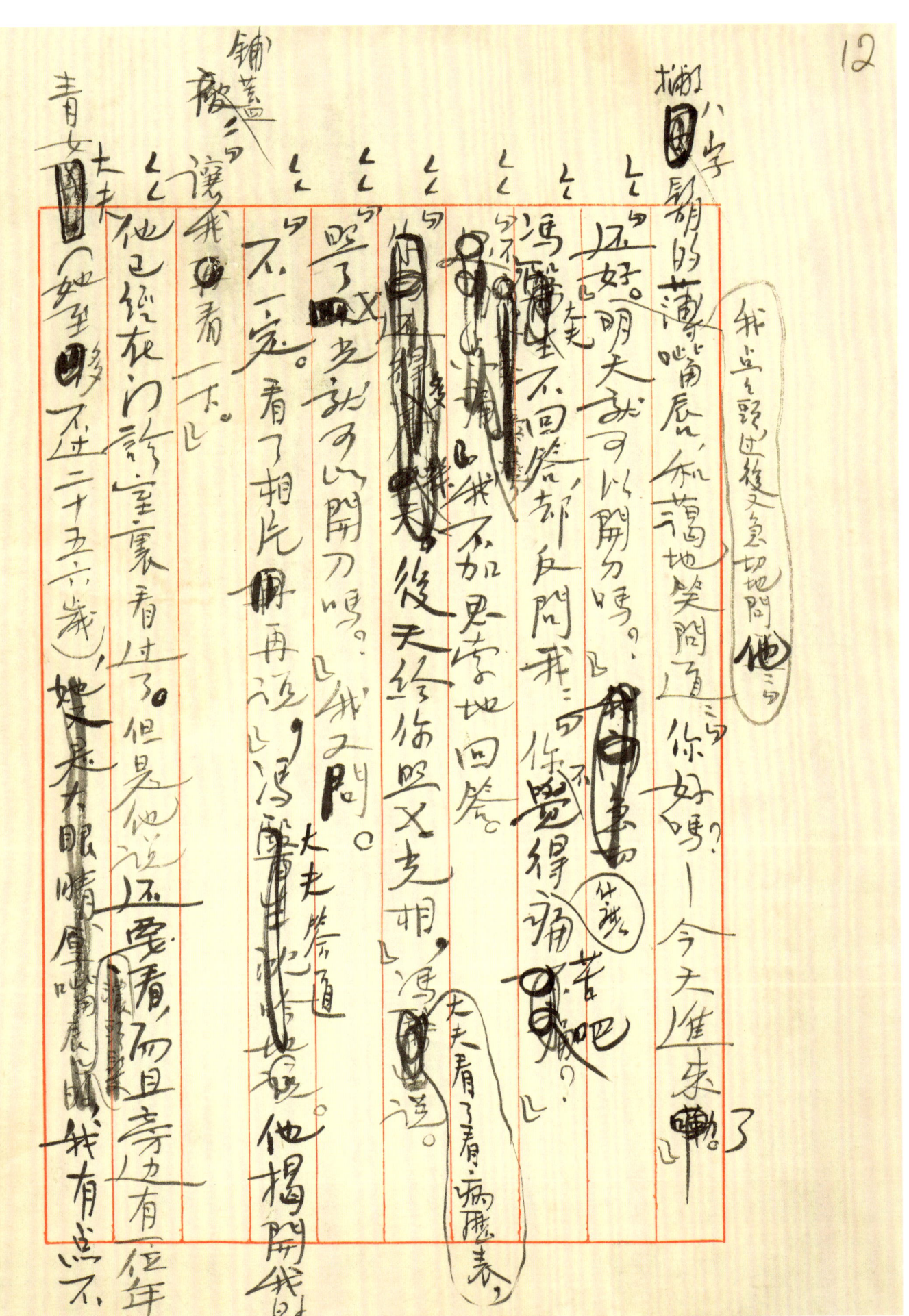

青女大夫（她至多不过二十五六岁），她是大眼睛，厚嘴唇的，我有点不

好意思当着她露出我的肚皮。不但我不能違背大夫的命令。我终于把穿在身上的衣服絨線衣、襯衫、汗衣向上捲起来。他俯下頭，摸摸敲敲聽聽。然後叫我蓋上被。他用英文和女大夫講了些句話。她也用英語回答。我不明白他们講些什麽，我只聽懂幾個單字，都連接不起来。

女大夫開始向我問話。她問得详细，從我父母和家庭狀況、我的職業，以及個人嗜好都問到了。她問一句，我答一句。她說話快，只見嘴唇在動（因為我這時一直在偷偷看她的嘴唇），好像在背書似的。我覺得有許多問話和我的病完全沒有關係。（後来我聽見每個大夫对新入院的病人都問着這樣套話）。大夫這時在她的問話中间走開了。

「現在我给你取血来驗，不要怕，不會痛的，」她用這来结束她的問話。她轉過身向着櫃上，在她那木匣子裏取什麽東西。「你向右偏一下，」我聽見她這樣吩咐。我順從了。我的左耳垂被針扎了一下。並不怎麽痛。我繼續把右邊臉頰壓在枕上。過了片刻，我覺得她用棉花在我的耳垂上擦了一下。我想應該沒有事了。果然，她捧着木匣那個

17

子衣沿着床旁边的过道走向条桌去了。

「这个女大夫姓什么？」我转过脸去问第六床。

「我不知道。」第六床摇头回答。

「她吗？姓杨，杨大夫，」第四床插嘴说。

「姓杨，杨大夫，」我跟着在心里念了一遍。我喜欢看她那张亲切的脸貌。

「你怎样，有什么不舒服的？」一个温和的声音在我右面响了起来。是谁

在问？就又来一个大夫给我诊病，我又把脸掉向右边。

一个瘦小的大夫背向着我，正在向第四床问话。

「我心里难过得很，」病人回答。

「那是麻药的关系。开刀地方还痛不痛？」大夫又问。

〃〃〃有一点点。我不想吃東西。吐字比較以前清楚，聲音還是微弱無力。

〃〃這不要緊。你這兩天不能吃東西，只能喝點水，吃點流質。

〃〃我沒有枕頭睡不好。只想吐。我想睡枕頭。

〃〃今天不行。明天就給你睡枕頭。你要是忍不住痛，就請小姐給你打一針，要是睡不着，你就請小姐給你吃點安眠藥，等一會我給小姐關照一聲。

〃〃病人聽見大夫這番話，有氣無力地應了一聲。

大夫走了。病人發出兩三聲短短的呻吟。

〃〃過了一陣，其實時間相當長久，不過我沒有計算時間，我的表停了，我還以為這不過是一會兒的功夫。在這中間我有時閉上眼睛，有時又睜開眼，向各處看看；有時又和某某說一兩句話。我不再覺得身上有什麼地方不舒服。相反的，我感到一點安適。

〃〃我看見個年青人在門外走進來。深色衣服上黏着油膩，腰間繫了

14

一條圍腰。袖子挽起來。我一看便知道是飯館的僕役。他來這兒做什麼？我想道。

「老許，我叫的麵為什麼不端來？我等了兩三鐘啦！」第三床大声說。「豈有此理！」

「我實在沒看見，老鄭又沒有說清楚。」老許走過來陪笑地解釋道。（不知道是你叫的，向第三床）

「我去給你端來。」

「好。」

「現在不要吃飯了。給我炒個菜吧。炒豬肝，」第三床說。

「老許！」「老許！」好像四面八方都在叫他。這個年青的僕役一面應着，一面轉動着臉向各處點頭。他又走到第三床那里。

他也不知道我們各是甚麼……

「炒什麼菜？」他笑問第八床。

「炒一盤四季豆，」這是帶沙的回答。

「老高，老高！」一個粗聲在喊。這聲音是從第十一床發出來的。這個人枕頭下墊着靠背，我只能看見他的頭，而且這是一個光頭頂，頭髮剪得很短。我看不見他的面貌，卻可以猜想到這個人有一張圓圓臉和肥胖的身體。

「我不知道誰是老高。」老許還在同第八床講話。

「老高，老高！」第十一床繼續在喊，聲音似乎含得有憤怒和焦急。

「他不是老高。他是老許，」第八床帶笑地接嘴說。

「老許，老許！」第十一床立刻接着叫起來。

「你要炒菜嗎？」老許掉轉身，微微埋下頭問道。

「要一碗炸醬麵，要快！」帶沙的粗聲說。

「好，等會兒回頭我給你送來。」老許答應着。

15

「老許，給我炒盤榨菜肉絲，」第九床那邊抬起頭來說。我看見他一隻手按住左眼，眼睛上墊着一疊紗布。和第十一床一樣，他的頭也是剪得光光的。他穿着醫院裏發給病人穿的白衣服。

「好。明天早晨還要飽餃嗎？」老許堆着一臉笑說。

「當然要，」第九床答道。接着又叮囑：「菜要早點送來啊，不要等到飯都冷囉！」

「知道，」老許答道。這時在對面一角的病床中間有好幾個人在不耐煩地接連叫着老許，講話聲自然也沒有停過。

老許大聲應着，急匆匆地走過去了。

「真沒有辦法，簡直把這裏弄成茶館了。叫他不要送菜進來，他總不聽。

汪小姐在條桌前面同那個小精悍的小姐講話。

"你不准他進來，那嗎我們從哪里得到營養？大夫天天叫我們吃好東西。醫院又不給我們吃，自己出錢買，你們又不准。哪有這種道理！"第八床大声抱怨道。她這時正咕嚕地說道。他的聲音不高，不會被汪小姐聽見。

空

"老鄭，老鄭！"第十一床忽然粗聲叫起來。

沒有人理他。他又叫着。

"哪樣？"汪小姐立在原處，抬起頭用清晰的聲音問道。

第十一床不回答。只是叫着："老鄭，"這是痛苦的聲音。

短小精悍的小姐走到第十一床跟前，挺着她那還未發育完全的胸部，問他："第十一床，你要哪樣？"

他含糊地吐出三個字。我聽不清楚。我只聽見那位小姐加重語氣再問一句。

病人的回答仍舊是含糊不清的，不過聲音倒更像是痛苦的呻吟了。

"他要大便盆，"第九床取下了左眼上的紗布，坐直身子替他解釋道。

劉小姐

「好的，我去给你喊老郑来，」刘小姐说，便挺直身子端起肩头走开了。

我听见她在外面喊老郑，大约叫了四五声，她慢慢地走远了。过了几分钟，她又从外面走进来。她走到那里床前，温和地对他说：「老郑不在，他就回来的。」

「你等一下。」

「我不能等，喊他快点来！」病人近乎粗暴地说。

「给你说老郑不在，好，等他回来，」刘小姐板起面孔地说。

等床不作声了。可是等刘小姐走开了，他却开始低声呻吟起来。

大约十多分钟吧，床又大声叫老郑。

「床，你不要吵，老郑不在，你吵也没有用。病重的人家要休息，要静养，你懂得规矩的，」汪小姐仍旧站在原处，只是把眼光射过来，她带着教训的口气。

嘱咐道。

“小姐啊！快快！大便盆！快拿来！小姐，做々好事啊！老鄭！”十一床彷彿没有聽見她的話似的，他又叫起来，而且声音更痛苦了。

“給你説等着老鄭回来就拿来。你喊我，又有什麽用！”汪小姐不耐烦地説。

“老鄭也不曉得跑到那里去了。這個病室裏二十幾張病床，從没有空过。這麽多的病人靠他招呼，他倒躲起来不做事！”劉小姐接下去抱怨道。

“小姐啊，做做好事啊！做做好事啊！”十一床继續呻吟道。

“給你説，叫你不要吵，别人要静養！”劉小姐走来着急地干涉他。

“你要奇怪。你要大便，喊小姐幹什麽？小姐们又不是给你拿大便盆的。”第八床的老沈笑嘻々地插嘴对十一床説，他高興自己又抓到同小姐们開玩笑的機会了。

劉小姐便不再作声。她只是用責備的眼光瞅了第八床一眼，又回到條桌前面去了。

“其实小姐们拿回把大便盆，又有什麽不可以！既然是来看護病人，还

「擺什麼架子！」第九床不以為然地自言自語。他躺下來，側着身子，閉上眼睛睡了。我想他是不會睡着的。

十一床的呻吟聲還沒有停止。我看見他伸出右膀來，擱在被上，又放下了，是一隻帶紅色的光膀子，非常結實，肌肉快要蹦出來了。

「好啦，老鄭來啦，」胡小姐寬慰地說。老鄭從容地走進病室來，手裏提着一把銅開水壺。

「老鄭，十二床要大便盆，」胡小姐說。

「等我先沖了開水，」老鄭短短地答道。他臉上的表情並不曾起一點變化。

（或者可以說他臉上根本就沒有表情，好像那是用紙糊起來的。）他說了便走到第一床櫃前面拿起茶壺沖開水。

胡小姐不說話了。可是第十一床的病人看見了老鄭，他又大聲叫起來：「老鄭，大便。」

胡小姐低聲罵了句「豈有此理！」

盃，快点啦，快点啦！」

「老鄭口，管沖他的開水，並不去理睬第十一床。他老是默默地過第二床，第三床，第四床……一壺沖滿了又是一壺。他走到第七床跟前，第十一床的呻喚聲始終沒有停止，不過聲音輕了些。忽然他動了一下頭，好像他想轉過臉來看老鄭，我看見他的半個臉，但是短短的一嘴黑紅色，圓圓的結實的臉頰。他的頭立刻又放平了。他氣咻咻地叫着：「快点啦，快点啦！」

「我的心被這叫聲攪得非常難過。[illegible]我用手蒙住兩耳，用被蒙着頭，但是這沒有用。我更加不舒服。為什麼大家就讓他這樣叫下去呢？為什麼沒有人出來幫他一下，叫老鄭把大便盆拿來呢？為什麼醫院當局容許這種事？我想說的話，我的喉嚨發癢了。我咳了一聲嗽。

「但是第九床說了話。那個光頭的年青人一翻身坐起來，他睜大他那雙小眼睛瞪着老鄭，用了帶怒的聲音說：「老鄭，你就把大便盆拿給他來吧。讓他這樣吵下去有什麼好處！他吵得大家都不能安靜。」

18

“老鄭立刻掉轉身，对着十一床说：“不要喊，我去给你拿来。”走了两步，慢慢地

“你！”他把开水壶放在地上，踏着大步，往外面走了。

“這種東西只曉得要錢！你有錢給他，你就是他的祖宗！沒有錢你就是他的樣子！”第九床對着他的背影默默地罵道。

“這次並不要等多大會功夫，大便盆拿來了。老鄭把地鋪往十一床的床沿上放，大聲說：“好啦，好啦，你屙吧。不要吵囉。草紙在哪兒？你有草紙嗎？拿出來。”

“吐，”含糊地說了句話。

“我不曉得，”老鄭搖了搖頭，他揭起被單把那個（鋪蓋剛落到床腳了）扁而長的洋磁盆塞到病人身子下面去，過後又大聲吩咐：“你屙好了，不

要又吵，我自家会来拿。病房里二十個病人，我又不是拿手同條
你個人的。
空「他说了便去拿起水壶继续冲開水。
第十一床不再呻吟叫嚷了。病房显得清静多了。我也有一種轻松的感覺
我疲倦地閉上我的眼睛，我願意享受這片刻的休息。
「不吵了，現在舒服啦，」一個人開玩笑地說，我不用睜開眼睛，便知道這句
話是第六床說的。我彷彿看見了他那对滚圆的黑眼睛骨碌碌地動着。
「這都是老鄭害人，可以說是惡作劇，」另一個人帶笑地接嘴說，我
聽那声音，知道說話的人是第三床姓蘇的。
我没有睡，但是我仍舊閉着眼睛。我聽見那個江浙口音在我
講話，我把眼睛微微睜開，朝第六床看。一個司機打扮的中年
人站在第六床的右手边，眼光落在第六床的臉上。我又閉上眼睛。
「可是這兩個朋友的談話他一定是非常熟悉的朋友，不用說

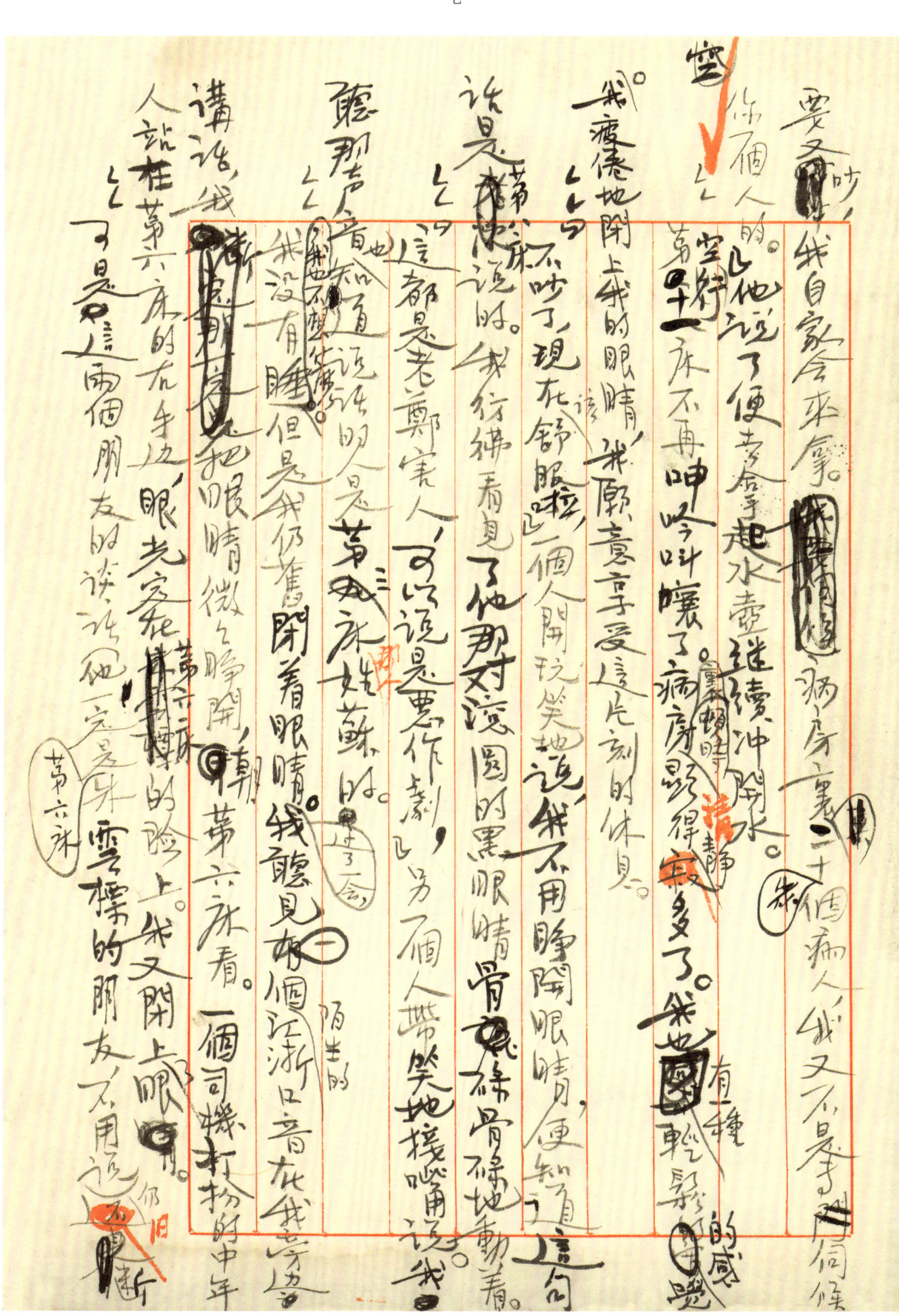

斷斷續續地進我的耳裏來。雖然我並不注意去聽他們，但那談話的大意卻被我抓住了：被我這愛管閑事的心抓住了。這朋友是獨流的一個同機，就要開車去××地方。他來告別，並且勸第六床安心養傷，不要着急。

「醫官原說過兩個星期包好，現在還沒有上石膏，都是騙人的話！」第六床煩躁地說。

「治病有快有慢，哪里說得準！醫官不會害你的。這個醫院不會敲竹槓。醫官也有名，病該天天好，就不好，早一天出院。你請假了，多住一兩個星期也不要緊……」

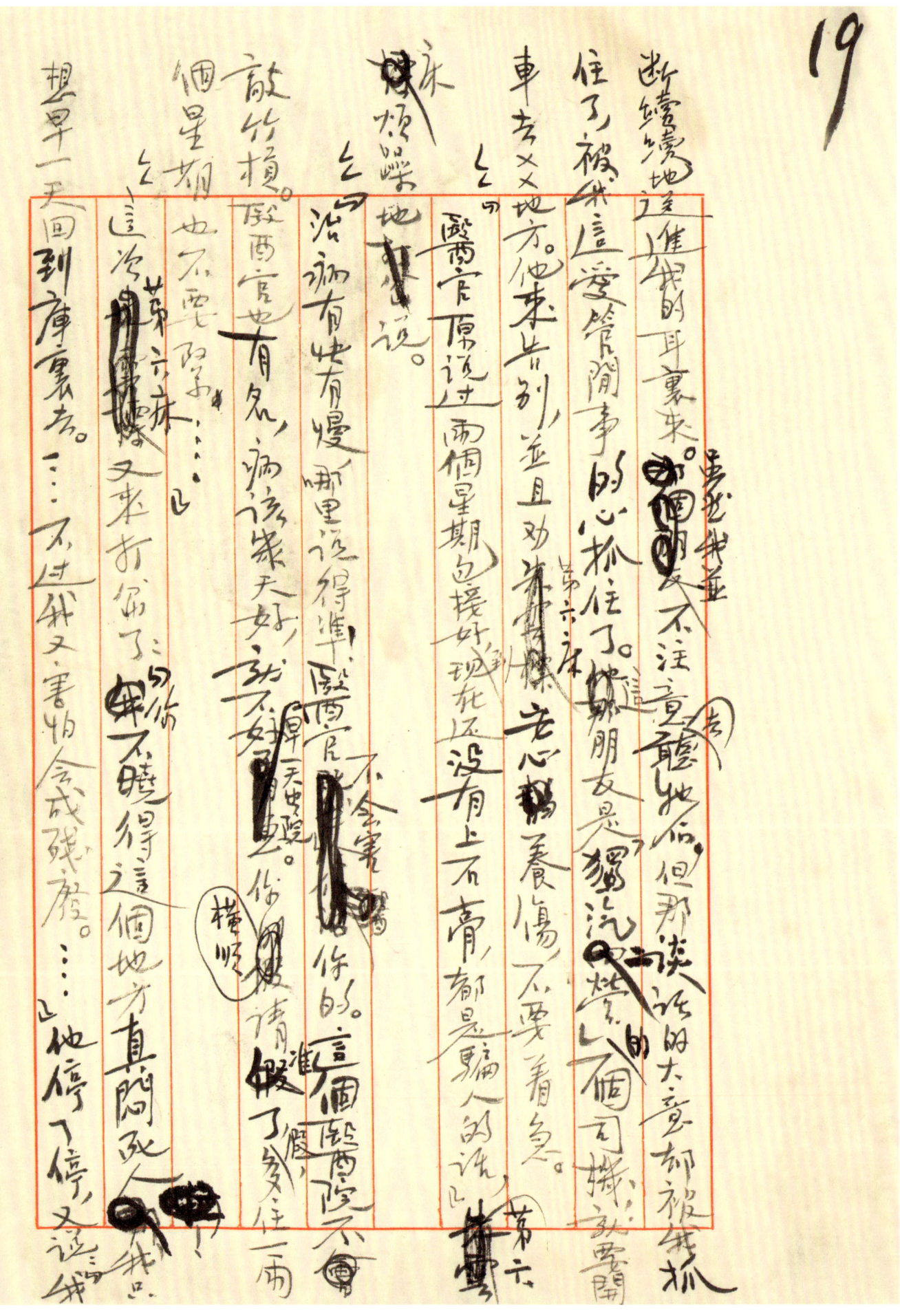

「這次第六床又來打鼾了……你不曉得這個地方真悶死人！我只想早一天回到隊裏去。……不過我又害怕會成殘廢。……」他停了停，又說：「我

前年出来，我老母亲很不放心，她不给我去，我一定要去，就嘴……如果我成了残废，

我这辈子就没脸见我老娘了。……我想起来有点懊悔……

〃〃我睁开了眼睛。你哪里会成残废？这个医院的黄医官，不是接好了多少断骨头！

〃〃我们这里好几个弟兄都是他治好的。

〃〃我脾气太不好，我不是黄医官看的，是林医官，福建人，他讲话我听不大明白，他脾气不好，多问他两句，他就不高兴。我看他一点不好，我

〃〃靠窗前那个床的病人向着那头说。

〃〃你不要乱想！这点小伤哪里会治不好的……〃〃朋友说。

〃〃开饭啦！老许，你把菜送来！

〃〃第八床大声说。

〃〃他再不送来，我们吃完饭就不要了。〃〃第二床：我们要他端回去！

〃第九床笑着说：〃〃你好好养病。不要着急。我回去了。明天再来看你。你要不要买点东西？我后天出院

西〃〃第六床的朋友向外移动一下，对病人温和地做了个笑容，温和地问道

20

「我不要……」病人搖搖頭回答，但馬上又改變口氣說：「你帶點大蒜頭來。」

「好，我去啦，」那朋友再說一句，就向外走了。

第六床挺直地躺在床上。我想跟他說一兩句話安慰他。我把眼光射到他臉上去。他板着臉，兩隻眼角各綴了一顆大眼淚。我不敢出聲了。

兩個工友模樣的人兩手端着木盤走來，盤裏盛着六碗飯，有乾的有稀的。他走到第六床跟前問道：「要乾飯呢稀飯？」（這時盤裏只剩下三碗了）

「乾飯，」第六床答道。工友把飯碗放在床沿上。「再要一碗，」又說。工友又放一碗乾飯在床沿上。第六床動動頭又說：「你把我枕子裏頭那塊木板拿出來。」

工友不作聲，卻把木盤放在第六床的被上，彎下身子去拿起木板來遞給第六床。他端着那碗稀飯問我：「要稀飯嗎？」

「好，給我吧，」我坐起來接過來。碗裏有調羹。我捧着碗嘗了兩調羹白稀飯。

我望望第六床。第十一床已經把木板放在胸前，兩碗乾飯都擱在板上。他伸出赤裸的右臂用調羹攪拌一個碗裏的乾飯，兩隻眼睛注意地盯着飯碗。

「你就吃白飯嗎？有沒有菜？」我側着臉問他。他好像沒有聽見，他不理我。

但是我的疑問已經得到解答了。老鄭端了菜來了。是一樣地用盛飯的碗盛着，放在木盤裏面端來的。第九床不要，第六床也不要。第六床要了碗

我也要了一碗。是黄豆芽，做法是乾煮或乾炒，都可得到。還有一

我喝了一碗稀飯。第十一床把一碗黄豆芽吃光了，兩碗乾飯。

我再看別的病人。第九床和第八床在吃炒菜。第十一床大聲說：

「鄭小姐，添飯！」第十一床的飯量倒很好，每頓至少吃兩碗乾飯。第九床和第八床談閒話，他把眼光從第十一床那里收回來，好奇地說。

91

"他没有内病，当然吃得，"第八床答道。"我看他内病厉害。你不觉得他现在有点神志不清，他总是不肯喝水，"第九床说。"不过他不像来的时候那样喊痛啰。他刚来的那两天才怕人，"第八床说。"我从没有见过烧得这样光的人！"

"你还怕他不叫痛。等一阵医生来给他打盐水针，你听，他总会叫的！"第九床笑了。

"吃饭吧。老许的菜不会来啰，谁再等下去，连饭甑子都端起走啰，"第八床提议道，他就走下床来，一面还说："我给你带碗饭来。我还有些菜。"

"老许真拆烂污！等一阵他送菜来，我一定要他拿回去！"第九床气愤地说。

第八床添了两碗饭来，递了一碗给第九床。他又从柜子里拿出一个罐子，将两样菜放在第九床的柜上，打开来，两人共吃着。

他们吃完饭，工友们把碗筷调羹和饭盒全收去了。他们正在大声谈论老许究竟会不会送菜来的问题。仿佛吃过菜的人都参加了这个谈论。连对面那个角落里也有人发言响应。这时老许进来了。他也端着一个木盘。他一跨进门槛，就听见一些人说："不要啰，饭都吃过啰，拿回去。"他们信他们的，他也不会说什么。他朝着第九床（或者是第十一床）走来。他摆出一副客气的笑脸。

"真的吃过啰，你不信，到厨房去问问看。哪个叫你不早送来！我们等得不……嘱咐过你，"第九床带着幸灾乐祸的神情，他还露出一种报复的满足。我觉得他这时的面貌正像一个小孩子恶作剧以后的得意的面容。他想笑又故意忍住笑。

"拿回去。下回你再这样，我们就不照顾你啰！不只你们一家，未必我们一定要吃你们的菜！"第三床插进来，声音里带着责备。

外国饭馆子

「我实在忙不过来，老闆又不肯多请人，请你们原谅，」老许陪笑道。

「原谅不原谅，另是个问题。饭吃完啰！只好请你把菜给老闆送回去。我们不能先吃菜啊，」第九床得意地笑着说。他的眼睛快眯成了一条缝了。

老许还没有答话。第十五床忽然呻吟般地叫起来：「老高，我的炸酱面端来没有？」

「来啰，来啰，」老许连忙答道，他带着呆板窘态的脸上现出了一丝笑意。

他走到第十一床的床头，在柜上揭开那个盖在碗上的碟子，然后把插在围腰间的筷子取出一双，递在那只伸出来的黑红色的手里。

「你扶我，扶我一下，」第二十一床吃力地说。我看见老许放下木盘，把身子俯在床头。病人发出断续的两三声呻吟（声音并不大），最后老许抬起头来说：「好啰」

吧。」病人含糊地哼了一声。我又看见老许把碗麵递给他。他不再出声了。不但他吃麵的声音很响，我看他吃麵一定相当费力。

老许端着木盘走出去了。第十床满意地笑起来说：「今天老许回去一定要挨老闆一顿骂。这不怪我们，哪个叫他拆烂污！」

「你莫忙得意。他会把这样菜明天给我们送来。你想他们那种人还有好心肠哩！」第三床安閒地坐在床上，两只腿放在被单下面搁着，膝头拱得高高的。他正拍着右膝盖在哼京戏，听见第九床的话，便接嘴说：

「不怕他，不怕他。我们记住明天不吃那样菜。我们明天另外叫几样菜，他就没有办法啰，」第八床说着，他做了一个挤眉挤眼的笑脸。

「好，我们明天早晨不吃炒猪肝、炒鸡蛋、榨菜肉丝……」第九床说到这里，又得意地嘻嘻笑了。

「对，我们大家记住，不要上他的当，」第三床接下去说。他也张着嘴在笑。

23

我覺得奇怪：這幾個成人會為着這樣一件小事情快活的笑得像孩子一樣。可是爸爸們談得很高興，而且反覆地談論着，一直談到一個年青的大夫走近第十二床來的時候。

"怎麼樣？今天吃糖沒有？喝了幾壺水？"大夫望着十二床問道。

"喝囉，"十二床答道。她又提高聲音着急地說，"我今天喝水了，不要……

"又要打鹽水針囉，"第八床伸出半截舌頭偷偷地笑道。

"好，今天只打五瓶。你忍一下就過去了，"這個長長臉面貌和善的大夫溫和地說。

"我不要打針啦，我不要打啦！"十一床搖擺着頭哭似地說。

汪小姐搬了一個木架子來（我忍不住想到這個架子跟衣架相像，以前就放在藥櫥旁邊，我不知道是做什麼用的）放在

十一

床的床脚架子上挂着一个大的玻璃瓶，有一根橡皮管通下来，这橡皮管在中途又分成了两股，每股头上套着一支针。两支针都放在玻璃瓶里，瓶口用一方纱布盖着，瓶内已经盛了一大瓶盐水。胡小姐拿了三瓶盐水来，放在柜上。汪小姐揭开纱布，取出针，递给胡小姐，她又把盐水倒在玻璃瓶里。医生揭开被单的下半幅。我听见他说：「上午的大便盆还没有拿走。」

「老郑也太没有道理。好久了还不来把大便盆拿开。他也不喊一声，」胡小姐笑嘻嘻地说。

「给他拿开，」年青的大夫吩咐说。他的声音又说：「这还是空的！」

「我啊不出来呀！」病人再痛苦地粗声说。

「哪个叫你不多喝水！给你说这样是不行的。听见没有！你要把壶里水喝乾，大便就通了，」胡小姐像责备孩子似地说。

「我给你说，你以后要听大夫的话，不然我一次起码给你打十瓶，」年青的大夫说。

「我不打啦，我不打啦！」

「但是兩支針都揷好了。」他們已經蓋好他的被單。汪小姐把架上掛的玻璃瓶弄正，便走開了。張大夫在同胡小姐低聲談話。病人睡着了似地不出聲。瓶裏的藥水逐漸在減少。她走得相當快。

「我不打啦，我不打啦！」病人痛苦地叫起來，他的床動了一下。

「不要動！還有兩瓶打完就不打了，」胡小姐說，她又拿一瓶葡萄糖往架上那個大瓶裏倒。

「做做好事呀！小姐，我不打啦！我不打啦！」病人繼續嚷着。他又動一下。

張大夫連忙按住他的腿，帶着恐嚇地說道：

「不許動，就要打完了。萬一把針弄斷在裏面，那就只有

她走路很慢，而且身子扭着，好像她的腳纏過似的。

更夠你痛了。」

「我不要打啦，我不要打啦，張大夫，做々好事呀！」

「不要打！我問你，還要命不要？叫你吃糖你不肯吃，叫你喝水你又不喝。你沒有錢買藥。你公司裏也不給你送錢來。這兩天給你打的葡萄糖針還是我想法給你捐來的。鹽水是醫院裏做的，也不要花錢。你還不打！要救你的命，我也算想盡方法了，」張大夫[illegible]地說。

「病人這次用呻吟來回答。他應該聽懂了大夫的話。

「胡小姐把最後一瓶鹽水倒在大瓶裏，回來把空瓶仍舊放在桌上。她用惱恨的眼光（我想應該是憤惱的眼光）望着病人，病人看着張大夫，大夫接下去說：

「[illegible]回來看你，你要跟他們說清楚，要他們去向你公司辦交涉，要公司担任你全部醫藥費，要送錢來。不然你的病怎樣好得了！你是替公司做事情燒壞了的，論情理，他們都應該出錢把你醫好。你懂不懂我的話？」

（憑良心）

25

"懂！"只有一個字的回答。

"你懂就好囉。那嗎以後打針你就不要叫喚，"胡小姐說。

"他懂又有什麼用？他住院個多星期，就只有一個人來看過他一回，不曉得是不是他的朋友，"第九床撇嘴說。他做出一種好像什麼事情都知道的樣子。

他的話剛說完，第十一床又大聲呻吟起來。

"我不打啦，我不打啦！做做好事啦！"

"好啦！好啦！馬上就打完了。你還吵什麼！"張太太略帶厭煩地說他。

輕聲吩咐胡小姐幾句話便離開了。

走到第七床跟前，對那個沈默的病人說了幾句話。那病人向我這面看，靜靜地躺着，

我沒有看見他的臉，也不見他的聲音。這時我也聽不見他回答大夫的問話。我不知

知道他害的什么病。但我想，我明天就会知道的。

张宗衍大夫从我床走到我跟前来。他对我微微一笑。我记起来了，那天在门诊室我见过他一面，不过他并没有给我诊病。他年纪不会超过三十，一对眼睛特别小，眉毛也不浓，头发并未加意梳理，稀得可以看见头顶了。但这些并没有使他的脸貌显得难看。而且我觉得他的微笑是有着善意的。

「冯大夫来给你看过了？」他问道。

「是的。他说还不能开刀，」我说。我急切地盼望这句话会使他给我一个确定、较详细的解答。可是他只是笑着说：

「你何必着急呢？治好病又不是一天两天的事。」

「我自然希望能早点治好病。住院太久我负担不起。」

他和善地笑了笑。

「不会太久的，你放心吧。请问你在哪里办公？」

「我现在赋闲。」

他又说：「不过住院费数目也很小。连伙食一天也只有五十五元。」

杨大夫进来了。她也到我床前来。她不说话，含笑地望着我和张大夫，好像是来找张大夫谈话的。

26

但和善地笑了一笑。

"不过添药的钱恐怕是一笔大数目。我看三等伙食对病人不太相宜。"

"况且我的住院费还是借来的。"我说的是真话。我在入院处预缴的一万元还是向两个朋友借来的。

"你缴了多少入院费?"

"两千吧?"他问。

"我缴了一万。"

"太多了,你用不着缴那么多。"

"冯医生说开刀时还要输血,买三百C.C.血大约要花五千元。所以我缴多了一些。"我回答。

杨大夫含笑地对他说 [illegible]

(杨大夫插嘴说。)

"张大夫"他点点头。他注意地把我看了三四分钟,过后便说:"我 (随便估计的时间)

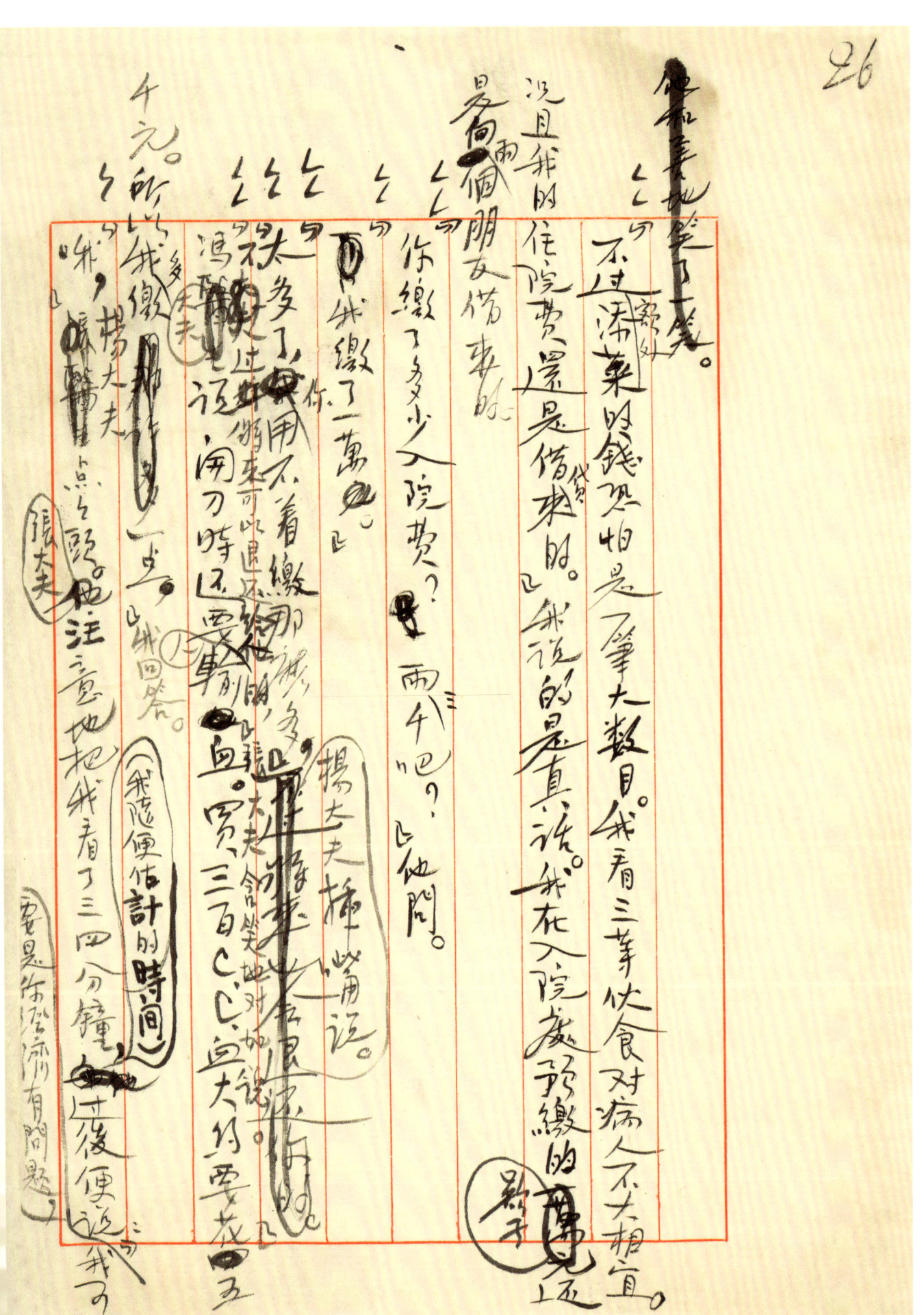

要是你不愿有问题

以后去找院長商量免去你的住院費。”

“我看他一眼，那張臉上還留着微笑的痕跡，始終是和善的面貌。我感謝他好心的幫助，即使這只是句空話，因為我看出他是個誠實的人。我說：“那麼，請你幫忙。”楊大夫用英語跟他講了兩三句話。

“你好好養息吧，治病要耐心，”他說，“我慢慢給你設法。”他轉過身子去了。

他又去看第四床。楊大夫沒有多說話，但是我覺得她像個長姊似地對我微笑着。

“你現在還難過嗎？”張大夫問那個病人。

第四床點點頭，哼了一聲，無力地動了動眼睛望望他。

“不要怕，明天就會好多了。你不要亂動啊，要好好睡，”張大夫像對孩子說話似地囑付道。

病人唯唯地應着，他又翻了翻眼睛，用力把頭腦在墊着草的被單上旋轉，用力擦了兩下，過後又垂下眼皮。

27

「張大夫！張大夫！」第三床嚷道。

「什麼事？你快出院了吧？」張大夫抬起頭問道。

「大夫，今天上午說要我出院。我實在没有辦法出去。我想住到下禮拜三，請你替我備一

「其實你的病差不多好了，早点出去也行。」

「大夫，你不知道我住的地方多不方便。我怕傷口又会出毛灌膿，」第三床的臉上露着懇切的表情。兩隻眼睛牢牢地望着張大夫。

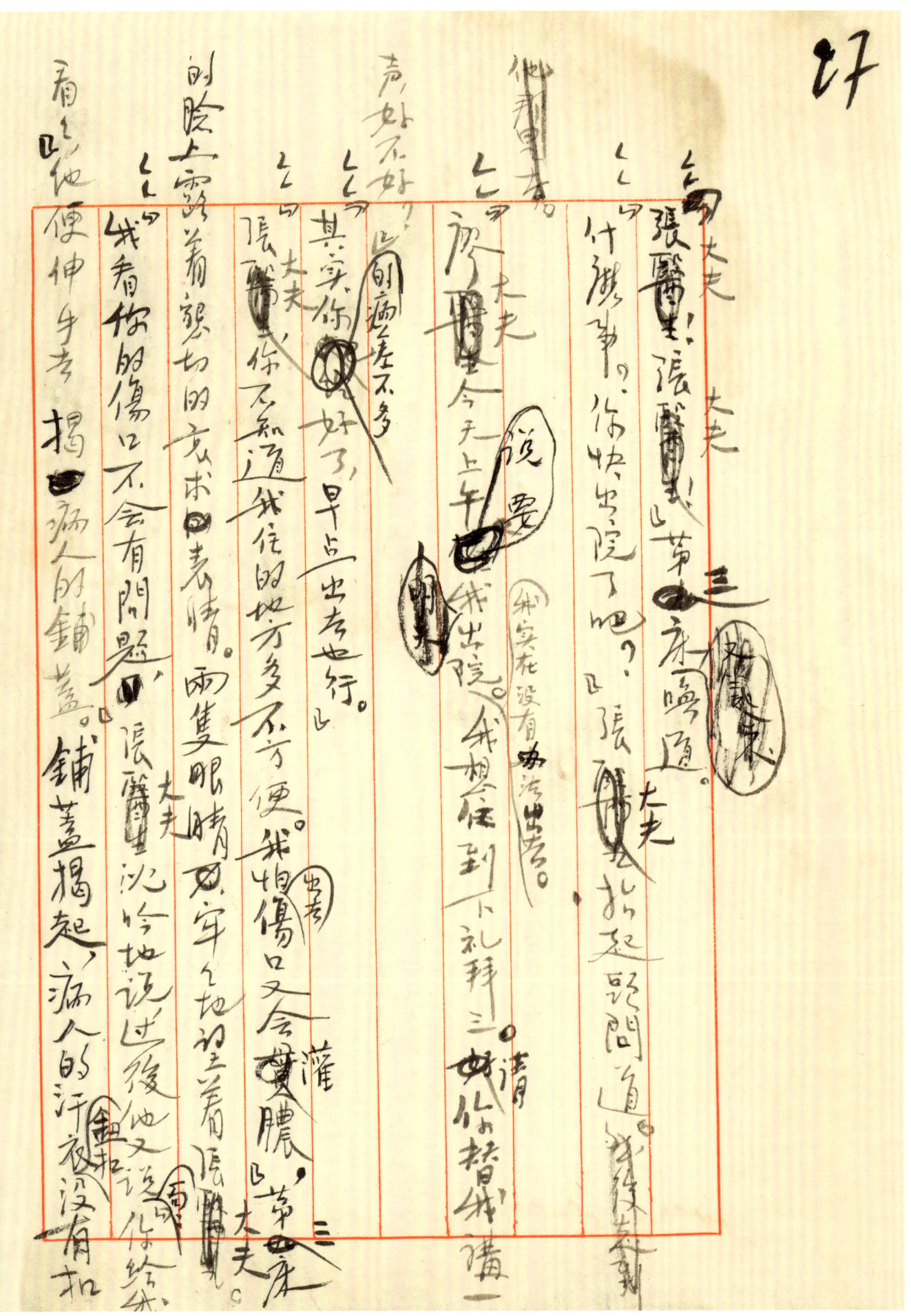

「我看你的傷口不会有問題，」張大夫沉吟地說，過後他又說：「你給我看看，」他便伸手去揭病人的鋪蓋。鋪蓋揭起，病人的汗衣没有扣扣

上，病人自己动手解绷带，张大夫给他帮忙。绷带松开了。

〃〃：你小心点，不会灌脓的。你可以出院了。张大夫看了一眼，马上就把绷带盖上他的伤口。

〃〃：不过我想多住几天。我的钱要到下礼拜二才送得来。第三床固执地要求，一直。

〃〃：看吧。要是病床需要得不太急，多住两天也不要紧。杨大夫丑不……张大夫点点头说，他温和地笑了笑。

〃〃：谢谢你啦。第三床满意地笑了。他坐起来，张开嘴对着第八床大声说：

〃〃：老沈，我可以跟你一道出院了。

〃〃：好的，我请你到我妹夫的茶馆里去，要去。老沈笑着回答。

空

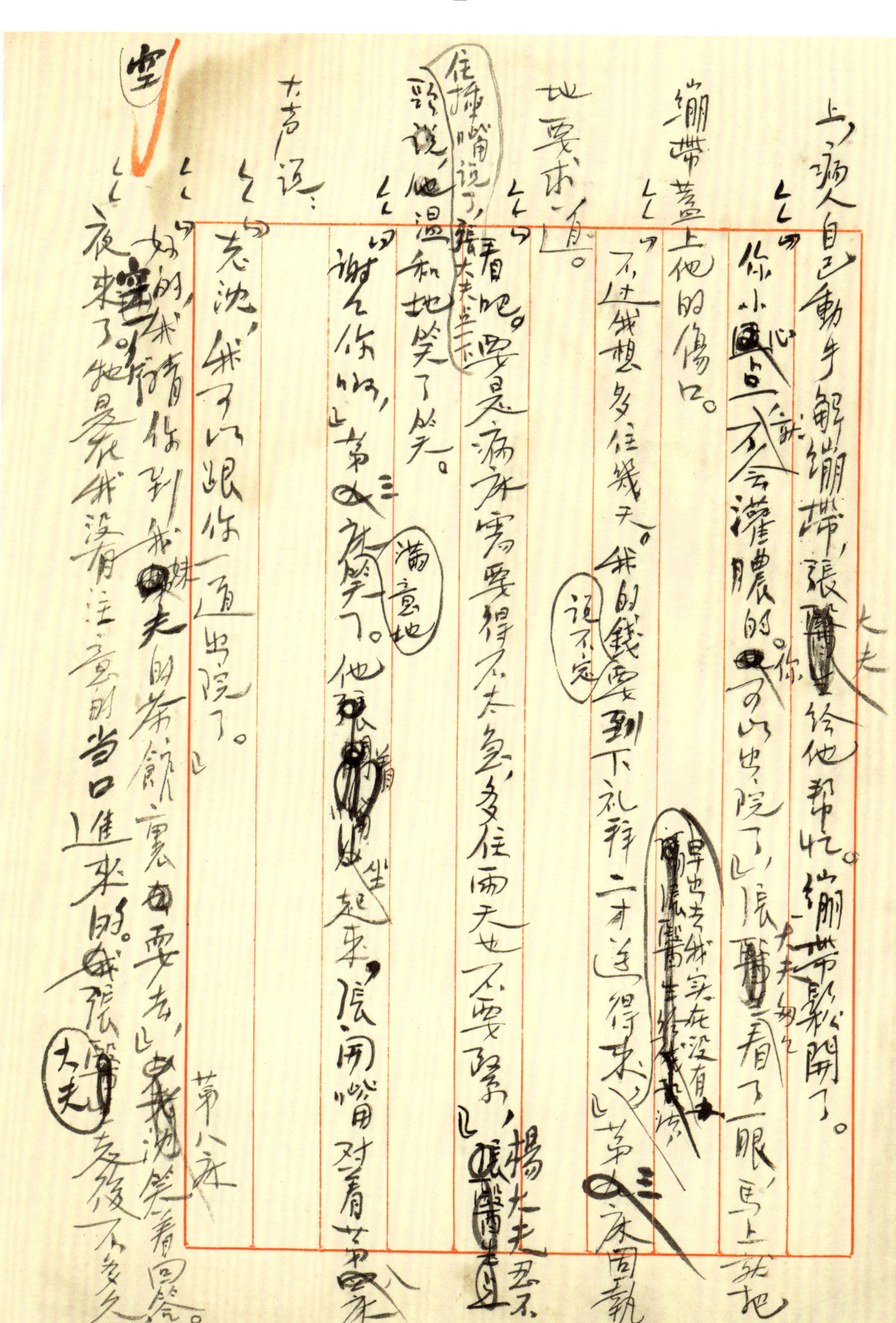

〃〃：夜来了。她是那我没有注意，当口进来的。张大夫去后不多久

28

我忽然覺得電燈明亮起來。其實電燈並不怎麼亮，我們的這一角只有從樑木上懸下來的兩盞半明半暗的電燈。發亮射光芒的還是懸在條桌上空的一盞，但是四周的黑暗襯托出屋子裏燈光輝煌。而遠遠的光亮似乎在漸漸褪色了。夜來了。接着是一段沉悶的時間。空氣好像有一種昏暗，彷彿被重重地壓在我們頭上。說話聲音低了，甚至停止了。代替的是忍不住的呼吸聲。

我旁邊第六床呼呼地在打鼾，第四床沒有聲音。我也有一點睡意。我聽見第九床同第八床在講話，那個學生模樣的人似乎在講故事，他聲音不高，但仍有一些飄到我的耳邊，他好像在敘述美國羅斯福總統同夫人的故事。我知道那個故事。周總統夫人當時，這是多麼討厭的，尤其是在這時候聽見人講到他。那個人戰勝了小兒麻痹症，我為什麼不能戰勝我的膽囊炎？我為什麼還要時時想到我的病痛？我為什麼還要害怕……

“我這麼一想，彷彿得到了一點安慰。我迷迷糊糊，沒有做夢地過了好

醒過來了。

不會。

第九床還在和第八床講話，他吃吃地笑着，第八床也低聲笑了。

“笑什麼？老沈！大聲講啊！”第三床高聲說。

“老沈在講老和尚的故事，”第八床輕輕地答應着，他又咕咕地笑了。

“大聲講，大聲講，大家都好聽！”第三床笑着說。

“你過來，這是不好大聲講的，”第九床得意地笑道。

“你們過來講，我也有個故事，”第三床索性坐起來了。

“你過來坐坐，這邊空氣好一点，”第八床說。

忽然一個少女的聲音插進來說：“你們小声点講好不好。”

29

什么事情这样高兴？刘：晚上也不睡一会儿？别人要睡觉嘛。声音不清脆，并无带沙声，但仍是年青的女音。

钱小的白衣女子在第九床跟前说了片刻，又走开了。

：：刘小姐，刘小姐，第八床在后面叫道。她那两只手帕角蝴蝶似地停在他额上，脸被包成猴子脸了。

：：什么事？刘小姐回转来，带了责备的口气问道。

：：请你给我吃点安眠药，第八床忍住笑故意装出严肃的面容求道。

：：你吃安眠药做什么？大夫没有开方，不能随便拿给你吃，刘小姐正经地说。

：：不给我吃药，我睡不着觉，还是要吵的，第八床说到这里，忍不住笑了。

"真是调皮，你吵，又有什么好处，倒是不肯听话。"刘小姐嘟起嘴抱怨道。"四号上头要来查病房哩，给大夫看见要教训，大家都不好。"她又挺着胸脯一直地走了。

"不要紧，有我！"第三床笑道。

"老沈，有什么好怕，你有多大面子，"第三床两边笑地说。

"好啦，不要说啦。你们知趣点。你不要再讲话，你早点睡吧。你不好好休养，你眼睛更难好得罗。"胡小姐端了药盘走过来，上面摆着细酒杯样的小杯子。她把盘子放在矮柜上，递了一个小杯给第九床，"吃吧，是眼药。"

"哪里是眼药，是我天天吃的那个。胡小姐，你真会开玩笑。刘小姐倒底是你的朋友，你要来帮忙她。"第九床孩子似地做出个狡猾的笑容。

"快吃！快吃！"胡小姐催促道。她看见第九床吃了药便端起药盘走开了。

听了这些话以后我再也睡不着了。我睁大眼睛望着胡小姐。我等着她走到我床前，我等着她给我药吃。可是她端着药盘走过去了。她连看也不看我一眼。为什么不给我吃药？为什么不理我？……

室 30

但是查病房的時刻到了。我看見馮大夫、張大夫、楊大夫陪着一個高身材寬肩膀的大夫和一個滿臉鬚根的瘦小大夫向我們這面走來。他們在每張病床前立了一兩分鐘，問了病人幾句話，或者同高身材大夫交談幾句。他們在第十一床前站的時間比較久一点，彷彿在商談什麼事情。那個高身材的大夫翻了翻手裏拿的病歷表，他搖了兩搖頭。我看見他的側面，卻看不出他的臉部表情。

他們來到第六床跟前了。那個高身材的大夫站在那隻被吊着的膀子旁邊，他伸手摸了一下病人的手腕，問道："沒有什麼不舒服吧？今天換过藥了？"

"還好，"第六床毫不遲疑地答道。

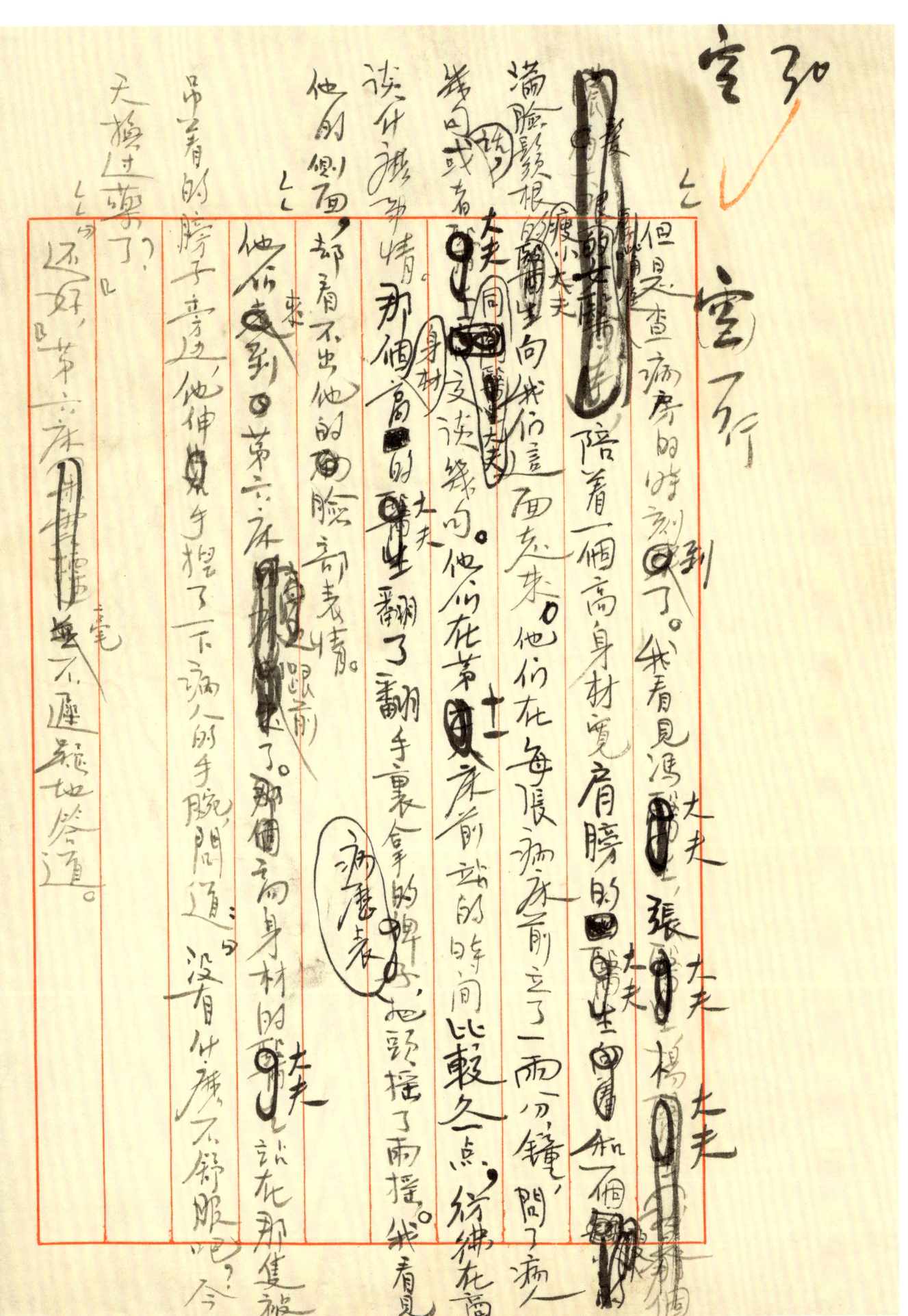

高身材的大夫也不講話了。他剛掉轉身子，馮大夫就指着對他說了一句英國話。大概是在講我的病吧。高身材的大夫走到我的床腳，便站住了，用英語向馮大夫問了一句話，馮大夫用英語回答。他的答話不只兩句，他接連說着，高身材的大夫和瘦小的大夫時時在點頭。楊大夫也擠進來講話。她也講英語。張大夫也參加了這個討論。這些大夫除了高身材的大夫外（我後來知道他便是外科主任黄大夫）都說英國話，但都犯了一個毛病：口吃，可是他們講本國語言來卻是很流利的。

這討論大約繼續了三五分鐘，或者更多一點。最後高身材的大夫說了兩句話。大家便離開我的病床。他們在第四床旁邊停留的時間不多。瘦小的大夫向第四床問了兩三句話，又向高身材的大夫講了兩三句，便走開了。他們在第三床旁邊沒有停留，大家全到第二床那里去了。然而瘦小的大夫又回轉身來和第三床病人講話。

「你什麽時候出院？」「明天嗎？」我聽見他在問。

31

「廖大夫，我想多住几天，」第三床声音微微颤抖地说。

「你们已经好了，用不着再住院了。外面有好多人等着病床，你也该让一下，」廖大夫坚持地说。

「我想住到下礼拜三。我怕出院早了，伤口又会化脓。」

「下礼拜三太久了，不成。你伤口不会化脓了。你要换药到门诊部来换还是一样，住院没有好处。」

「我晓得，不过……」

「廖大夫」大概看见他的同事们已经来到第十二床那里吧！

他有点不耐烦了，他不高兴地打断说：「我不管你有什么事情，我只知道你该出院，你不出去，我就要下逐客令了。」

「我並不是不想出院，不過……」第三床卑屈地向大夫解釋，可是大夫並不聽他的話，逕自走了。

第三床寂寞地坐在床上，兩隻手抱住床沿。他默默地呆望着大夫的背影。

「老蘇啊，怎么樣？他又催你出去嗎？」過了一会，第八床忽然大聲問道。雖說聲音大，但是已經走到對面的病房，醫生是不會聽見的。

停了片刻第三床才回答：「我不出去，我要等他來趕我。」

「不要害怕，結果你真不走，他也不会趕你的。」第九床安慰他說。

「在這病室裏頭，你是第一老資格，」第八床微笑着說。

「我還有十二天就滿三個月了。我比老陳」（我後來纔知道腿骨的病人姓陳）「老蘇都早得多。」第一床接着說，「我倒是想出院，大夫都不讓我出去。」

「他要趕我，我倒求之不得，」第九床得意地說。

32

〃我看你还要住三个月，」第八床开玩笑地说。

〃这也说不定。其实我现在也不着急了。刚进来时候，我心里很急，恨不得马上治好眼睛就出院。现在不在乎了。大夫说住几天我就住几天，」第九床笑答道。

〃你放心，这样便宜的旅馆，不会让你久住的，」第十三床冷笑地说。

〃那更好，我可以少闻点尿臭。……现在病房查过了，该老李来倒小便壶了，

〃那种倒法，我实在不敢当，」第九床说。

〃其实他不必把铅桶提进病房里来，把小便壶拿到外面去倒，还不是一样，」第[illegible]床说。

〃从前有个老周就是这样，进来不到一个月也就走了。大概尿臭有些消毒

的功用，所以小姐們也不干涉……"第九床說。

"第八床笑着說了句對小姐們不恭敬的話。第九床和第三床都笑了，第二床也笑了。我也笑了一聲。

"但是鉛桶提進病室來了。老李是個瘦小的黑臉人，穿着長衫，腰間束了一根腰帶，衣服的前襟挽起了半幅。他帶進來可怕的尿臭和泥水聲，我連忙把臉縮了一半在被窩裏。我聽見老李的腳步慢慢地走近又漸漸地走遠。人聲也逐漸消失，整個病室突然間靜了下來。我不是說沒有聲音。但是聲音並不吵鬧人，却使人感到寂寞。

"不知道誰把我們這一角的兩盞電燈都關了。只有條桌上那盞檯燈明亮地照着個穿紅絨線衫的小姐，她埋着頭在看書。

"小姐，"對面那個床有人用無力的聲音喚道。

"哪樣？"她問着，便站起來。

33

"小姐，请你过来一下！"病人哀求着。

她去了，剩下一張空的桌子。

我[redacted]的眼皮困乏地垂下来，我要睡了。

第二十一章

六月二日（星期五）

"起来洗脸！"一個粗暴的声音在我耳边響着。我吃驚地睁開眼睛，我醒了。一個黑影[redacted]（在我眼前幌了一下）電燈光刺痛着我的眼睛。眼角的睫毛被眼屎黏在一起，癢得我難受。我伸手去揉[redacted]眼睛。

[redacted]一條桌前的電燈非常明亮。病房裏瀰漫着一種可以觸摸的但不太刺鼻的臭氣。还有些零落的起伏的鼾声。窗外[redacted]一片蒙蒙，天还没有亮。麻雀嘈雜地在

好像

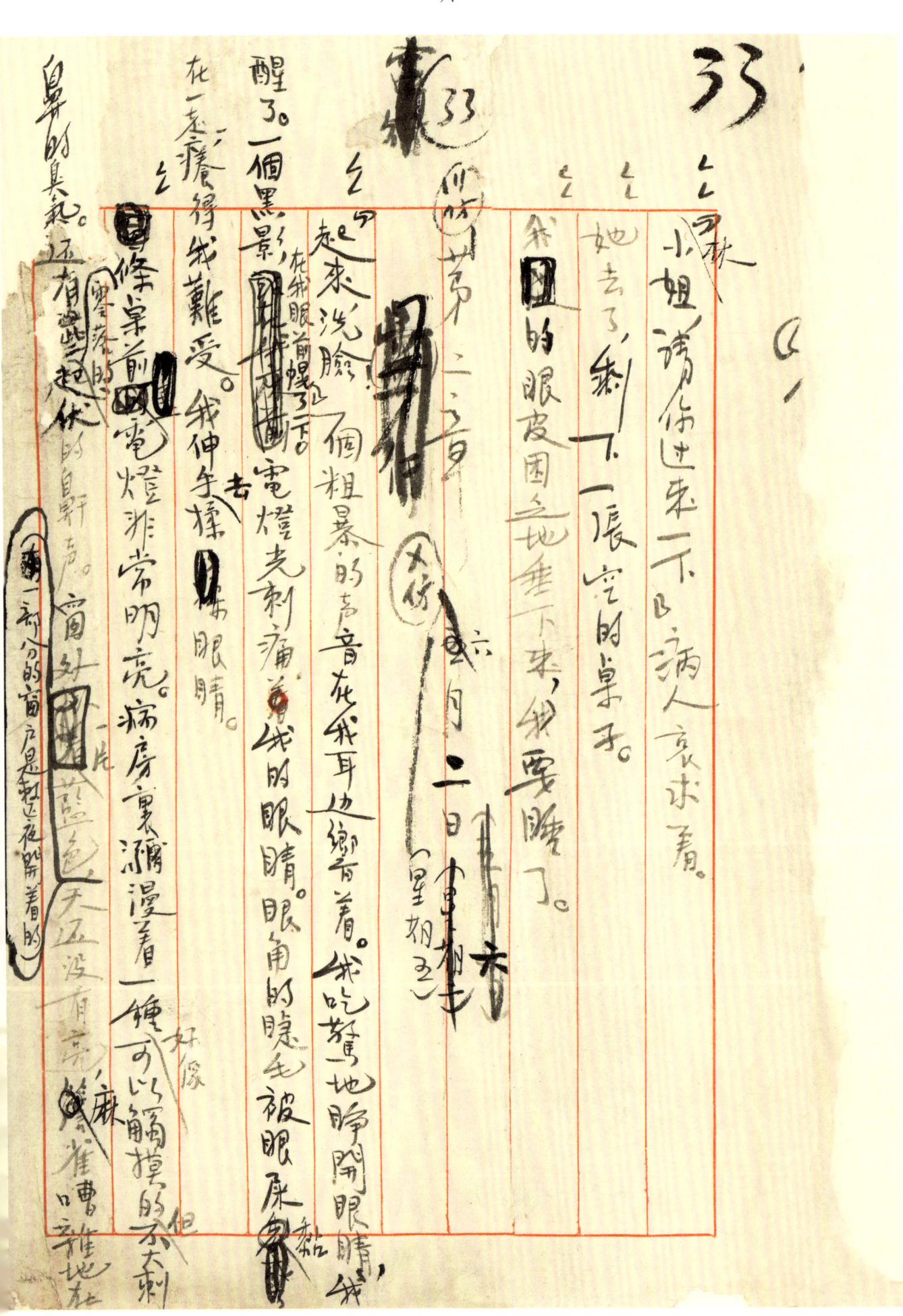

一部分的窗户是整夜開着的

外面叫起來。我看我四週的病床。第八床站在床前穿衣服，第三床已經坐起來，側著
身子，用兩隻手在絞乾臉盆裏的一張臉帕。第六床正用他唯一可以活動的右手
拿著一張擰水的臉帕在自己臉上亂擦（臉盆放在床沿上）。
老李走過來把這個臉盆拿走了。他轉過頭，看我一眼，問道：洗
臉嗎？
好，我應了一聲，接着打了一個呵欠。
老李馬上把臉水送來了。是一個畫着花鳥的磁面盆，可是磁快
脫落盡了。一眼望去，彷彿一盆灰黑的水，其實倒應該是乾淨的溫水，對我正合適。
我洗了臉，又用我帶來的茶杯從茶壺裏倒了昨晚剩下的涼開水，漱了口。這時
屋裏人聲逐漸增多，好像整個病房都醒過來了。
外面藍色已經褪盡，天亮了。
老李，大便盆！老李，臉水！好像四面八方都有人在叫。
就來，就來，我只有一雙手啊！老李大聲答應着。

74

他虽然这样答应着，可是叫的人还是接连地在叫。也没有人干涉他们，就只有老李一个人在病房里乱跑。那个穿红毛线衫的看护小姐先前到外面去了，现在又同另一个穿蓝绒线衫的小姐说着话进来。她们在桌子前立了一会。蓝衣小姐出去了。红衣小姐拿着那个插满温度表的洋磁杯子向着我们的病床走来。

试表，验脉搏，问大便，——这是医院的早课。在这早课以后便是早餐的时刻。我看表还不到六点。这样早！或者是我的表走得慢。

早餐只有稀饭，是由厨房里的工友托着木盘送来的稀饭，好几个钟总有人来端菜：一碗煮豆子，除了咸外，别无滋味。我吃了一碗白稀饭，便不想再吃了。可是我惊奇地看见第六床一连吃了三碗。最后一碗是红衣小姐过来拿碗去添的。我看清楚了她的面貌。长长脸，高高的鼻子，有点像我那个亲戚。

但看来她比我那个亲戚和善些。

吃过早饭，静了好一会，忽然进来了二三个小姐，全是看护。

蓝布边的白衣，和白头布。红衣小姐扶着一本书去了。

她们都把口罩戴上，我知道她们的工作开始了。

有人在叫老李拿大便盆。但老李的影子已不见了。

想出去找寻厕所。我穿好衣服，下了床，

向看门口走去。

刚走到门前，便看见个工友模样的年青人，拿了把扫帚进来，我便请

他指我去厕所的路。他告诉我：从看窗下向右边走，走过一道门，再

经过两个房子旁边一棵大树脚下，和太平房是并排的。

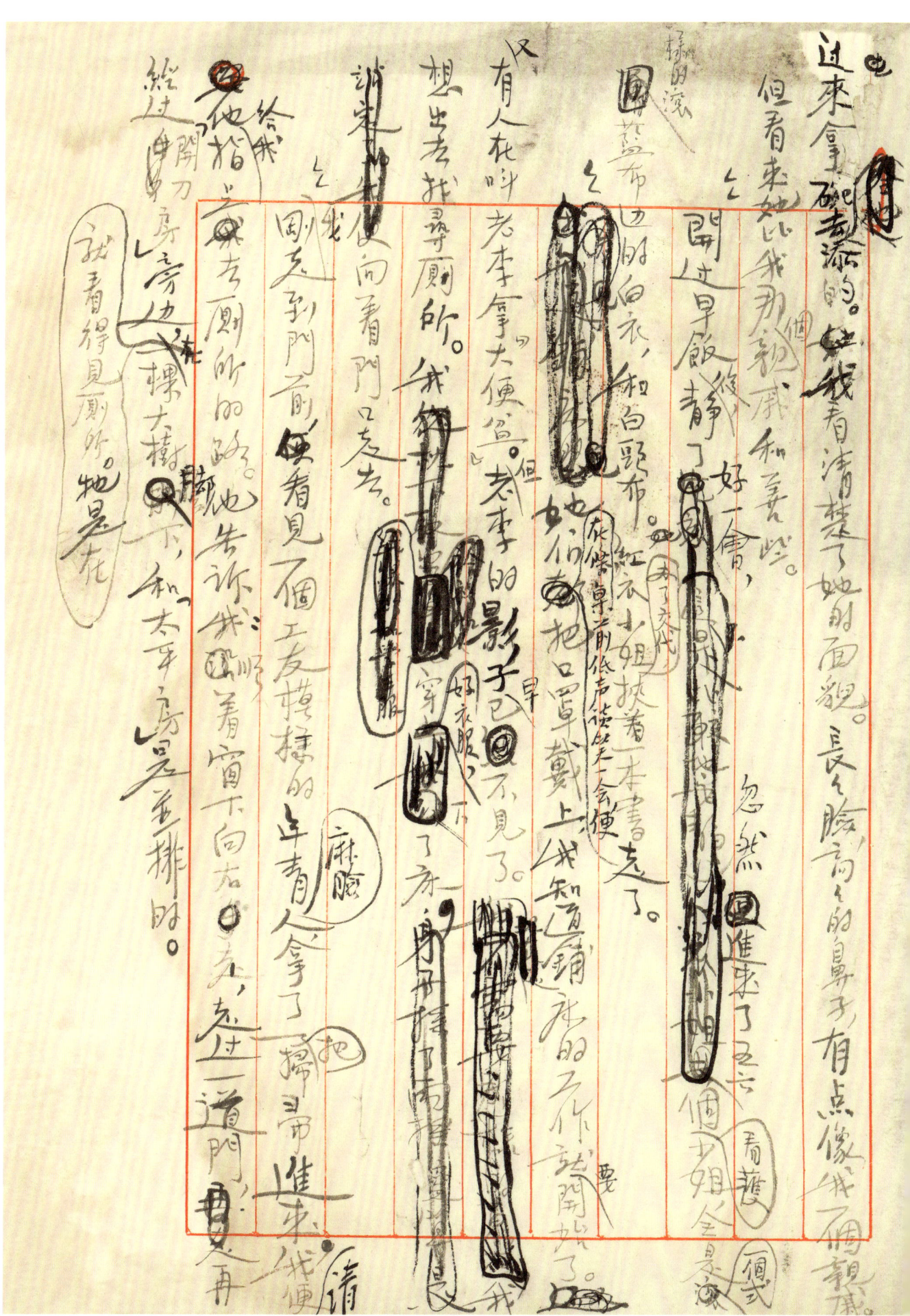

就看得见厕所。她是在

35

我不需要他說得這樣詳細。可是他偏要提到開刀房和太平房兩個可怕的地方。我自己也不知道為了什麼緣故，我忽然打了一個冷噤。難道我到這時候還想退縮嗎？

這是一個陰天，早晨相當涼，但空氣撲到臉上，使人覺得新鮮、舒服。天井裏有芍藥正開着花，還有一條石板路通向後院，我便沿着這條路走去。

我跨進門檻，發覺自己是站在廚房的門前了。那里靜靜的沒有人。我探了頭進去看，地方相當寬，很乾淨。灶上坐着兩把銅壺和一個大的銅器具，我不知道該稱它做什麼。我聽見腳步聲，便回轉身子。老鄭進了廚房。他看我一眼，說：“你要開水嗎？就要開了。”

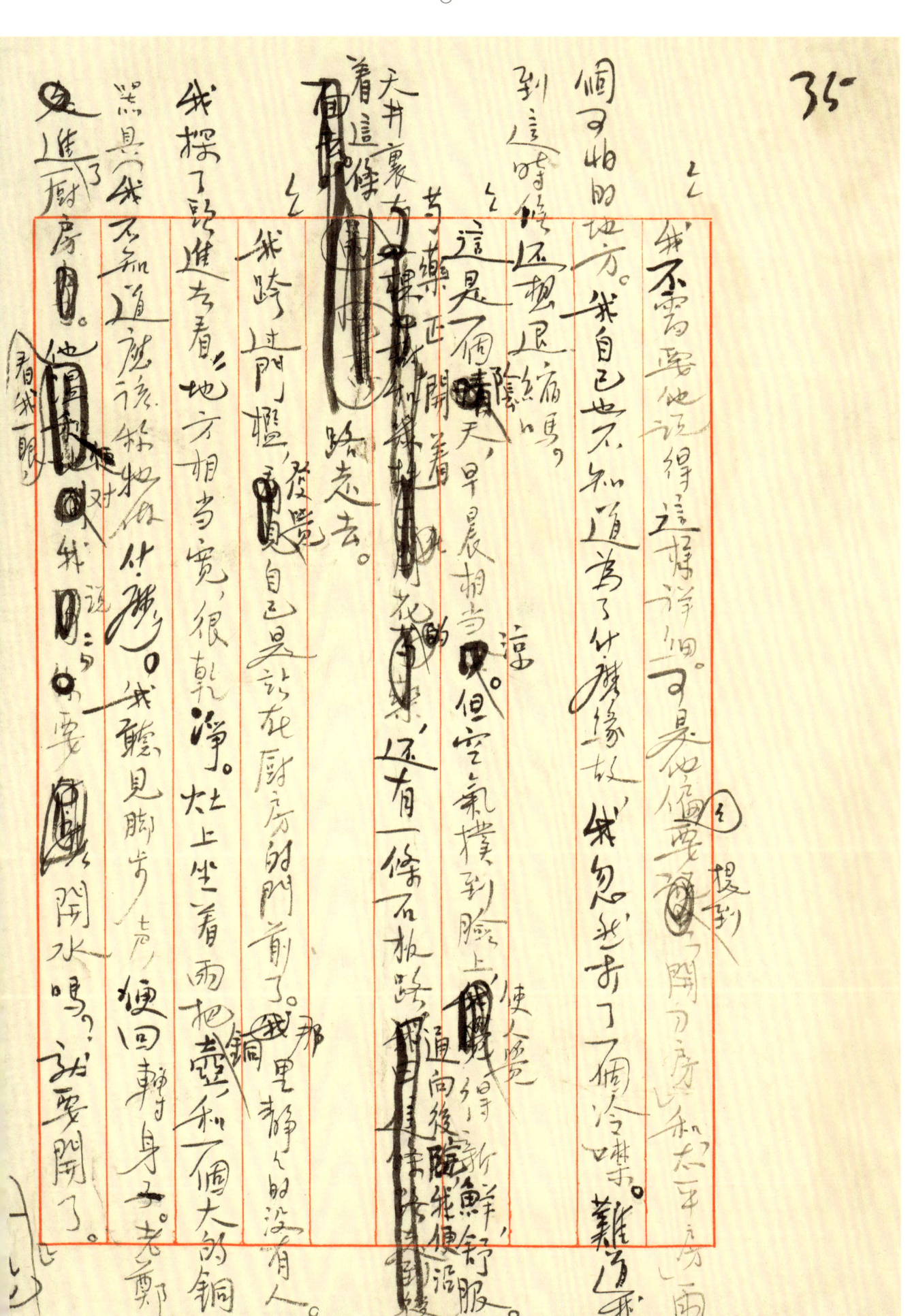

「不是，我随便看看，」我勉强笑着说。我看见他又在望我，便客气地加问：「现在是你上班的吗？」

「我是一至八，现在是老张的班，」他回答道。我想，老张一定就是那个对我说起太平房的人。

「你们一天也够辛苦啊，」我用了同情的声调说。「那不是！一个人每天八点钟伺候一个病房，倒屎倒尿都要来，还要上街买东西。这几元钱也不容易啊，」他对着我竖起手来了。「这倒是真的。不过仗打完，情形就不同了，」我安慰他说。「你们都是这样说，不晓得将来是不是这样的，」他带了点难受的神情说。

「厕所在后面吧？」我便趁这个问题，不想同他再讲下去。

「转出去，就是，」他上下点头说。就在这时节第八床从我身边走过，他一定也是到厕所去的。他穿着白衬衣，灰布背心，短裤，衬衣的襟还是露在外面的。他一蹦一跳地走过去了。

我也跟着走过去。走出这个短短的过道，我见到一片空地，但是一些树木和房屋阻止了我的视线。我第一眼就看见开刀房。那是新盖的黄色的玻璃房子，玻璃窗被白窗帷遮掩了，人看不到房内的情形。黄色的木门上挂着一块长方形的小牌子，上面写着「手术室」。我不由自主地望着那道紧闭的门，

36

我想有一天她会为我打开的。我为什么要望着她呢？我不能……並且我也不能说我是希望着那一天早到来。我只知道我盼望着那样的一天早早过去。

……我看见厕所了。她不是在大树的脚下，她是在大树的后面，離大树有四五步光景。從我这一面看，应该说是她在左边，有三间黑漆的木平屋，门关得紧紧的，也看不见有什么，我不知道她们中间那一间是太平房，或者全是的。她们和厕所中间还隔着一小块草地。

……厕所的门正对着我。我进去了。里面很干净，似乎比病房还少臭气。一条长長的窄的和宽的一块一块方的踏脚石，那不是真石头，却是用水泥门汀做的，数目大约在十四五六七八之间，我还没有数过它们。在踏脚石中间的小坑里洒得有石灰。我在这些踏脚石中间拣了两块站定了，蹲下来，我凑巧就在第四床的旁边。他比我更在里面。外面还蹲着三个人。好像都是……但很快她他們全出去了。只剩下我和第四八床。[redacted]他忽然問我：

〝你帶了草紙嗎？〞

〝我奇怪他為什麼要問我這句話。誰知道他[redacted]向我討草紙。不知這不是陌生人交談時的客套話！

〝我摸摸衣袋，只有一張草紙。我又摸摸另一個衣袋，再也沒有了。我拿唯一的一張草紙給他看，我沒有用話回答。

〝我不要。我怕你沒有。這裏的草紙也是應該自備的，〞他搖搖頭說，他奇怪地笑起來。

〝那麼我沒有買草紙的能力？可以向醫院要吧？〞我半奇怪半着急地問他。

〝你自己出錢買好了。合作社有的是。上午開兩個鐘頭，下午開兩個鐘頭。就在第四病室外面那個院子，左邊第四病室外面那道門

37

说看得見。你進来時候一定会走过的。

乙：我没有看見过。

甲：那麼一定是没有開門。你進来住院的是上午嗎下午？

乙：[redacted]午，大概[redacted]三點鐘。我回答。

甲：你[redacted]什麼病？割盲腸嗎？

乙：不是，割膽囊。

甲：這種病倒沒聽見講过。但是大手術吧。

乙：其實也普通。多半是現在開起來了算是大手術，我停了一下，才答道。

甲：我是[redacted]差不多好囉。[redacted]两刀，快得很……

乙：那麼也很痛吧。你開刀，不曉得是半身麻醉還是全部麻醉？他

醫西眼睛又說扁桃腺發炎，

（我奇怪割掉膽囊，人會不會變得膽小啊？）

……這也注着眼睛說。

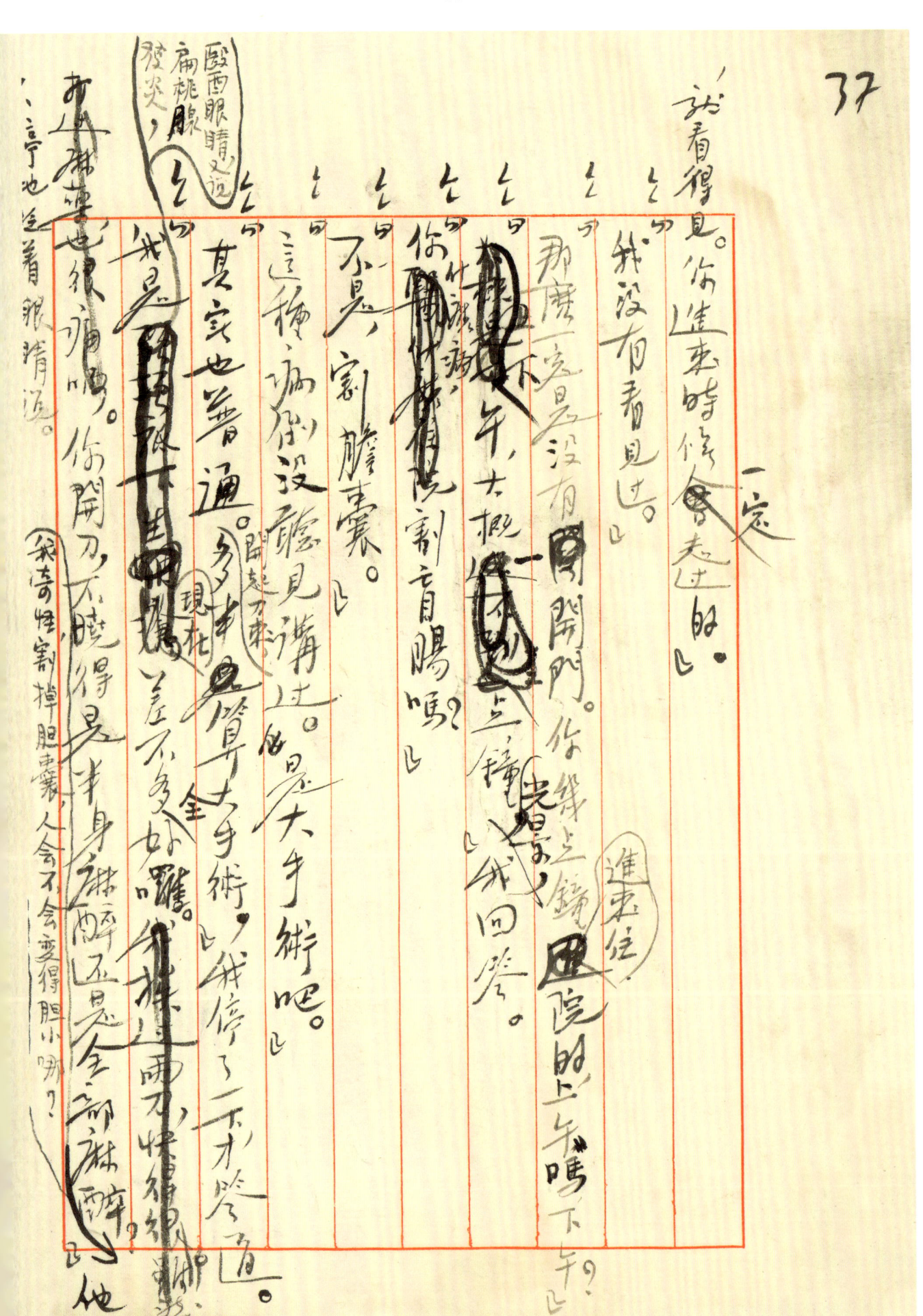

"我不愿意别人向我提起开刀的话，我有点害怕。"他这几句带讽刺玩笑的话听来更叫人耽心。我只短促地回答一声："不晓得，"就站起来，准备走了。

"啊，还没有请教贵姓？"

"我姓沈，三点水的沈。"他好像害怕我马上就走出门去，连忙用话来留住我。

"久仰，久仰！我姓陆。"我从没有对人说过这种客套话。这人却很自然地说了，我是存心要讽刺他的。他为什么要这样地打扰我呢？

我只好逃到门外去了。

天不知在什么时候开朗了。乌云已经消失大半，蔚蓝

空露出脸来。阳光照在树梢。我立在树下仰头一望，觉得眼睛非常舒适。我畅快地呼吸着新鲜空气。我不过在病室里躲了半天，却仿佛和这清新的空气分别了几个月似的。

從醫院大門走出來一群護士，都是年青的少女，一個兩個

38

十個，四個人中間，有一個是胡小姐。我認識她，她卻忘了我。她和同伴們走了。我身也往外面去了。我想她和男朋友到舖子去，那樓上的……我有一陣混亂。我不如多留在這裏呼吸呼吸空氣。這裏還是宜於散步的地方。

ㄥㄥ

我在大樹四周蹓了一會。我還不覺得怎麼疲累。我又立在樹下望着開刀房，因為那屋子的門打開了，門仍然開得很緊，我什麼也看不見。一個護士從裏面出來，隨手關上門，轉到後面去了。她的白衣剛剛還過去。從那屋後又轉出一個女人來。她也穿白衣服，但那是外套似的大夫的工作衣。她沒有扣上鈕扣，讓衣服敞開，讓我看胸露出淺灰色的旗袍。

ㄥㄥ

我第一眼就看出她是楊大夫。身子結實，不算矮，胸部很發達，她走起路來一搖一幌的，跟你個高聳起的男人不同的是她的胸部隨着她身子顫微々搖着。

々她向着我走來。她走到我身边了。我还以為她不會認識我，我沒有預備招呼她。可是她卻對我微笑，很大方地問了句：「怎麼你起來啦？」

々「病室裏空氣不大好，我出來走々，」我也笑答道。

々她站在我面前，兩隻大眼睛注意地望着我，很溫和地說：「早晨出來散散步也好，不過不要走多了，嘍。昨晚上睡得好吧？」

々「睡得好。我是天沒有亮就給人喊醒了。我覺得病人不必起得這麼早。應該讓他們多睡一会兒……」

々「這是醫院裏的規矩。其實，病人整天躺在床上，隨時都可以睡的。而且晚上查过病房就是睡眠時間。也不會有睡眠不夠的。」她笑着解釋道。她預備轉身走了。我連忙用話語留住她。

39

「杨大夫，你看我向前不会有危险吧？」我问道，这个疑问并不是我当场随便找来的，她先前还不熟悉我的心。

「不会，不会！」她说着，把头用力摆了两摆，她那堆浓发在我眼前幌了两幌。「上个月我们这医院好几个，都是冯大夫开的刀。不会有危险的，你不要怕。」

「我不怕，我不怕，」我说着，偷偷地望着她那对黑黑的、和善的大眼睛，我的躭心真的被她的话一下子消除了。她不像是会说假话的，并且看相貌她是个直爽的人。

「明天星期六，你可以照X光，」她又说，「大约下星期一可以开刀。早点进去吧。你记着不要多动啊！」她笑着对我微微点一下头就走了。

我觉得心里很轻松，看了看地上的太阳影子，又仰起头，畅快地吸入了一口空气，我空了也離開了這棵大樹，我回到病室去了。

〻〻我踏上石階，跨進門檻。我看見靠柱頭放的面盆架，我走到右边一個臉盆那里洗了手。我回到第五號病床去。我經过第十一床時，我看了那病人一眼。他正在睡裏面，頭偏向右边，下巴靠着肩頭，眼睛閉着，嘴半張開，急促地在吐氣。一張圓圓臉，臉色紫紅的，一臉粗相，完全不像個病人。

〻〻我的床已經鋪好了，看第十一床乾淨，整齊。我很滿意，便脫去外面衣服，鑽進被裏去了。

〻〻胡小姐和個戴眼鏡短髮剪得短〻的小姐正在鋪第六病床。那個小姐大概是廣東人，講普通話很不好。我聽見她对第六床說：你還大小便要当心些。你又把被單弄髒，叫你懂不懂我的話嗎？

〻〻我不方便呀！第六床着急地說。他的臉色一直是紅黃的，這時也看不出更紅。他的眼角都是縐得更往上竖了。

40

「你講什麽？」那個戴眼鏡的護士輕々埋下頭向他問道。

「唉，我說我不方便呀！」第六床顯得更着急了，他伸出他那隻光裸的右膀子

站在他右邊的胡小姐連忙說「不要動，」但是已經來不及

了，剛摺叠好的被單又弄亂了。他把手膀從肘彎曲着，在臉上幌了兩下，他用力

說：「我一隻手不方便呀！」她

「手放回去！」胡小姐說，拿着他的手膀放回到被裏去了，然後又把被單拉平。

「不要再動啦，你再動，我就不管了，」胡小姐訓誡地說。

「曉得，我曉得，」第六床輕々地答道。

兩個護士便抱着換下來的舊被單，拿着刷子等々走開了。我聽見那個戴眼鏡的

的護士問胡小姐：「他是哪里的人？講話好難懂啊！」

「他是浙江人。大概沒有什麼智識，不過你的話也不大好懂，」胡小姐笑答道。

「張小姐講的是廣東官話，毛（沒）悶（問）台（題）啊！」第九床插進來，開玩笑地說。[redacted]兩個護士也笑了。

「洪文全，你少調皮啊，等會兒打起針來你又要叫苦囉，」胡小姐轉過頭，裝出威嚇的樣子說。

「不吽，不吽，」第九床故意點頭笑道。他好像還要講話，但是忽然叫出了一聲「哎呀！」伸起手去摸頭。

「哪樣？哪樣？」胡小姐連忙回轉身跑到他跟前去，吃驚地問。一隻麻雀「撲——」的一聲飛過從第九床的頭上飛到窗外去了。

第九床取下手來，一手的髒東西。「豈有此理，偏偏啊到我一頭上。」他又好氣又好笑地罵道。他側着身子跳下床來側着身子在方櫃裏去拿草紙。

「這是報應，洪文全，你以後還調皮嘛！」胡小姐高興地笑着說。

41

"在第四病室住久了，不调皮也学会调皮了，"第九床接嘴说。好几个病人都忍不住笑了。

"胡小姐已经转身走了，听见这话，又回来对第九床说："洪文全，你不要这样说。讲老实话，这个医院就是第四病室里讲话可以随便点。谢小姐人很和平，脾气是很好的。只要吵得不太厉害，她不会来干涉的。你们……"

"是是，我知道，"第九床要笑不笑地说。

"你不信，你到第三病室去看看，那里也是一样的外科病室啊，"胡小姐起劲地说。

"第三病室那是女病室啊，"第九床笑着说。

"女病室不是一样吗？女人跟男人有什么不同？"胡小姐大声反驳道。好几个人笑了起来。

"胡小姐，胡小姐，"忽然有人大声叫起来。这声音对我是陌生的。但是我看見了那個人，是第二床，他正坐在床上。臉孔長得像馬臉，年紀大約四十歲。

「哪樣？」胡小姐轉過身，對著兩張直放的床（十二床和十三床）問道。

「我今天出院了，請你給汪小姐講一聲，叫入院處早上給蚊帳，」第二床說。

「好，你現在就走？」胡小姐再問。她馬上又加多一句：「現在入院處還沒有辦公。」

「我下午走，等我屋裏人來接我，」他聲音和面容都帶著不小的快樂。

「好的，」胡小姐答道。

「老蘇，聽見沒有？人家有屋裏人來接。你出院怎樣？」第八床帶笑對第三床說。他那張猴子臉有趣地望來望去。兩隻蝴蝶翅膀似的耳朵在他頭髮旁邊上。

「我有你作伴還不是一樣，」第三床把半個身子靠在壁上，抬起頭來，伸手摸了一下他那笑出的嘴唇，笑笑答道。

42

〃〃你這簡直是胡說。怎麼會是一樣？[redacted]

來得及，我們茶館[redacted]吃杯茶。

[redacted]來不及，說聲後會有期〃就各自東西了。各

人還得要去找住處。哪里比得上有家室的人！〃第八床說。

〃〃你不要多講話了，大夫們就要來查病房囉，〃胡小姐過來警告他說。

第八床伸了伸舌頭，做個怪相，就不作聲了。第九床輕輕地笑了兩聲。

病室裏靜了片刻。一隻小鳥的撲翅聲很清楚地送進我的耳裏。一個黑黃的影子在空中一幌。接着那隻麻雀就站在樑上吱吱喳喳地叫起來。

〃〃胡小姐，你說該叫麻雀不要吵嘛，〃第九床開玩笑地說。胡小姐沒有聽見，却有幾個病人響應地笑起來了。

十二

「老鄭！老鄭！大便宜！」第十一床的粗聲叫起來。

起初沒有人理他。第八床自語似地說着：「又在放警報了。」第三床接着說：「老鄭！現在不是他當班，你喊他幹什麼？」然而這樣的話是不會被那個病人聽懂的。他仍舊叫着：「老鄭！老鄭！」他的聲音永遠是含着痛苦的，雖然我在他的臉上看不出一點痛苦的痕跡。他有的是一個健康人的面貌。

「不要吵！老張就來換你。」張小姐站在他床前大聲對他說。我不知道他聽見沒有。他現在不叫了，卻開始呻喚起來。又是受傷野獸的哀號似的痛苦的呻吟。「這呻吟使我煩躁……」爲什麼沒有人給他幫一點忙，減輕他的痛苦？爲什麼大家聽着，看着，笑着？我想我或者可以爲他找到老張。我便下床來。站着，我不覺得吃力。我決定走出去。我剛走到門口，就碰見楊大夫踏上石階來。她看見我有點不好意思地站住了。

「怎麼，你又跑出去了？才跑兩步啊！」她和藹地笑了笑，像對孩子說話

43

他对我說。

「我到厠所去，」我惶惑中說出了句假話，我本来用不着对她撒謊的。

「她打量我一下，吩咐我一句：『那麽快点回来，馮大夫就要来了囉。』她大步走進病室。

「我在她後面答應了一声。我就走下石階，順着石板路，打算走到厨房裏去。

「老鄭端了一個凳子坐在厨房門前。厨房裏沒有别人。我客氣地問他：「老張在不在？」

「沒有看見。你找他什麽事？」老鄭溫和地說，他那張呆板的臉上露出了一絲笑意。

「我請他給五十一床拿大便盆，」我答道。

「又是五十一床。他一天就喊幾回拿大便盆。拿去他又屙不出来。不要睬他！讓他去喊！」老鄭做出厌烦的样子说。

“不过听他那样喊着，心里也有点难过。请你帮忙把大便盆拿给他吧，”我带了一点恳求的调子微笑着说。

“……”我看见他的脸部表情在变化。他的厌烦没有了，他的方脸上散布了温和的微笑。他便说起来说：“我给他拿去好了。”我觉得对付这个人我的方法收效了。

我高兴地回到病室里。冯大夫还没有来。杨大夫同张大夫立在桌前，一边翻阅文件，一边谈着什么事情。我走过十一床跟前，那个病人张开嘴在呻吟。我站住了，看他一眼。他张开嘴吐着气，好像在哼一支歌似的。眼睛大睁着，两个黑眼珠慢慢地在转动。他仿佛在寻找什么东西。但我又觉得他的眼光是茫然的眼光。好些颗汗珠停在他的红黄的额上。

“大便盆就给你拿来了，”我对他说，我想给他带来一点安慰。他不回答，却把眼珠朝我站的方向慢慢移了一下。我想他这时也许不是十分清醒的了。

44

"我刚在床上躺下，老郑把大便盆拿来了。"拿去，大便盆来啦，"他一面说，一面把大便盆塞到被单下面去。病人含糊地说了句话，我听不清楚他说的是什么意思。

"好啦，好啦！大夫讲，我看你也该灌肠了。大夫喊你多吃水，你偏偏不吃。你明明是跟你的性命赌赌气。你要舒服，就喊你的公司给你送点钱来，"老郑又在那里咕噜了。病人又安静了下来。

"老郑，你跟他讲有什么意思？我看他这个人已经不行了，"第九床插嘴说，他说到这个时，用手指敲了敲自己的头。"今天你替老张代班吗？"第九床不让老郑答话，又接着问下去。

"不是。陆先生喊我给十床拿大便盆来的。听见他那样呻唤，心里也不好过。真是前世造了孽。"

「你有空，請你去喊老許給我送一籠飯餃來，」第九床客氣地說。

「現在怕不行，大夫要來看病囉，」老鄭說。

「那末你跟他說等一陣送來也好。我怕他又忘記囉。」

「好吧，」老鄭答道。他又轉過身子向着我們這一排病床問道：「你們有人要買東西嗎？我順便給他帶回來。」

「我托他買了餅乾和一包白糖，拿了一百元的鈔票給他。他告訴我，這兩樣東西合作社裏都有。五塊錢也比在外面零買要便宜些。看見別人托他買草紙，我記起了藥床的話，我也托他買了一刀。

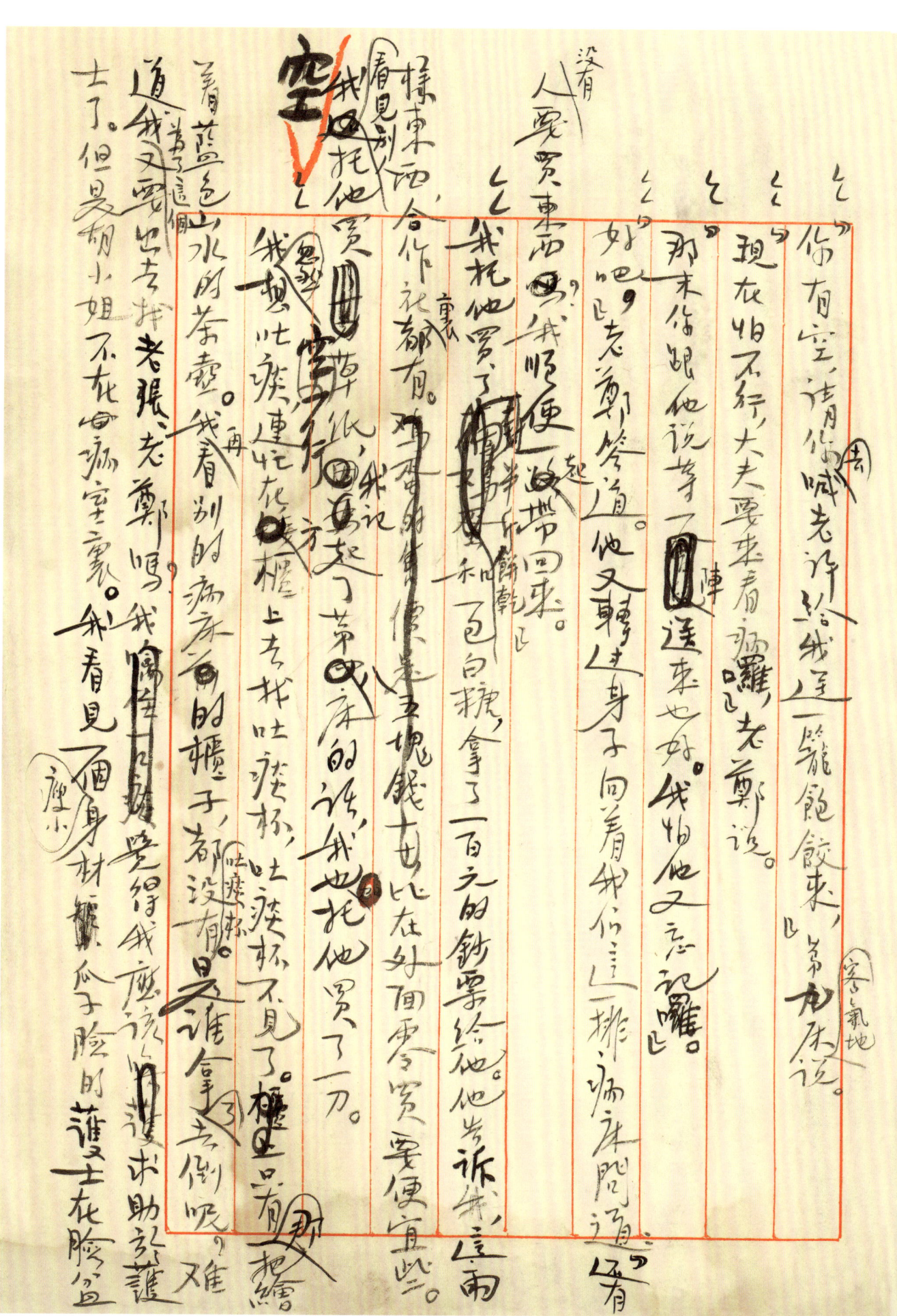

我想吐痰，連忙在方櫃上去找吐痰杯，吐痰杯不見了。櫃上只有那把繪着藍色山水的茶壺。我再看別的病床的櫃子，都沒有吐痰杯。是誰拿去倒呢？又難道我又要出去找老張、老鄭嗎？我覺得我應該求助於護士了。但是胡小姐不在女病室裏。我看見一個身材瘦小、瓜子臉的護士在臉盆架前洗手。我不知道她的姓，我就簡單地喊道"小姐，小姐"，我還喘着一口痰。

「哪樣？」小姐回過頭來，問道。她擦乾了手，便向着我走來。

「吐痰杯，」我指着嘴說。

「拿去倒了，消了毒就送回來的，」她回答道，還沒有走到我床前，就轉身開了。

果然不到兩分鐘光景，一個相當高大的男護士便把吐痰杯拿回來了。他用一個木盤盛着，這木盤不算小，上面放得下十來二十個杯子。他端着木盤一路走來，到一個病床前，便拿下一個杯子。他給我的，杯已經破了。我記得昨天用的不是這一個杯子。我拿起她來吐痰時，心裏有一種不舒服的感覺。我想，要是沒有好好消毒呢！這是過慮的想法。可是這樣一想，我更不安了，我又聯想到起身時的臉盆，臉盆並沒有消過毒，甚至沒有用水沖洗過，髒的倒出後接着就倒進新的來。要是我用的臉盆剛剛是那個害眼睛的病人用過的，會有什麼樣的後果呢？……

空〃〃
馮大夫、張大夫、楊大夫一塊兒來了。他們站在我的床前，馮大夫站在左邊，楊大夫站在右邊，張大夫站在我的床腳。

〃〃今天覺得怎樣。馮大夫溫和地問。

〃〃很好，我答道。

〃〃馮大夫翻着手裏拿的病歷表，又說：你還有一點發燒？

〃〃不，我不覺得。

〃〃你要不動，不大好。你最好整天躺着不要起來。我怕你發燒

〃〃今天說開刀的，楊大夫偏着頭對我說，兩隻大眼圓圓的黑黑的望着我，嘴角掛露着笑意。

「我們望着她的嘴角。就是在不說話的時候，她的嘴角也是微微張開的。

「楊大夫的話你懂吧？你好好躺着，等明天丁文之再說。要是

沒有問題，下星期大夫給你開刀，」馮大夫接下去說。

說你……我說。大夫沒有說話，他們走了。……

一個胖胖的大夫站在第六床的左邊，正在解開集吊着的

手腕上的繃帶。「是……我給你說過，叫你不要亂動。明明包得好好的，都給你搞斷

得一塌糊塗。……真麻煩……你腕子布綁不夠？沒有了？拿出來！」

「沒有了，」病人回答。

「那麼拿錢出來喊人去買，」胖大夫不耐煩地說，他把剛解開的繃帶草草地纏好了。

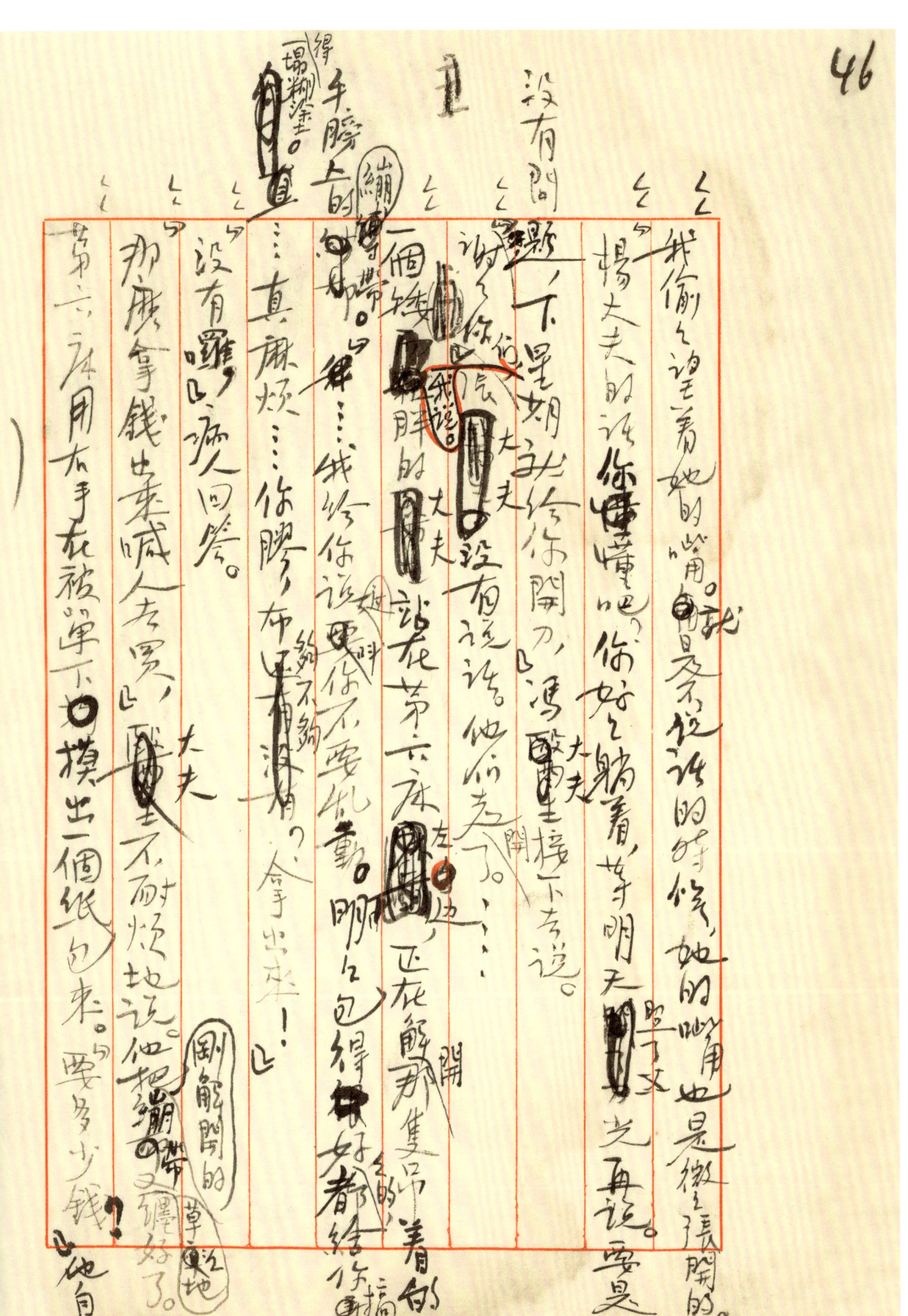

第六床用右手在被單下摸出一個紙包來。「要多少錢？」他自

请你地问道。"一百块钱够吗？"

"不够，你先买三百块钱再说，"医生（大夫）粗声说。他从病人手里接过三

张钞票，掉转过头，看见先前拿吐痰杯来的男护士正埋着头用抹布揩拭

床的铁栏，便唤道："Mister周。"男护士答应着，马上走过来了。

"Mister周，请你喊老张去买（拿）胶布，药棉要用的，"大夫说

着把钱交给周先生，他自己却离开病人走到对面这个房里去了。

"他又叹气，就是这样不认真，怎么医得好啊！"第六床坚起眼

睛着急地抱怨道。

"他说会来的，你不要急。治病要有耐心才对，"我安慰他这样说的是

真话，我自己已经是不会再耐了。

"我晓得，我恐怕难好罗。这是我自己运道不好，"他绝望地摇摇

着头。他因为左手被绑在那里，动一下都不大方便，不过我相信他这时会坐起来的。

44

他似乎在用眼光找寻医生，但是他这样躺着，怎么能够看见呢。

"他的等待一定是很痛苦的。"我的安慰的话对他不会有什么用。昨天上

他还不知道世界上有这样一个姓陆的人，他为什么要相信我的话。

什么时候杨大夫来了，她拿了一个像书的木盒子。她蹲下身去，

她把它放在我床沿上，拿出橡皮带子缠住我的手膀。我的心跳得厉

害。我掉过脸去不看她。我不知道她在做什么。橡皮带子解松了。我

的手膀自由了。她要走了。我连忙回过脸去看她，问道："这是什么？"

"量血压的，"她答道。她转过身子和蔼地看我一眼。

"我就要开刀吗？为什么还要量血压？"我又问。

"你要这样看我，就不给你开门啦，"她摇摇头，很大方地开玩笑话。

"那末我就在医院里住一辈子，"我答道。

"欢迎，欢迎，"她微笑着，露出一排雪白的牙齿。过后换话题问："你今年多少岁？"

"二十四，"

"腿子上有伤吗？"

"有的，"我又说。

"看样子你不过二十，怪不得你这样美，"她娇娇似的微笑着说。她捧着验血器，我不知道她的名称叫什么，走开了。

"我望着她那宽大的身影。心里有一种异样的感觉。我和她谈些闲话，"使我感到愉快，甚至于喜悦。

"拿去胶布来罢！我给你上胶布的，"听见这声音，我吃了一惊，但立刻我

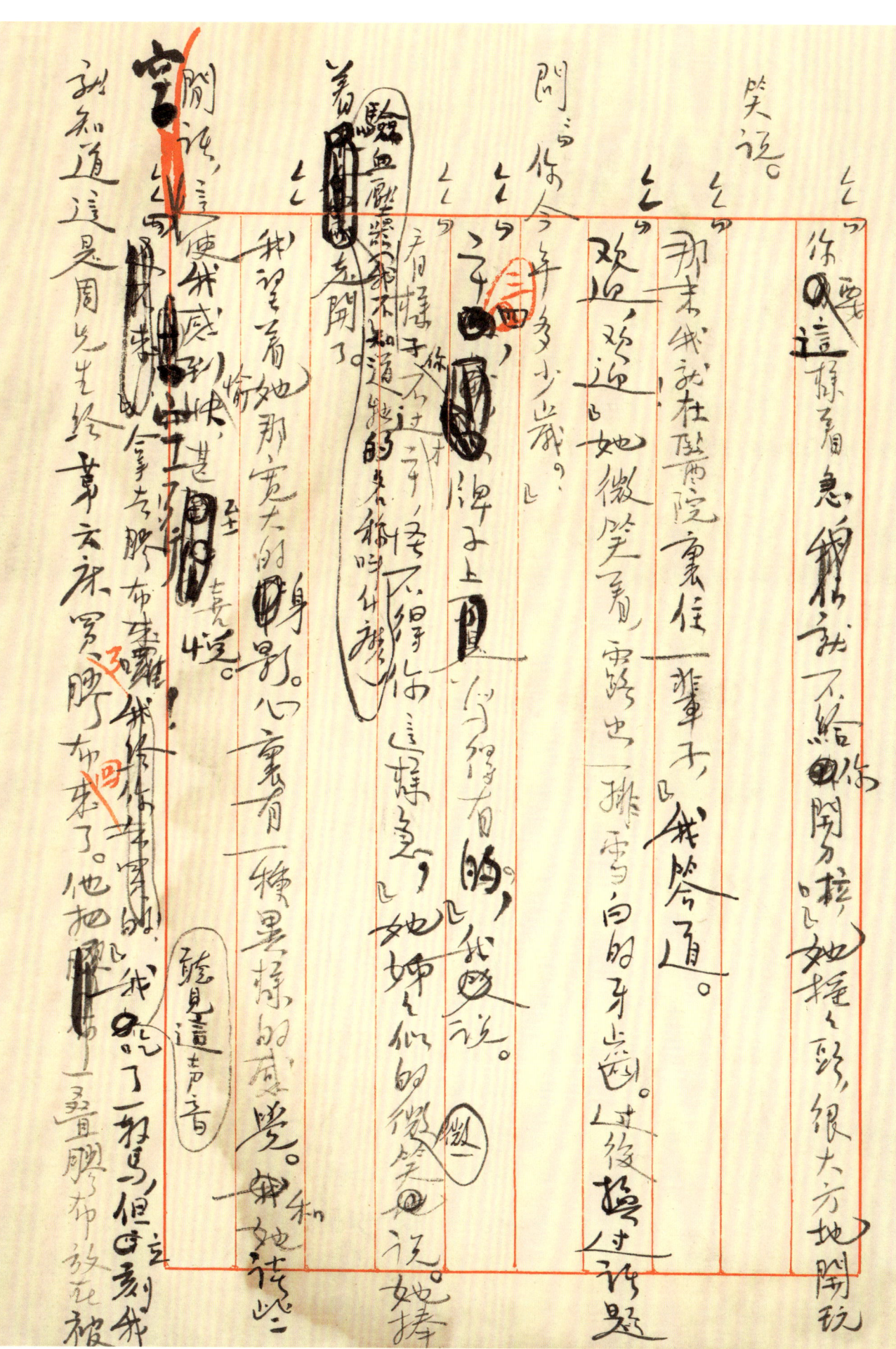

谁知道这是周先生给萧军来买胶布来了。他把胶布一叠胶布放在被

上，就在第六床的脚前。他的眉頭皺得更緊了。

"醫官啦？他還不來？"第六床並不對周先生表示謝意，卻先抱怨起醫西

生來。"周先生沒有理他，便走開了，臉上露了點掃興的神氣，好像

不滿意這個病人連一聲"謝謝"也要吝惜。

"小姐小姐"第六床喚道，他聲音不高，也不大清楚，沒有被護士聽見也

沒有人理他。

"什麼事情？"過了會，我忍不住了，便問他。

"我找小姐請醫官來，"他答道。

"大夫自己會來的，"我說著，坐起來看對面。我看見那個胖醫生正

立在左邊那隻角裏，在給那個病人換藥。我又說，"他在那邊換藥。"

「這边没有弄好，又到那边去弄，真是不負責，」他又在抱怨。

我没再説話。不过我心裏暗想：空抱怨又有什麼用處？还不是只有等着大夫來換藥。

林大夫在十點多分鐘以後來了。他的紅潤的臉上現着愉快的微笑，眼

問着：「胖布罗來了？」

「罗來了，」第六床低声回答道，他把胖布罗遞給了胖大夫。他這人有点怪，他不管他在九月後怎樣抱怨他，看見林大夫的面卻講不出話來。

「三六，三六，三六……李，請过來一下，」林大夫轉过頭向條桌那面叫道。

我看見先前同我講过話的那個小姐答應着，拿着一個記錄本來。

就是胖大夫開始解绷带。換藥的工作開始了。我没有看清楚那個大夫在做些什麼（我没有敢正眼去看那隻手上的傷痕），我卻聽見一聲低低的叫喚：「哎喲！」接着就是林大夫的平靜的聲音：

49

“碰都没有碰到，痛什么。……唉，好多了。就是你自己要乱搞，……”

“我没有乱搞，”病人撑嘴，分辩说。

“你没有乱搞。我给你包得好好的，怎么会弄得一塌糊涂……”

病人不再分辩，大夫停了一会又说下去：“我这次给你包好，你自己再要乱搞，我下次就不管你了。听见没有？”最后四个字是他抬起面孔说的。他的手动得极快，[illegible]已把那个手包好了。他又拿了一根细带子穿过那块小小的方木板，这木板是用来垫手的，这样手腕便不会弯起来了，手指便可以伸在腕外面，布包好了，他又把这细带子拴在铁架上，他的工作完成了。严厉的表情又被得意的微笑代替了。

“现在舒服了吧，”大夫偏着头看看他的成绩，得意地问道。

“舒服，”病人轻轻回答，并且舒服得极快。可是等到大夫走开了，等到她從臉架前時，他卻一面把手指一伸一屈地動着，一面帶着哭相地說：

「天曉得！哪里說得上舒服？這隻手一定要成殘廢的。」

他的這種脾氣我實在無法了解。我帶點不滿意的口氣問他：「你既然覺得不舒服，那麼你爲什麼對大夫說舒服呢？」

「給他說有什麼用，他還是不能醫你，」他把眉頭皺得更緊了，臉上卻有一股怨氣，看不出一點懊悔的表情。我覺得這個人太喜歡自信心。但是我還想說服他，我要使他知道他的錯誤。我又說：

「你是來治病的，不相信大夫，爲什麼又給他看你的病？」

「我想再換個醫院，」他說。

我不再同他說話。我心想：你已經換過這個醫院了，還想換幾個呢。

室

下午兩三點鐘之間，第二床出院了。他的太太來接他。那是個臉蒼白的女人，年紀不到三十，腦後挽着兩根細長的辮子，穿一件淡青色旗袍。她溫和，是個會應酬的人。她

50

地和第十二床的病人講話，又向汪小姐說了感謝的話，然後拿着她丈夫的一個包袱，一隻手還扶着他，兩個人慢慢地走出了第五病室。他們夫婦跨出門檻之前並沒有忘記向某幾個病人告別。兩三個病人帶着羨慕的眼光望着他們。

他們一走，汪小姐就叫老鄭來把第二床的被褥草薦全拿走了，只剩下一付光光的木板。剛好是老鄭當班的時候，他沖水、倒便壺的事已經做過了。

我看見這床鋪空出來，倒有點高興。我想少了一個人，房裏空氣應該好些。其實這空氣並沒有好些。而且這個病床在一個鐘頭以後又被一個新的病人佔據了。

新病人是個老頭子，他是給人用担架抬進來的。一個穿中山服的中年人在旁邊照料他。我知道那個中年人是他的兒子。他進來的時候，張大夫正在給十一床打盐水针。同昨天一样，十一床呻吟着，嚷着不要打。同昨天一样，张大夫说：“喊你吃糖你不吃，喊你喝水，你不喝。你还不要打针！你是不是不要性命？”

“我不打啊，我不打啊！”十一床疯狂地喊着，动了一下身子。

“你不要乱叫，不要乱动！”张大夫按住他的腿，命令般地说。“今天只给你打一针。”

C.C.“你要乱叫乱动，我就给你多打一针！”

“我难过啊！张大夫，不打了！”十一床仍旧在叫。

“不打了，就要完蛋，”明小姐在慰他说。架子上那个大瓶里还有半瓶水，但是今天水走得相当快。我看见水在减少着。

第九床在同第四床讲话：“奇怪，他怎么偏偏不爱喝水，说他不喝白开水，买了茶叶放进去，买了白糖放进去，他还是不肯喝。他这人真固执！”

“固执。他是跟自己性命开玩笑。我看他不会久。人都糊涂了，”第八床摆出聪明人的神气回答。

51

新病人躺在担架上面，等候看护小姐把床铺好。然后由抬担架的人把他抬到病床上去。现在他是第二床了。他侧着身子躺在床上，脸向着我。头，项上缠着绷带，好像后头生疮似的。他脸色白得像纸一样，两颊完全陷落进去，差不多只有皮包骨了。嘴唇的四周有一圈不曾修整过的花白的短胡须。他闭着眼含糊地在呻吟，偶尔也睁开眼睛，用他无力的眼光看他面前的景物，眼白带红色，眼角还留着半干的眼屎，连眼睫毛也被眼屎黏成一片了。

他忽然大声叫道：“啊，啊……”他一连地叫，我觉得奇怪，疑是我的耳朵没有听清楚。但是那个中年公务员从条桌前面走到病床跟前来了，还把头俯到他枕边去。

~~第六床的父亲还在嚷着。儿子应着走开了。什么钱，小钟……~~

拿了大洋進來，放在床上。「我要起來，」老人又叫道。

「××，那些的錢你要還去啊，」老人的母親用他帶沙的聲音吩咐道。

「我曉得。你老人家好好養病，不要管那些事情，」中年人溫和地答道。

老人含糊地應了兩聲，又靜了一會。床的叫聲也停止了。

楊大夫邁着大步走了進來。他到條凳前和坐在那里的……

中年人講了幾句話，大夫立後走過來看這個新來的老病人。她先看過他的舌苔……

中年人扶着老人坐起來，她解開他頸上的繃帶，我也坐起伸着頸子望那個……

是的，可怕的這個頸子，爛成一個大坑，粉紅的，深紅的，里面白的……

一塊一塊，分不出哪里是肉，哪里不是肉，看上去倒像一個腐爛的蟲蛀的桃子，桃核也露出來了。

楊大夫輕輕地說：「……」

「他不信西醫。一定要請中醫看，不曉得吃的是什麼藥，越貼越壞。」說是半個月也好。

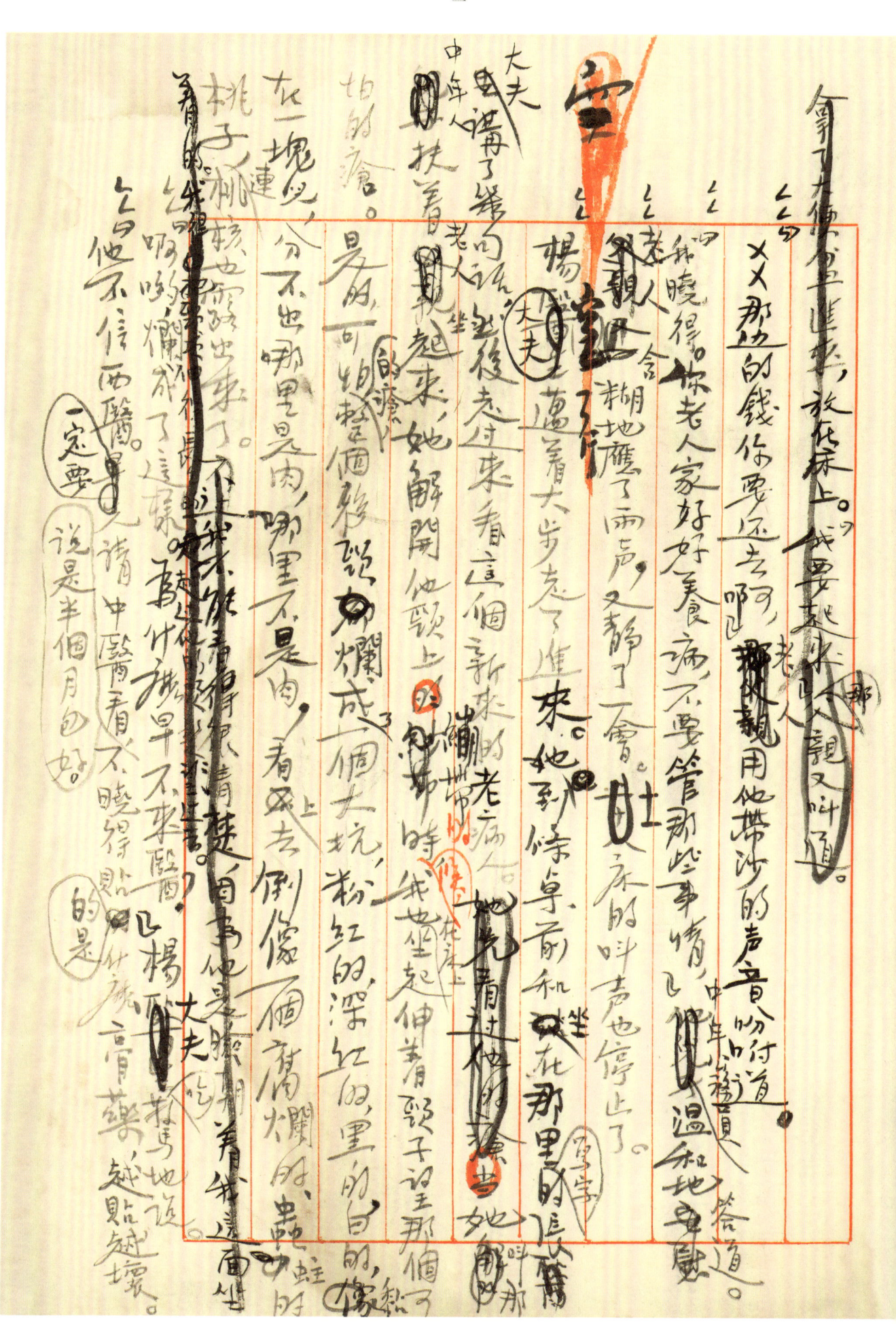

52

到今天有二十六天了。他受不住才答應到醫院來。他本來身体很好，不像現在這樣，那樣子的公務员說。「誰隨便貼點膏藥怎樣行！要是早點送來醫院，他不會痛到這樣的」，楊大夫帶點責備的口吻說。她把病人的紗布全解下，扔掉。「不要動啊，」她吩咐了一句，便匆匆走到隔壁那一間去，但很快地便走了回來。胡小姐也跟着她來了。病人始終垂着頭坐在床沿上，兩隻手按住兩個膝頭，嘴角裏哼哼唧唧就沒有停過。「老先生，你忍一下痛，不要緊，我把腐肉給你弄乾淨，好上藥，」楊大夫溫和地叮囑着。她的兩隻手開始忙碌地工作，胡小姐在旁邊幫忙。這個女孩的臉上帶了一點害怕的表情，她始終沒有敢正眼看那傷口。楊大夫的眼光卻固定在瘡上面，她臉上顯露着專注的神情。那個中年人仍舊站在病人旁邊，我找不出適當的字形容他的臉色，他似乎比胡小姐還怕看那個瘡。他時常呆呆地望着窗外。好像他的心很寂寞。而且我覺得他臉上除了憂傷外還有一種厭惡的表情。

"哎喲！"病人忽然大聲叫起來，但只是這一聲。中年人楊兒立刻把正向着窗外的眼光轉到病人的臉上，輕輕地問了一句："痛得厲害嗎？"

"好啦，好啦，就完啦！"楊大夫安慰地說，她臉上現了一點寬鬆的表情。她開始把新的紗布放到那瘡口上去。

"痛啊，"病人訴苦般地說。

"好了，不會痛啦，"楊大夫又說，她幾下就把繃帶束好了。她噓了一口氣，臉上綻出了一絲笑意，對胡小姐說："胡，謝謝你啊！我讓那個寬臉女孩把用具收拾去了。"她又對病人說："老先生，你睡下吧。"又對那個中年人說："你扶他睡下吧。”她以後自己走到洗脸盆架前去洗手。

“你回去啊，”老人呻吟地说，声音不大清晰，但我还可以听出来。

“我晓得，”公务员答应着。他用憔悴的眼光望着那个病人。

杨大夫又走回来，她对那个中年人说：“我给你说，他身体太差了，医院裏伙食他不能吃的。你每天给他炖点鸡汤、牛肉汤送来吧。”

中年人迟疑着，还没有回答，病人却在床上插嘴说：“我吃素啊！”

杨大夫没有听懂他的话，公务员接着解释道：“他是吃长素不动荤的。”

“病到这样，还管这种事情。他不多吃营养东西是不会好的，”杨大夫带着嘲笑的神情说。

「不过他虽很……，也不见得就怎样新鲜，我想先买点鸡蛋来给……」

他冲着我说：「也好，」他低声……笑道。我看他脸色，我知道他此刻心里很焦灼。

「在医院里跟在家里不同。住进来就得听大夫的话。你的病不要紧，……」他对我面孔……

大夫呼唤女护士。「那，总是对病人有益的事，」大夫……到这里，一个陌生的护士从外面进来，把她叫出去了。

他呆呆地立在原处，他似乎在想什么事情，过了几分钟，他低下头来，靠近病人的脸，说：「大夫的话，你听见吧。你以后不要再固执哟。你晓得的，我已经欠了两万块钱的债了，」大夫喊我……鸡……我哪里来的钱？你这场病一下来，我们一家人都完了。你要好好地听大夫的话啊……」

「我晓得，」病人痛苦地呻吟道。他接着还说了句话，但是无论如何，我听不出是什么意思。似乎他想分辩，然而痛苦使他讲不下去。

「你这个时候跟他讲这种话有什么用处？」第三床是一个更细心……

54

的旁观者，他一直把头伸得那样长。现在他忍不住出来讲话了。

"中年人插嘴"他吃惊地抬起头来看说话的人，他的忧郁的眼光落在第三床的突出的嘴上，他无可如何地微微一笑，向着第三床者两字说声："请教贵姓？"

"敝姓苏，你也是——"

"敝姓陈。我们是从南京逃难出来的。"

"那位是你的亲戚吧，怎么病到这样才来住院？"

"他是我父亲，"中年人脸上露了一点不自然的表情。"其实原先有一个很小的疮，他不肯找中医，贴膏药，后来才越烂越大，我们赶紧送他到医院来，他索性不肯

不肯医，后来大了，他又

其实住在家很不方便。家里房间小，人又多。我们又没有医学知识，外加了他多少

次，昨天他才答应来看看。"那是刚才这位女大夫看的，"第三床插嘴

設(三)這是楊大夫人倒很好。(四)她要我女人住院，昨天沒有病床，今天有空我纔

找人把他抬進來，我還請了一天假。

(五)也衝他受得住，連骨頭都看得見了。他今年六十一 他看了云

十吧。

(六)今年六十六了。說是這個月的生日。他身体本来很好，並不像現在

這樣的。不到一個月內都出去了。看家裏看他病到這樣也很可憐。這些天他

嘴裏又爛了。吃東西不方便。

(七)這樣大年紀，害這種病，真是運氣不好。不過我看你也夠苦的。

三 很同情地說。

(八)還不是，是自己的父親，有什麼話說了。三千多塊錢的薪水要養活一

家六口人，哪裏夠！今天進醫院繳的兩千塊錢還是揮我女人一個金戒指湊足

夠的。大夫還說要燉雞湯。可是錢從哪里來。他真要害死我。

我給他

55

我起初還以為他只是别人的姪兒或外甥，覺得這倒是一個難得的人。現在聽見個兒子向着陌生人抱怨他父親的病，都有聽不進去，覺得這不大近情理了。

這也難怪他，得了病也沒有辦法了。只怪生活太高，大家都吃苦，第三床安慰他說。

是啊，要不是生活這樣高，他也不會病到這樣，起先他省省錢，不肯醫，後來也是想省錢，沒有找好醫生……說到這裏他的聲音啞了，他把臉轉開。

第三床也不講話了。他躺下去休息。那兒子掉過身回到看他父親床前去。第九床仍舊繼續在對第八床講故事。兩個人不時低聲笑着。第十一床好像在昏睡，他不動也不哼。連我旁邊的第六床也睡着了。

我想睡，但是我坐久了，也感到一點倦意，便躺下去。一種舒適的感覺在我四肢散佈。

我迷迷糊糊地過了一會，又驚醒了，我以為我跌下去了，我卻發見自己安穩地睡在床上。我不知道我睡了若干時間。病室裏不太靜，和我先前閉眼的時候差不多。第五床和第八床的談話還沒有完。現在是第六床在講故事了。

傅先生的右腳露在外面，手裏拿著一本書在低聲唸著。第四床今天好些了，他臉上痛苦的表情淡了不少。他閉著眼在睡，他現在可以睡枕頭了。

老人仍舊側著身子睡在床上。他的兒子已經走了。吃晚飯的時候，廚房裏送了一碗飯給他，他坐起來，用他那瘦得見骨的手捧著碗，用調羹舀著稀飯慢慢地送到口裏。他的手抖得厲害，他常常把嘴俯下去將就手。喝完一碗稀飯，對他是一件很艱難的工作。他差不多喝一口就要哼一兩聲。我望著他，我的心都疼了。

56

〃他还没有放下飯碗，楊大夫匆忙地進来了。她好像是進来拿東西的，看

但是她轉身出去的時候，看見老人坐在床上，便走到他床前来，囑咐道：

〃老先生你不要坐起来嘛。你要吃飯，你請小姐餵你。你不能再勞動，你身体太弱。

〃啊。

〃老人抬起頭看她一眼，呻吟般地應了一聲。

〃那末你現在就睡下去。你不要坐起来嘛。楊大夫又說，她站在旁边望着他，似乎要看他睡下去才走開。

〃他只好放下碗，把碗……躺下去。雖然動作很慢，但他終於睡下去了。

〃楊大夫！楊大夫！對面那個角裏有病人在叫她。她答應着，走到對面去了。

〃做個大夫也不容易。病人找你，你就得去。不管你怎樣忙，"第三床"自語地說。沒有人接話。過了半晌，他又提高聲音對

着第八床说老沈，你出去看看老许好不好？」

「怎么样，你要叫麵吗？」第六床問道。

「叫麵还是其次的事，第一是去把老許罵一頓，問他为什么今天一天都不来，」第三床带笑地大声说。關於老许不来的事，他们今天已經討論了好几次，而且已經發过不少的怨言了。他们昨天有过一点小小的得意，还定下個对付老许的計劃。原以为今天还有一個笑樂的機会，可是老许的不来把他们的計劃打破了。今天两頓飯的時候，他们对着那碗只能说是有一点的青菜發脾氣，着急，但现在事情已經过去了。他们又可以带笑地讲起这件事了。

「好，我就去，我也要吃点東西。我去给你叫碗大滷麵来，老沈也要叫吧，」第八床說着就掀開被坐起来穿鞋子。

「我也要碗大滷麵。不过吃了好的睡不着觉。我住聖西院花的錢还是給領子的少，拿去的多，算来至少總有七八千吧，」第九床盘着脚坐在床

54

上。兩隻肘撐平地壓着縱撐起的膝頭上。他的態度是那麼悠閑的。

「這樣說，哈用比命更要緊啊」

第八床一跳蹦地走出去了。

我無目的地把眼光掉向窗外。右手邊第二床和第三床床頭上兩面窗全撐着。

左邊只看着第八床床頭上的一面。右邊的窗較低，窗外露着芭蕉的綠葉，看得見頭頂

左邊的窗外較高，銀杏的樹梢，像畫着似的繪在窗外的藍天

中，從那不太繁密的枝葉露出來一角洋樓和里漆的欄杆，一個白衣

影子在廊上過。

但是窗外的藍天漸漸在變色，時而淡，時而深，有時像灰色，有時又像亮藍。

樹影也漸漸模糊。突然樓窗裏燃起電燈來。

我收回眼光。好像桌前的電燈亮了。一個人站在十二床的左

侧。他穿着短外衣，是一个工人模样的人。我看不清楚他的面貌。

“你好点吗？”他问。

“唉，”床叹息一声。“好点。”我心里难过。

“你在吃药吧？医官怎么说？”

“我没有钱，哪里有药吃？大夫天天打针，痛死我啦！他们都不来看我，不管我。”他吐字地说，声音粗，不清楚。不过我可以懂他的意思，猜出他的话。

“他们都没有空路，不远。我跟秦股长讲过，秦股长一点也不理会，

我有什么办法？”那个朋友，你去一般地解释。

“你没有跟他讲……”

“我跟秦股长讲过，医官说我的病要……钱……

医药费。股长把我骂一顿，说是……我说他假话。他还说×××……受伤是自己不

小心，公司沒有責任。上次給他的醫藥費已經很夠啦。現在一個錢也不肯多給。……」

「沒有錢，我的傷怎能好？天天打針受罪。……我身上一個錢也沒有。他們就讓我死在醫院裏不來管我吧。……」十一床吶喊般地說，聲音裏帶着哭聲，顫抖，就像受傷垂死的猛獸的哀號。

那朋友停了一會，然後安慰他說：「你好好地養病吧，不要着急，我給你慢慢地設法，再跟公司交涉。」他從衣袋裏掏出鈔票放在病人枕邊，又說：「這裏八十塊錢，你先拿去用吧。」

十一床沒有回答，也沒有拒絕的表示。

「我走啦，你好好養病，不要着急啊。」那朋友站了兩三分鐘後又說，於是掉轉身往外面走了。病人轉動着頭，他似乎在用目光送他那朋友出去。過後我看見他

把朋友留下的鈔票收起來放在枕頭下面。這時老鄭進來了。他向我們這面走來，大聲問道：「買不買東

西？我好一起買回來。」

「我買，我買！」第十床大聲說。老鄭便在他床前站住了。我又看見

他伸手在枕頭下面摸索。

「你買東西快拿錢來！」老鄭等得不耐煩了，不客氣地催促道。

「白糖，白糖，四十塊錢！」第十一床用力說，他把錢交給老鄭。

「鹽水針打怕了，他現在要吃糖了！」第三床帶笑地自語道。我聽着，

心裏很不好過。我覺得寂寞。我又有點害怕。真的，這那

個人就在我腳下，和我隔得這麼近。要是我處在他的境地呢……我不敢想了。

白糖買回來的時候，我聽見那病人吩咐老鄭：「多放些在茶

壺裏面。」

59

△△ 我拿茶壺給你，你放吧，⌐老鄭答道。把茶壺和糖都放在床沿上，他

捧着別人買的東西走開了。

△ 十一床默默地吃力地把糖放在茶壺裏面。過後他用手捧着壺喝

了幾口。△ 我不知道他喝了多少。

但是老鄭下班前提了開水壺來沖水的時候，他走到十一床跟前，

我聽見他在說。△△ 還是大半壺開水，你只吃了幾口。大夫喊你多吃

了糖來，△△ 又不吃，你這個病怎樣得好啊。

△△ 我吞不下去，⌐十一床聲音含糊地答了一句。

△△ 吞不下也要吞啊，你沒有錢吃藥，只好將就一点，⌐老

鄭又說。△ 病人不作聲了。

這晚上第十二床就沒有再叫过，我們這一面的十二張病床，第二床偶尔中吟，但後來也沒進西睡裏去了，一起一伏的打鼾声，和混着藥味的是氣和在空氣上。在这些病人中，只有我睡不着。病室裏充滿了。

護士姐很早就關了我們這一面的電燈，也沒有人講話了。第十五床似乎对的病人睡得更好。

第四床今天可以吃東西了。他吃半流質（醫院的用語，就是湯裏面还有一点看得到的消化的食物，像蛋黄，猪肝等之），並且沒有吐过流。他的病的确有了起色，下午我午睡醒來偏过頭去看他，他还对我笑，似乎想对我講話。可是他沒有開口。我也什么都不會說。

第三章

六月三日（星期六）

今天上午我照過X光了。我急切地想知道結果怎樣。可是楊大夫告訴我應該等到下星期。假如我沒有別的病，那麼下星期三便可以開刀了。

我除了等待外，別無办法。我想我是能夠等待的，而且我應該等待。我決定不再去想我自己的問題了。為了消磨時間，為了排遣寂寞，我得多多觀察，這就是說多多留心看別的病人在這病室裏每天怎樣過日子，怎樣對付他們的病痛。

這一層我的確做到了。

昨晚這個病室裏相當靜。十一床整夜都沒有呻吟過。第二床只哼過幾聲，那個老人大半時間都埋在被窩裏面。但是到今早晨護士小姐剛鋪好床以後，他忽然叫了起來：

"……我要出恭啦！"老人的聲音不算十分大，而且有了嘶啞。但他呼喊時卻是費了力氣的。起初並沒有人理他，恐怕他們都沒有聽懂他的話。後來第三床替他向護士小姐解釋明白了，護士小姐又去喊了老張來。

老張把大便盆送到第二床跟前，並且放好在被蓋下面。老張剛走開，病人忽然坐起來了，他就坐在大便盆上，褲子褪到膝蓋下面。大腿瘦得只剩皮包骨，那形狀極易使人聯想到雞腿。我懷疑他怎樣能用他的腿走路。

"你怎樣坐起來啦？大夫喊你躺着不要動……"第三床關心地提醒他道。但是他埋着頭不出聲，兩手沒有地方擱，便交抄在胸前，整個身子發出微微的顫動，好像隨時都會倒下去似的。

61

——護士小姐走进来了，那是張小姐。她立在床的床脚，带着好奇的眼光看着

——你這樣不行啊，老先生，楊大夫說过不要你起來。

——过了片刻老人像是說："不起来，我偏不，也呀！"（他的頭不停地顫動）

——你真固執。其实你多試々就会惯的。張小姐說。你快

睡下去，你懂不懂，你身体太弱，不应該多動。

——老人不作声，也不躺下去，只是不快地摇着他的身子。

——你真固執，你不管你自己身体，你爱得住不住，不听大夫的話……

張小姐沒有办法对付這個病人，她不满意地摇々頭，站着再看了几分鐘便走回

到条桌那边去了。

——但是她刚走到条桌的右端，老人又大声叫嚷着："草紙，草紙！"

「醫院裏沒有草紙，要你自己買，」第三床對他解釋着。

「我沒有錢啊，」老人又說。

「你沒有錢，就不用，」第三床略帶不耐煩地說。

「草紙！草紙！」老人不理第三床，他只顧喊着。

張小姐賭氣般地走過來，她把兩三張裁過的草紙擲到老人的被上，憤憤地說：「拿去，拿去！」馬上轉身走了。

「到底是你本領大，你用草紙不花錢。我們要用，十三塊錢一刀，」第五床嘲笑地說。

老人不回答。他卻蹲起來。他身子搖搖顫顫地動着。他似乎想側着身子躺下去。可是不知道怎樣，他卻向前一撲，身子伏在被上，一個光屁股翹了起來，腿彎的皮膚有些鬆弛，顏色，白的像雪，紅的像腐爛，黃的帶黑。

62

"喂，你怎麽啦？"第三床輕聲問道。他從床上站起來。他這句話把張小姐和汪小姐同時吵醒了。老人向她呻喚着。張小姐還說："老先生，怎麽啦？"她們也跟着問道："你們在幹什麽？"

"我看他是坐不住，倒下去的，"第三床說。

她們扶着他在床上躺下去。這對她們說是件吃力的工作。他整個身子不停地顫抖着，嘴裏也繼續發出低聲的呻吟。汪小姐帶着一種勉強止住的厭惡的表情把大便盆拿到床下去。張小姐在替這病人整理鋪蓋和被單。我看不見她的臉，但聽得見她的聲音："以後不要再坐起來啊，聽見沒有？"老年的病人含糊地應着。我不知道他是不是聽懂了張小姐的話。她們離開病床的時候，我聽見張小姐對汪小姐說："他身上這樣臭。」

「應該給他洗一次澡。我也有時聞不得他那種氣味，」汪小姐答道。

我照了X光回來，楊大夫正在病室裏給第六床換藥。病人沒有坐起來，他在床上仰。楊大夫手一動，他就哼一聲。藥換過了。楊大夫問他：

「你今天早晨吃過什麼東西？」

「稀飯，」老人含糊地回答。第三床馬上替他接下去：「他吃了半碗稀飯。」

「半碗稀飯哪里夠！你兒子給你送雞湯來沒有？」楊大夫又問。

「我吃素。」

「吃素沒有用。我喊你吃什麼，你就得吃什麼。不然我就治不了你這個病。」楊大夫命令般說。「你兒子來，你記着要他給你燉雞湯送來。」

楊大夫剛說完，病人的兒子就進來了。他右手提了一付生豬肝，左手拿着一個大的洋磁漱口盂。他就在床前。楊大夫抬起頭，看見他，便對他說：

「你來得正好。鴨湯送來沒有？」

這個中年人怔了一下，過後把豬肝提得高高的，一面回答道：

「我買了新鮮豬肝來。我就去熬湯給他吃。」

楊大夫皺了皺眉頭，微微搖着頭低聲說：「單吃豬肝哪裏夠？你每天要給他送兩碗雞湯來。」

兒子露出一個苦笑，聲音略帶顫抖地說：「我實在負担不起。為着他這場病，我已經花了兩萬多塊錢，還是借來的。要再借，我也沒有本領了。」

「那麼你給他輸血吧，這是不花錢的，」楊大夫略有點不快地說。

兒子吃了一驚，懼怕的表情立刻罩上臉來。他略帶慌張地說

“我貧血頭暈，我不能輸血的。”

“你不用怕，我還沒有驗過你的血嘞！”楊大夫說，“她還不曉得你的血對不對。”（她惆悵地微笑了。）那個中年公務員似乎知道同她爭論對自己不會有好處，便把眼光掉到猪肝上面，自語道：“我去把猪肝煮熟給他吃。”他轉身往外面走了。

楊大夫也默默地走到條桌那邊去。她一直坐在條桌前面做事情。（汪小姐有時坐在她旁邊，有時到某些病床跟前去，有時又到外面去。）（過後又拿起來把揭一個鐵碗裏）後來那個兒子拿了肩膀口上血進來了。他把它放在條櫈上，一面俯下頭對病人說：“猪肝湯來啦，我沖了兩個雞蛋，你多喝點吧。大夫的話你該聽見了。我這樣做，哪里還有多的血。你不要跟我鬧了吧。”

“我要吃荸……”病人固執地說。

64

「你吃素！你是在要我的命。你自己不想活，也不要別人活」，那兒子着急地說，蒼白的臉變紅了，他絕望地抓自己的頭髮。我想他會哭出來吧。但是他並沒有哭出來。

「絕不！……」兒子吐出這個字，他埋下頭，用手帕蓋着臉大聲醒起鼻涕來。過後他又走出去了。大約過了十多分鐘，他慢慢地從外面進來，先去洗了手，然後到他父親的病床跟前，他跪在床腳邊呆呆地望着病人的臉，好像不敢走近枕邊去的。

他父親一聲不響，索性連哼也不哼了。他仍舊站在床前苦守他父親的答話。他對那個老人痛苦地嘆了一口氣。「你讓我死吧……」老人喃喃地說。

楊大夫來了，手裏拿着扎耳朵的東西。她對那個兒子說：「我先驗驗你的血再說」。

那兒子恐懼地向後退了一步，似乎想躲閃，但是楊大夫一把捉住他的左耳，就拿針往肉裏扎去，一面還說：「扎耳朵還怕什麼，又死不了你。少見！你不肯輸血，也得設法拿五千塊錢出來買別的血。」

「伍千塊呢？我哪里來的錢啊，」兒子做出要哭的樣子說，「一家五口人還要吃飯……」

「那麼你自己輸血好啦，我給你担保，不會有危險的，」楊大夫已經把血賣好了，他帶點輕蔑的調子說。

「我每天要上公，又要到醫院裏來。一家人就靠我這點薪水吃飯……」那兒子嘮嘮叨叨地分辯說。可是楊大夫已經掉轉身子走了。他有點失望，掃興，好像他知道沒有得着一個人同情似的。他帶着訴冤的表情向四周看看。他的眼光觸到第三床的眼光了。

「這個年頭，大家都苦，有什麼辦法，你忍耐點吧，」第三床勸慰道。

「忍耐，也要忍得下去啊，」他半晌纔吐出這句話。

「現在還是先治他的病再說，」第三床說。

「病自然應該醫治。不過他總不聽大夫的話，這個也不吃，那

65

個也不吃，事事要由他，這怎麼治得好病。今天給他買了一副豬肝，煮湯給他端來，他又不肯吃。」說到這裏，那兒子立刻走到鍋檯前面去，看了看碗裏盤的湯。他端起碗，俯下頭，溫和地說：「快涼了，你吃點吧。」

「我不想吃，」病人答道。

「大夫說的，你一定要吃。不吃，你的病就治不好。我來餵你吧，」兒子說。

他拿起調羹餵他父親喝湯。

「我不吃啦！」喝了三四口以後，病人忽然伸出手揮動一下，像要推開他兒子的手似的，一面厭煩地說。

「一點都沒有吃到，再吃一點吧，」兒子說。

「不吃啦，不吃啦，」病人接連嚷着。那兒子只好把碗放回鍋檯上去。

我聽見這個中年人嘆了一口氣，也看見他微微地擺了兩下頭。並且他還掉轉身子向過道看着第三床，絕望地攤着兩手嘆息說：

"……他還是不肯吃。"

"慢慢來吧，"第三床同情地笑了笑，安慰他說。

那兒子拿着臉盆出去了。過一會他再進來時，他用一方花手帕蓋住

他把手帕對摺成三角形，從鼻尖探繫到後腦，代替了口罩，蓋住了鼻孔和嘴唇。他在絞乾臉帕在替他父親揩臉。

空行

第二床似乎睡着了。病室裏漸漸地靜了下來。第九床和第四床睡得正熟，講不完的故事也跟着睡去了。第六床老是瞪着眼不出聲，不知道他在想什麼。第一直在生氣。第四床臉上還有痛苦的痕跡，也看不見了。他在看張小姐留給他的一本小說。他早晨已經同我交談

頭放在右邊的肩上

了下來

先前

第一床躺在床上，讓一個理髮匠給他剪髮，他兩隻腿始終高高地突起。

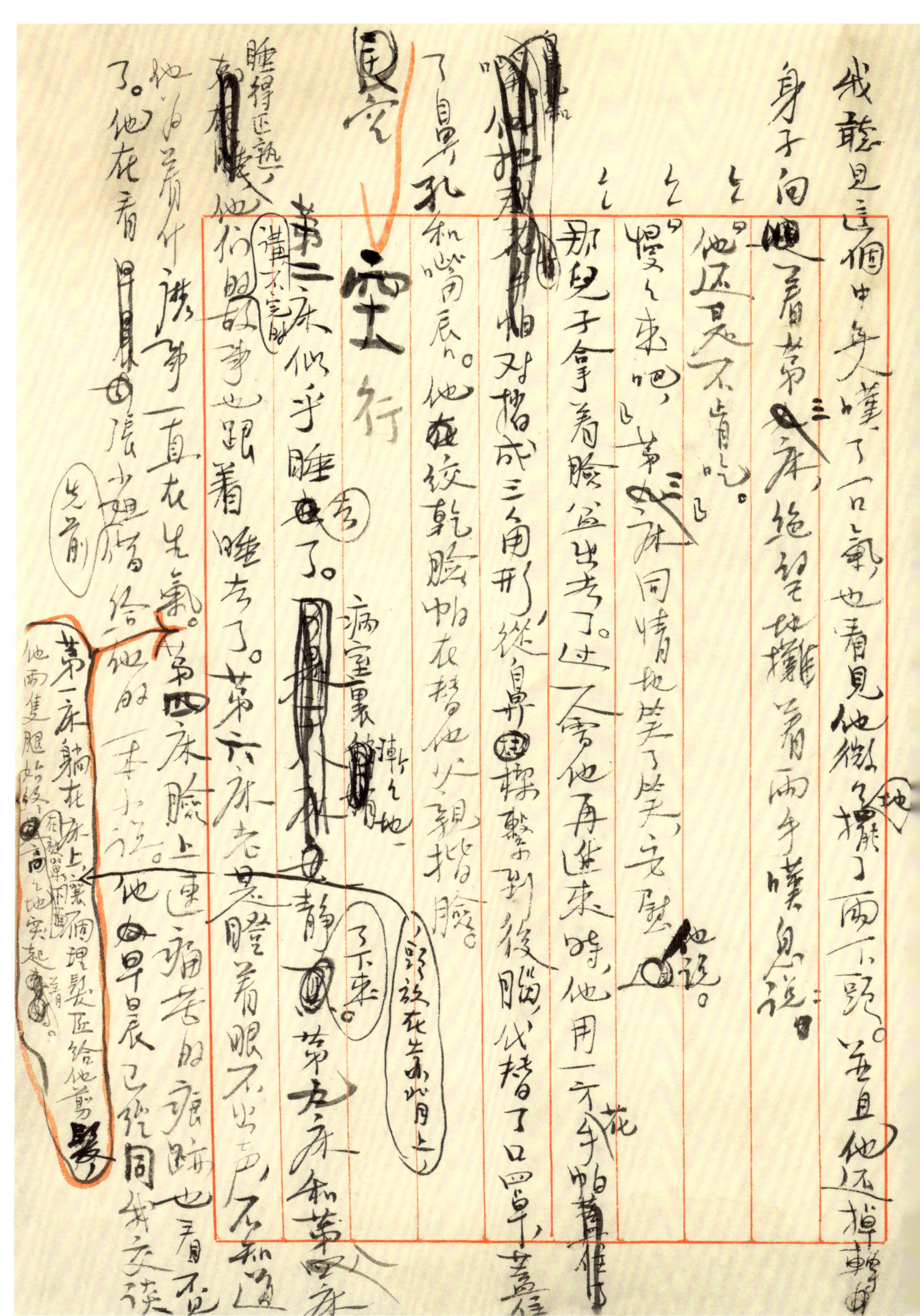

過了。我知道他姓孔，是一個郵局的職員。他害急性盲腸炎，前天午進院來就開刀。說是再遲三四個鐘點，他就沒有救了。他似乎是個和善可親的人。他又告訴我第七床也是害一樣的病，是大前天晚上抬進院來的。在那個晚上開的刀。他是聽見大夫講的，那個人來得更遲，算是運氣好，沒有出毛病。

吃過午飯後第十床和十二床的病人出院了。但是病床沒有空到半點鐘就被兩個新的病人佔據了。睡在十六床的是一個害眼睛的廣東司機，說是在獨汽車公司服務，穿着藍布制服。一個年青的人睡第十八床，他的病我說不清楚。他好像是在肚臍眼上面偏左的地方生一塊東西，說是不痛，又跟肉瘤不同。但那究竟是什麼

〃大夫、
馮大夫、廖大夫 大夫 都还不能斷定。
大夫的话，有又找了張小姐來做翻譯：十九床[redacted]年紀不过二十，從[redacted]他回答：
醫生的話，我知道他已經結过婚，並且有一個男孩子了。但看他的態度，
却又像是個十三四歲的不懂事的孩子。他這裏並没有給他帶來煩惱，所
以他臉上常常露出笑容。他愛吃零食，隨身帶進來不少糖菓，給他
話，他的大夫一走，他就[redacted]拿出[redacted]一把來，慢慢吃着。看見
他這空閒時的態度，人會忘記自己是躺在醫院裏了。
但是正當他空閒地吃着糖菓的時候，就躺在他的腳下，沈默了一
早晨的四十一床忽然大聲叫起來："老張，老鄭，小姐，小姐！"
現在还是老張當班，可是開过午飯後，人就看不見他的影
子了。汪小姐聽見叫声，走过來问道："哪樣？"
"我要灌腸，我難过不得啊！"
四十一床叫着回答。

“好的，我跟大夫讲一声，等一阵给你灌肠。”汪小姐温和地说。

“快啊，快啊！”四十一床痛苦地喊道。

“你不要着急，要等大夫来过，他签了字才能灌肠，”汪小姐又说。

“我受不得啊！……”

“你不要喊。大夫没有来，你喊也没有用。起先大夫来了，你又不对大夫讲，”汪小姐带了点抱怨的口气说。

“我受不得啊……”四十一床仍旧痛苦地喊叫着。

“那么你多吃点水嘛，”汪小姐说着，就拿起壶来，把壶嘴送到病人口边，病人咕嘟咕嘟地喝了几大口。“好啦，等一阵再吃。多吃点水，心里头也会好些。”汪小姐说了，便把壶放回到矮柜上去，她转身走了。

她走後不過三兩分鐘，又用了粗厲的聲音叫起來：

「老鄭，老張，老鄭，老張！」他不停地叫喊。

沒有人理他。那個廣東青年坐在床沿上，睜大兩隻眼睛，好奇地望着他。沒有人到他身邊去。

「我过不得，做做好事啊！小姐呀！……」他像野獸似地哀叫着。

「你不要喊，大夫不在，你喊也沒有用，等一陣會給你灌腸的，」張小姐在條桌前大聲說，她抬起頭望了他一眼。

「我过不得，我过不得！」他也許已經聽不見張小姐的話了。他也許除了自己的痛苦外，對什麼事都不知道，都不關心了。他只是不斷地叫喚着。

是不能被任何話語阻止的。好像有一種力量推動着他，他自己也不能

「張小姐，你喊老張來給他灌灌腸吧，他叫得多煩人！」第九床忍不住坐起來講話了。他的腿屈着，兩手抱着膝，抬起頭朝向條桌那面望去。

68

「說來翻閱」汪小姐答道，「老張也不曉得到哪里去了囉。」張小姐請

你去找張大夫來看看。」四十一李，他今天有点不大对。」

張小姐答應着走出去了。

「我過不得呀！我要灌腸！我也要錢，我也要四十塊錢！」十一李瘋狂

惡狠狠地叫喊道。他的身子搖動着，我看見李搖愰了一下。

「四十塊錢，你給老張，他還看不上眼呢！」李應道。第三李感

慨地在一边發議論。「他們那種人，只有一对勢利眼睛。你有錢，就叫他

你兒子，他也肯。沒有錢，說該受他氣。做你老子！」

「我過不得呀！四十塊錢！我有錢！」四十一李繼續

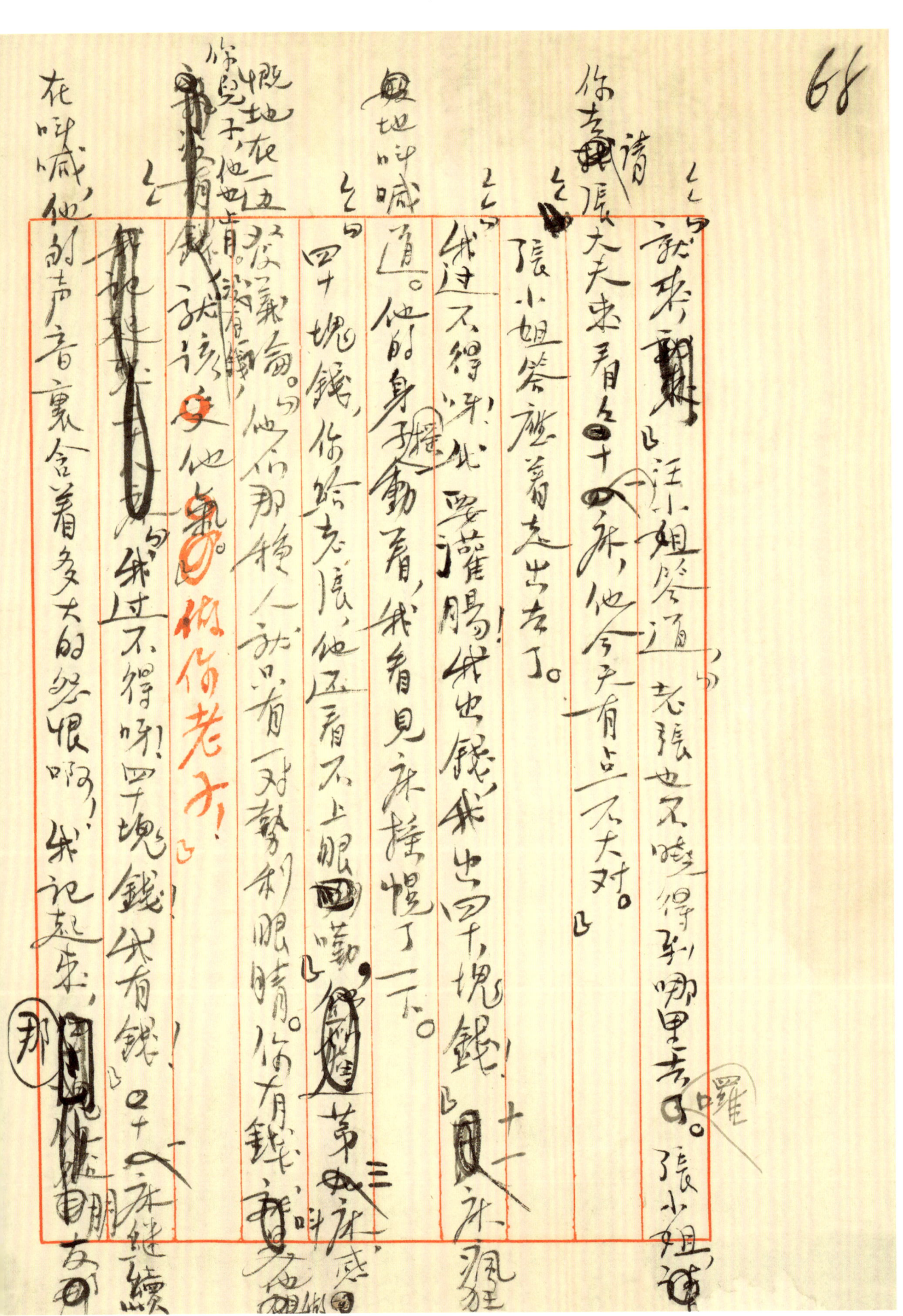

在叫喊，他的聲音裏含着多大的怨恨啊！我記起來，那朋友

昨天給他八十文，他用去四十文買糖，還剩下四十。這四十文應該是他唯
一的財產了。這四十塊錢引起了第八床的笑聲，可是他卻刺着我的心，
使我渾身不舒服起來。那張紫色的圓圓臉和那剪得光光的頭，於是
隱隱約約地在我眼前幌動。
睡在第十床的廣東青年受不住跑出去了。第八床錢從說話于傷
這兩個病人的呼號，都沒有用。第十二床只顧叫着，他好像神志不
情了。
張小姐從外面匆匆走進來。她在門口說：「不要喊了，老張
給你灌腸來了。」
這雖然與我不相干，但她這句話也給我帶來一點安慰。
緊張的心情漸漸鬆弛了。這些人的叫聲也該停止了吧。
果然老張拿了灌腸器進來了。他走到第十二床跟前，拼命

笑地说：“来啦，来啦。你何必着急，这种味道不见得好受吧。人家怕灌肠，你倒求之不得。你把身子朝那边车一下……好啦，不要动啦。”

第十一床的呼声停止了。我的心也得到了片刻的安静。广东青年手拿着一块奶油面包回到他的病床跟前。他看见灌肠的动作，他的好奇心似乎得到满足了。他放下面包掩着嘴在笑。

“好啦，你忍一下，我给你拿大便盆来，”老张嘱咐道，我知道那瓶里的水已经落完了。我看见老张把灌肠磁瓶和橡皮管拿开，又看见老张把大便盆放到铺盖下面去。这些时候，病人没有作声，除了偶尔的哼一下。我想，大便出来后，病人的痛苦应该减轻了。

但是半点多钟（大概是半点多钟吧）以后，第十一床又带着更大的痛苦叫起来了：

「我过不得呀！我过不得了！」

这时是老鄭当班。胡小姐也来代替張小姐了。另外还有個護士，就是胡小姐那天進醫院時當班的小姐，她身材高高的，相貌也端正。我不久就看出她生着一对鬪雞眼，年紀过了二十。

老鄭提着壺来冲開水的時候，他並不在十一床跟前停留，只用厭惡的眼光看了那病人一眼。第九床問他为什麽不給十一床冲開水。他粗声回答道：

「他吃開水！他快回老家了。」

「奇怪，他灌了腸，他还是在喊过不得，」第九床说。

「火毒攻心了。要是肯花錢也不至於這樣受罪，」老鄭說。

「哼，你懂得！那末还要大夫来做什麽用？」第九床低声发表病人的不满。

「小姐呀！我过不得！我要打針！做〻好事啊！請大夫！」

70

張大夫……多麼痛苦的喊声！

「现在他倒要打针了，」第四床吃吃地笑道。

「你还要笑，人家是性命交関的事，」第九床抱怨地说。

「我並不想笑，可是我忍不住就笑出来了。你看老廣也在笑，」第八床指着那個廣東青年說。

「他笑，过幾天他就会哭的！」第九床哂笑道。

忽然我耳边響起一個崩塌的声音，我眼前發生一個大的震動。我会以為是一個人驚惶地叫起來。我起初不知道出了什麼事。我居然毫無理由地以為牆塌了或屋瓦落下來。但过後我就明白了。五十八床連人帶床板和靠背一起跌落到地上，下半身还裹纏着被單，破棉絮蓋到他的胸前，兩隻手膀

（一段用解完的綳帶）

子露在外面，頭[redacted]離開床板放在地上，[redacted]臉还是...的，結实的眼睛呆呆

（左边的一隻还帶着...）

地的睜着，嘴張開，仍舊不斷地發出痛苦的[redacted]呼喊。他似乎[redacted]不知道自己

的睡處已經換了地方，而且也感覺不到跌落的痛楚了。他伸着左手要去抓

『汪小姐，胡小姐，刘小姐，那個開雞眼的小姐全跑过來。

『你在作死呀！』開雞眼的小姐望着他说。『你這樣真不要活命了。』

『[redacted]，你跟他講沒有用。他已經神志不清了。你快去喊大夫』

『蕭他們來把他抬上去，』汪小姐說。[redacted]小姐匆匆走開了。汪小姐又自語道：

『張大夫还不來，真急人！』

『第五床當時騷得[redacted]呆呆地站在床上，身子

緊貼着木壁，頭靠着紙窗，好像害怕[redacted]那個病人會倒在他的身上似的。『現在

才慢慢坐下來，对自己说了一句：『好險啊！』

『你怕什麼，怕他拉你一路回老家嗎？』第一床嘲笑道。

「我不怕，我跟他还隔了两床。你们是同乡，你倒应该送他去，」第九床笑着答道。

病人继续在呻唤，声音粗大，但是人却不能分辨出字音来了。

张大夫匆匆地走进来，忙忙地在他边问着，边走到床跟前。

「张大夫，你来得正好。他起初叫着要灌肠，给他灌了肠，他还是叫着心里头难过。你看看要不要给他打针。」汪小姐带点宽慰的神气说。

「先把他抬起来吧，老郑到哪里去了。」张大夫皱起眉头说。

「我们来抬，」胡小姐自告奋勇地提议说。

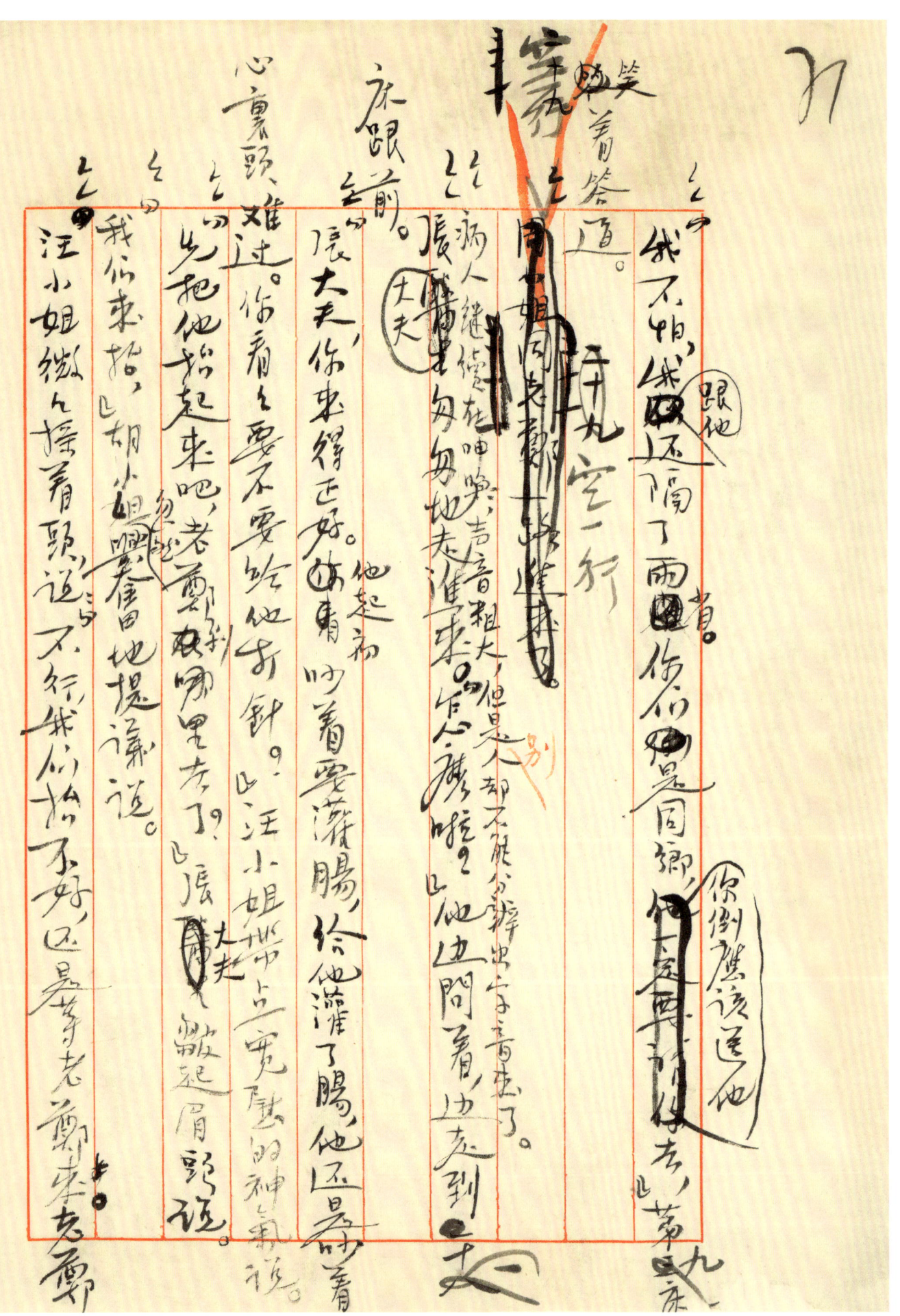

「汪小姐微微摇着头说：「不行，我们抬不好，还是等老郑来抬

也嚷，上班的時候[redacted]總喊不到他。……」

「我出去總有事情。我着個人又不會分身，這里也喊，那里也喊……」大夫

鄭剛跨進門限，聽見汪小姐的話[redacted]有點不高興，便不等她說完，便接着抱怨起來。

「快把病人抬上去，不要多講了，」張[redacted]大夫厭煩地吩咐道。

「我一個人怎樣抬？」老鄭板起臉孔說。

「我跟你兩個抬吧，」張醫生說着，就彎下身去。老鄭不好意思再講話了。他們兩個[redacted]把病人連床板一起抬到板凳上去，汪小姐和胡小姐在旁邊幫忙照料着。

「[illegible]病人繼續[redacted]在呻喚着，[illegible]大鄭[illegible]人都聽不見了[illegible]

「[redacted]那個病人被搬回床上以後，他還是含糊地大聲叫喚。他的痛苦似乎並沒有因此減輕一點。他仍舊像一隻受傷的猛獸似地在哀號，

垂死

「給他打一針××××，」張大夫帶着嚴肅的表情，低声对汪小姐說，他說出一個外國字

那一定是普名，但我弄不清楚是什麽藥……

「」針打过了。病人的情形也沒有見好一点。張大夫在旁边守了一陣，

便走了。

「」他去後，家人对十一床的興趣似乎也淡了許多。那種單調的痛苦的呻吟

大家也漸漸地習慣了。我也是這樣，我起初还睜著眼睛望着他什麽時

候會把嘴閉上。後來我却有了一種奇怪的想法：要是他的声音突然

停止，我們會覺得這個病室太冷静了。

「」其实這個病室不会太冷静的。人不能就讓十一床那樣一個人叫下去。

因此第三床不久也有了呻吟的機会。

三十四

杨大夫又来了。还是她那满不在乎的神气，皮鞋踏着大步，身子一摇一幌的。

“给第三床预备四瓶盐水针，”我听见她对护士长说。

“老头子也要吃盐水针了！”第八床觉得有趣地说。

杨大夫在第三床旁边停留片刻，就走到我的床前来。

“你睡得好吧，”她说着，大方地一笑，露出一排雪白的牙齿。她一对大眼睛里射出来无限的善意。

“还好，”我答道，她的笑使我感到愉快。我又问下：“是不是我下星期三开刀？”

“你又来了。你真性急，上午还跟你说过要到下星期才能决定。嗯！我劝你，最好还是不要想那些事情，”她温和地笑道，接着忽然问道：“你带什么书来没有？”

73

「沒有，我忘記了。」我說的是真話，我想帶幾本小說來，臨時卻忘記在父親的家裏，那位出身高貴的那個人現在應該因公到某地去了，他太太新近從上海來，和我只見過幾次面，她不會來看我。

「你要不要看書？我可以給你找幾本來，」她微笑地說，我只覺得她兩個滾圓滾圓的黑眼珠在我臉上滾動。

「那麼謝謝你哪天給我帶幾本來吧，」我感謝地說。

「我給你挑幾本看起來不費腦筋的。你現在不能太用功啦，」她又笑了笑。

我看着她，我覺得她整個臉發亮了。

「……」就在這時她忽然警覺地掉頭朝第二床看了一眼。

鹽水針已經準備好了，架子放在第二床的床脚下，汪小姐正把鹽水瓶倒掛在架上那個大瓶裏面。楊大夫便離開我到第二床那邊去了。

針插進病人的兩隻大腿裏。第八床朝第三床呶一呶嘴說：

「老沈，你等著看看這老頭子怎樣哼法。」

老人並沒有哼一聲，好像睡熟了似的，也不曾動一下。瓶裏水走得雖然慢，但我也看得出牠逐漸在減少。

「這個老頭子本領倒不小，他哼都不哼一聲！」第三床睜大眼睛驚奇地說。

「噯，他倒奇怪。再等一陣吧。看他受得住多久，」第八床擺動看他那瘋子也說。

「不要再等多久。」再過十分鐘光景，老人叫出了第一聲。

「我受不住啦！……再打不得啦！……做做好事啦！」他拖長聲音唱歌似地叫着。也許是由於他的年紀高齡吧，他的聲

74

音不像是痛苦的呼號，倒像是一個粗人笨拙地哼著歌。第二床依舊笑起來說：「這一個這樣叫，那邊

喊，好像是事先約好的一樣。」

老人並不動一下，只是不停地哼著：「我受不住啦！……打不得啦……就要打死啦！……我要死啦……我就要死啦……」

楊大夫說：「這老人在像是有點不敢低下頭寫字。」她聽見老人的叫聲，也忍不住微微笑了。她放下筆，走回到第二床跟前。

「你不打針，才要死嘞！」她說，接著又問：「老先生，以後你兒子給你送湯來你吃不吃？」

「我要吃啦！」

「猪肝吃不吃。稀飯吃不吃。雞蛋吃不吃。」她又問。

「我吃，我吃！」

「你不吃藥嗎。」

「我不吃藥啦！不要再打針啦！……我要死啦！……」

「我就只有這一瓶了，」她說着便把錢櫃上那瓶鹽水倒進大瓶裏去。過後她立在床前繼續說：「老先生，你以後要多吃東西嗎。我要你吃什麼，你就得吃什麼。你身体太壞，不吃營養的東西，爛的肉便長不起來。你懂不懂我的話。」

「我懂！」

「你懂，那麼你兒子給你煮的猪肝湯爲什麼不吃。」楊大夫剛剛揭開漱口盂的蓋子看過了。

「我要吃，我要吃，」病人連忙答道。

大夫把　　撒——Miss胡！Miss胡！楊醫生喚道。胡小姐走了过來。楊醫生把盡遞給她，请你喊老鄭人拿去熬一下。等一陣，你看着老先生吃完他。給一定要他吃。

胡小姐拿了看撒出去了。她回到病室裏來時，楊醫生已經走了。

後來大瓶裏的鹽水也流盡了，胡小姐便过來把老人腿上的兩根針拔去，又把架子搬開。老人立刻不作聲了。

好了，這人一邊不響了，能的右隣第四床自語道。他這一說，我也覺得病室裏較靜了一些。

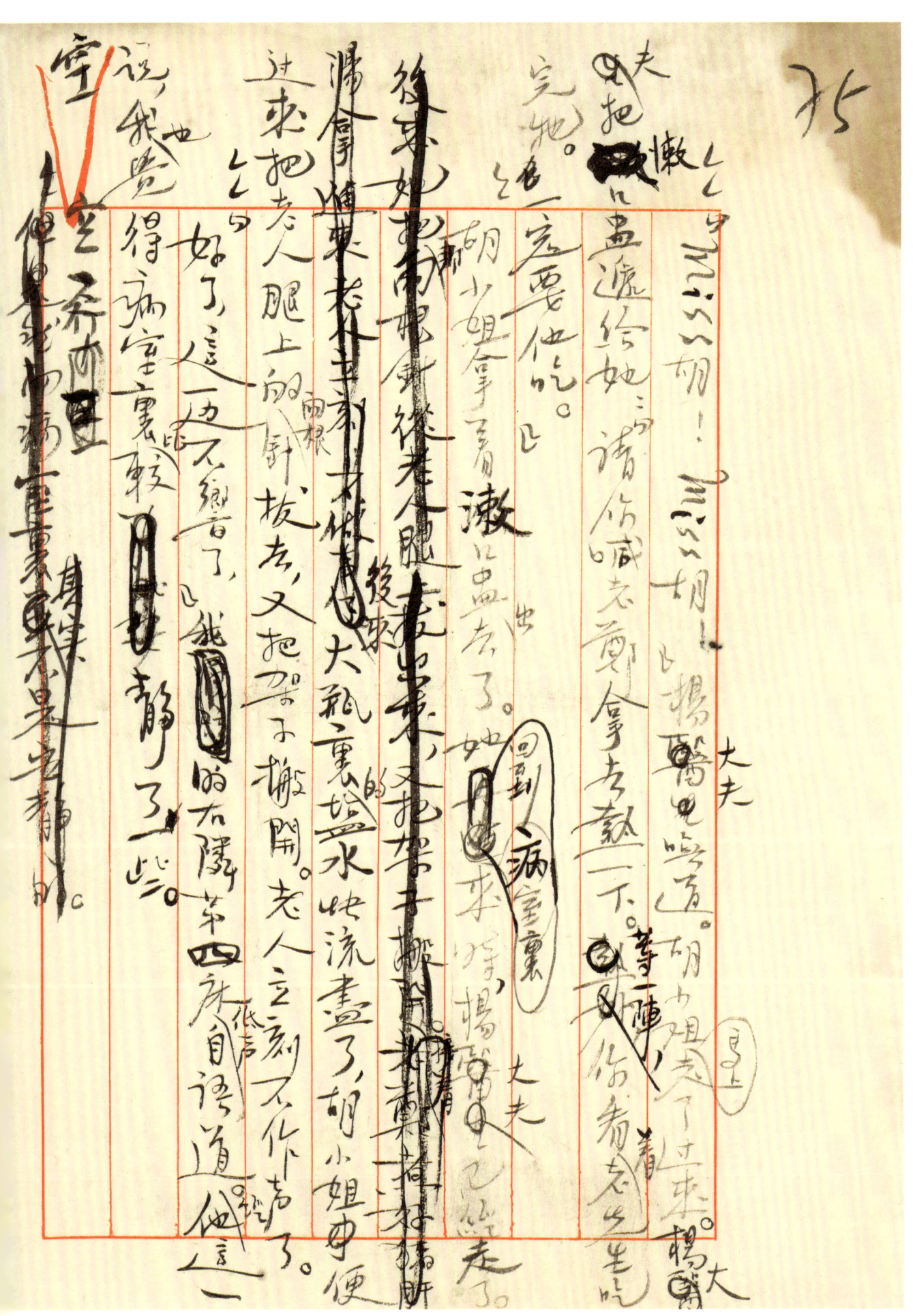

〃可是第十一床始终没有停止过呻唤。不过他叫得更卑词，更痛苦了。他已经唤不出一个准确的字音，并且人在那声音里找不出一点近似人类语言的地方。他的叫声现在更像是野兽的哀號。他哀叫着，哀叫着，不管有没有人同情他，有没有人来照料他。

〃他的手还在动，身子也还在动，床板时々向左右摆幌。每次动得较厉害时，要是向左，就会听见第九床的惊叫声，要是向右，就会听见第十二床的叫喊。

〃小姐，（汪小姐，胡小姐，）第十一床又要跌下来了！〃第九床和第八床这样接连叫了好几次。

〃你喊我，我又有什么办法？〃有一次刘小姐过来（生氣地）噘起嘴说：〃你害怕，你找根绳子来绑住他吧。〃

〃对，绑住他倒是个好办法。〃第九床笑着说。他看见老鄭

76

拿着第二床的漱口盅進來了，便大声嚷道：「老鄭，快來！」

「什麽事？」老鄭從第二床床前轉过身子粗声問道。

「二十一床又要跌下來囉，你來綁住他！」第九床說。

「好，我就來，」老鄭答道。他又向條桌那面說：「胡小姐，

猪肝湯來啦。」

「我就來，你放在那里吧，」胡小姐答道。

老鄭走到二十一床跟前，他先看看病人的臉，用一種毫不動感情的声音說：「快啦，我看他过不到今天晚上。」

「你又不是大夫，你知道！」第四床走近老鄭的身边，說着，便也看了看那病人的面孔。

〃我不曉得看過多少了。你不信，等著看吧〃，老鄭得意地

這時病人剛巧把身子向他那面一側，床板幌了一幌，他連忙一手接住病人一隻膀子，就是那隻左膀，他就把留在那上面的繃帶把它綁在床板上，不，應該說是板凳腳上。

〃這樣還不行，最好把那隻膀子也綁一下，萬一床提議道。

老鄭真的找了一根繃帶來把右邊膀子也縛住了。

〃現在不會再動了〃，老鄭試了試以後說，他臉上露出一〃滿足的表情。

〃我從第十八床又把眼光移到第二床那邊去。

胡小姐正站在床前用調羹舀著湯送到那個老人的口裏去。老人說了好幾次：〃我不吃啦！〃她不依從他的話，卻一面看著他嚥下去，一面說：〃再吃點，再吃點！你不吃，楊大夫又要來打針了〃，胡小姐說

她的話对老人倒有极大的效力。最後我看見胡小姐滿意地放下調羹和漱口盅。

"老頭子也真滑稽，怕打針，連吃藥也開彆扭了，"第三床帶笑批評一句。

"真是，怎麼不把人当人？他又不是犯人，就不該綁他，"第六床的声音。我轉过頭去看。他正微微搔着頭，瞪着眼睛，紅着臉在那里生氣。"都是娘生的呀！"

我同意他這話。我了解他的憤怒。他一定在想着他自己。

"他沒有家裏人，沒有朋友，在此地他仍隨便对付他，"第六床看見我对他点頭表示同意，他便接着往下說。

乙：他没有钱，他们看不起他，连老郑也要欺负他！真是天晓得！第六床又说，他的脸一直在发红，眼睛里射出憎恶的光来。

乙：这样对病人应该平等待遇，况且医院又不是旅馆客栈，

乙：是啊。我附和他说。……茶房也不会这样招待

个朋友，第六床接嘴去说：你看他多痛苦，心里难过啊！他们就不管他，

丁给他吃止痛药，睡睡也好。

乙：第六床的声音不高，除了我，别人不会听见清楚。自然也不会有人考虑他这个意见。整个病室的人就没有个出来为那个垂死的病人说一句话。大家让他叫着，挣扎着。太大声让他喊下去。他喊了

乙：我觉得就在这时候，第十一床的脸色似乎也没有什么改变。望过去，他始终是个非常强壮的人。并且他还表现出来他有着大

48

的氣力。他掙扎到傍晚（其實天完全[redacted]不曾黑，只是空氣漸漸涼起來了），他的右手終於掙脫出來，肘拐下面現出一條傷痕，血在流着。然而他還是昏迷地揮動着他的手。他的叫聲並沒有比先前的更痛苦，只是有些沙啞了。

他這樣老是喊，喊到今晚上，我們大家都睡不成覺了。已第八床忽然驚心地自語道。

不要緊，他們都說他過不到今晚上。你聽他嗓子都嘶啞了，已第九床說。

他身体實在得很。看他那樣子，他再喊三天三夜也不在乎，已第八床微笑地說。

他不在乎，我們還在乎哩。已第九床[redacted]微笑答道。

七

這兩人的談話使我不舒服。我想到外面去走一下。我穿好衣服，走出病室去。

暮色降下來了。但這只是開始，淡得很。空氣很柔和。我走下階到一股西藥的氣味中間夾雜着一些花香。我順着石板路散步，我在花台邊走來走去。這露天裏的一切使我心胸舒暢。

這院子裏還有四個小房間。兩間位置在通外面的那道門旁邊，兩間靠近通入後院空地的門。舊式的糊紙的小格子窗用竹棍撐起來，四間屋子的窗全撐着，窗台不高，我可以看見每間屋子裏的陳設。一張床，一張條桌，一把逍遙椅，一把籐椅。在一間屋子裏一個漂亮的西裝青年躺在逍遙椅上。在另一間屋裏一個衣服華麗的中年婦人對着鏡梳理頭髮，一個衣服整潔的老媽子站在旁邊伺候她。不用問我便知道這是頭

39

等病房。這里有的是舒適和優待，只是住在這病房裏的人能夠比我多付兩倍的錢。

那個服裝整齊的青年從房裏走出來了。他站在窗前石階上，兩隻手放在背後，悠閒地望著前院裏一叢芍藥。那是一副清秀的面貌，只是鼻孔裏塞了兩團棉藥。

我仍舊慢步走著。正在看他，忽然他也抬起眼來看我。他的眼光不像在看一個同類的人，倒像在看一個奇異的生物。

我本來打算招呼他，同他講話。他的這表情阻止了我。這種看法使我有點生氣。我不願意再忍受他那樣的眼光。我正想回到病室裏去。我看見楊大夫從後院轉出來。她這次沒有穿工作衣了。她穿着一件绛红色旗袍，外面罩上一件燈籠袖的黑色细毛線衫。臉上也稍微擦了一点粉。

“去赴宴會吧？”我笑着問。“去朋友家吃喜酒。恐怕已經遲了。”

“楊大夫，你進城去嗎？”我笑着問道。

“要的，有些事情。”她笑着回答。“這本書是拿給你的，”她把腋下的一本書遞給我，那里面还有一個手提包。

“這是一部『唐詩三百首』。”她拿這樣書給我看，倒是我想不到的。

“我想這本書對你倒有些好處。我記得我先前就說过你不宜看太費腦筋的書。你讀讀詩，可以使你的心純淨一点。心境對於病是很重要的，”她溫和地解釋道。她兩隻眼睛親切地望着我。

“我明白。這些詩我也讀过的。楊大夫，謝謝你啊，”我感激地說。

我覺得她的眼睛也在微笑了。她又關心地說：“你出來好久了，不要多吹風，早点進去吧。”

“楊大夫，我問你句話，將來我開刀的時候，你會不会在場？”我忍

80

想起她這話，就順口說了出來。

她笑了：「你們得奇怪。不過，我也說不定。只要我沒有別的事，我一定在場的。」

「我是這樣想：只要你在場，我一定不害怕，」我率直地答道。

「那末我一定在場，」她似乎很感動地說。「其實你也不用害怕。

我們剛纔又收了一個跟你一樣的人，就住在這三十二床，」（她指着隔離病房，門前掛着一方小木牌，寫着「隔離病房」字樣。他以前來看過的。現在差很多，站的地方隔[illegible]）「他身體好了，下禮拜那個開刀。」

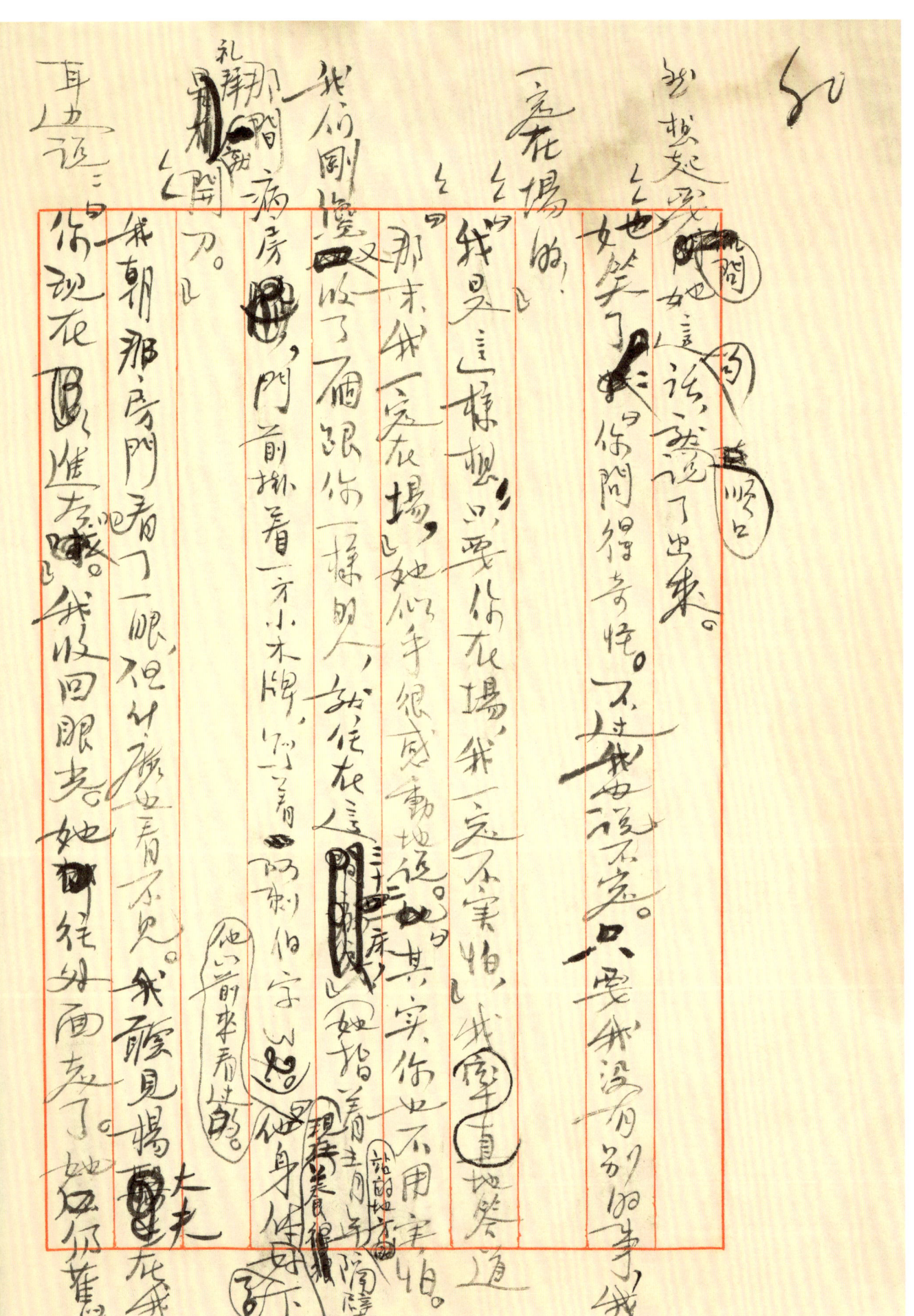

我朝那房門看了一眼，但什麼也看不見。我瞧見楊大夫在我耳邊說：「你現在該進去嘛。」我收回眼光，她已往外面走了。她仍舊

邁着大步——黃皮鞋，短襪，光着的腿。不過她身子好像覺得並不

病室了。我沒有立刻走回病房。我站在石板路上，目送着她的背影。我

把眼睛都看花了。

夜已經來了。它好像一張網似的向着我撒下來。

壹

空一行

我回到病室。一股臭氣撲向我的鼻端。我禁不住發嘔了。

病桌前電燈十分明亮。左邊沒有說話的聲音，電燈也已關上，似乎那個病人全

睡着了。右邊角的電燈燃着，那邊有人在呻吟，有人在哭，

有人在大聲講話。我走近床旁邊，我看了那病人一眼。還是那個結紮

的淺圓的頸，肉還是一樣多。臉色却變黑了。眼睛睜得不大，但是她們

睜着。嘴張開，喘氣似地在叫喊。左膀露在外面，肘拐以下連着一片

81

血跡。

電燈差不多就懸在他頭上。他的眼睛並不畏懼燈光。兩隻大眼角都在發光。我看出來那是淚珠。這兩點小小的淚珠竟使我打了一個寒噤。

我回到了床，躺下來，把唐詩放在枕頭下，我感到一陣輕鬆了。

我們這邊晚上鬧得很，天天都是這樣，吵得別人睡不好覺。對面一到晚上連說話的聲音也難得聽見，第六床稍稍偏着頭對我說。這時我剛剛睡下去。

我想，他大概是悶極了，需要找個人談幾句話。找到了個說話的人，就不肯放鬆了。其實我現在只想休息，但為了敷衍這個人，我只好唯唯地答應兩聲。

「他们对别人一点同情也没有。人家快死了，他们还要笑！」节子愤慨地摇着頭說，他的臉孔板得更厲害。眼睛眉毛更[redacted]朝上豎，更像[redacted]鹿子在台上的[redacted]臉面了。[redacted]我一想起這個人[redacted]，我從沒有看見他笑过，無怪乎別人的笑會引起他的反感。

「我还是唯唯应着。[redacted]後来我倦得連嘴也懶得動了，[redacted]

「我索性閉上眼睛睡覺。

「我[redacted]好像睡去了一會兒，可是[redacted]十一床的呻吟一直在我耳边响着，時而近，時而遠，[redacted]我忘了我是在醫院裏面，我覺得我还是住在朋友的家裏或者親戚的家裏。我並没有生病，我只是走完了長的旅程，现在更疲倦地瞌睡了。我不管明天有什麼事在等着我，我只是在享受這一刻的輕快與休息。

「大夫们查病房时，我被惊醒了。杨大夫不在，冯大夫也不在，廖大夫和张大夫倒是来了的。另外还有

82

兩個大夫和一個女大夫。我以為他們會在十一床旁边多停留一些時候，或者商量出一個办法減輕那個病人的痛苦。但他們沒有這樣做。他們只在經過那里時順便投了一瞥淡漠的眼光。張大夫一個人還回頭多看了一眼。

「我想問張大夫為什麽不再給他打針呢？」但是我沒有問。他們在我的床前停了兩三分鐘。一個年紀較大的大夫同張大夫輕輕地問答了兩句。他們便走了。我卻喚着：「張大夫！」那個年青的大夫走回來。他和善地問我：「什麽事？」

「張大夫，你們怎麽不給十一床想個办法？他痛得多可憐！」我終於說了。

「這個和善的大夫搖搖頭，淡淡地答道：「他就要完結了。再想办法也是多餘的。」他声音裏有的是疲倦，卻找不出痛苦與憐憫。

8212

我没有话说了。他也没有工夫再和我讲话了。

眼光射把他的注意力拨到那个痛的病人身上去。他还是像先前那样地躺着，呻吟着，只是他声音低了些，身子也不怎样幌动了。显然他正在用力量挣扎，已经在减弱，他的生命也逐渐在消失了。

「他啦[redacted]地吧，」第四床忽然伸起头看了那病人一眼，带笑地自语道。

「你不用着急，你等他一直在哼，」第九床睁着眼睛開玩笑地说。

「我不要紧。他一伸手就会把你抓去的，你怕不怕，」第八床说。

「他就要回老家了，他哪里还会动？」第九床昂起头得意地说。

但是那个病人真的伸起左手来了。第一床是看见他的手动才说的。他的手伸着伸着，显然地他想抓住什么东西。一下就抓住第九床的被单了，他用力一拉。被单就往下落。他的床幌动了一下。

第九床本来曲着腿坐在床上，被单一动，他明白那情形了。他第一眼就

83

看见那隻帶血的手。他驚叫一声，立刻赤着脚跳下床来。

“你不怕嚇么，又叫了？”第十八床冷笑道。

“第九床不理他，却大声叫：“林小姐，林小姐！”

“上班不久的林小姐走过来问什么事。

“你看，他抓我的鋪蓋。你还是把他的手綁住吧，”第九床說。

“林小姐看了看第十一床，摸了摸他的前額，又診了他的脈搏。後來她把他的被單理好，把他左膊放進被裏去。後來她对第九床說：“不要緊，其實用不着綁了。”

“她走回桌前去了。她說得不錯。

“這以後第十一床就沒有再動了，他的叫声愈來愈低，後來變成低微的喘氣，最後連喘息声也沒有了。

「林小姐！林小姐！」第九床又叫起來。

「什麼事？洪主任，你又在叫？」林小姐走近來，問道。

「第十一床歸天了。」第九床睜起眼睛笑道。

林小姐俯下頭去看了一眼，又摸了摸病人的胸口。她說：「沒有，不要你替他着急。」

又過十多分鐘，第九床又叫起來：「林小姐，請你來看看，第十一床真的回去家了。」

林小姐又走來，她摸了一摸病人的胸口，就俯望着第九床抱怨道：「不睡得哪里來的這樣高興！就直是吵，又不是什麼喜慶事情！」

「林小姐，你應該問問他，有沒有遺囑呢？」第九床摸摸後腦玩笑道。

「唔！你你嘴里真講不出句好話。」林小姐低着，她也忍不住笑了。但是她馬上又收起笑容責備他：「你你怎麼這樣愛管閑事？」

休息半

84

点鐘，不講話好不好？』

『我们不講話，第十一床真的回老家了，哪個又曉得！林小姐，你不要给他送終嗎』第九床頑皮地說。

『不要亂講啊，洪文全，你在第四病室是老资格，應該做個榜樣啊！』林小姐正經地說，不过她的声音还是温和的。

『是啊，我正是在做榜樣啊！』第九床嬉皮笑臉得意地說。

林小姐沒有理他，只皺皺眉頭走開了。第九床和第四床兩人对望着，吃吃地在笑。还聽見幾個別的病人的笑声，但他们立刻便止住了。只有那兩個人繼續笑着，低声講着話。

電燈光很亮。第十床靜靜地躺在床上，單現在他完全不動了。

他的後腦靠着床板的邊緣，他的頭髮差不多亂了，枕頭也不知落到什麼地方去了。不潔的被單蓋着他的身子。他沒有一点聲音。他一直叫了這幾些鐘点，現在應該休息了。我沒有想到死字。

可是第九床又在叫了：「林小姐，真死了。你不信你來看看。」

林小姐咕嚕着走了過來。這次她不做聲了。我看見她的手指在他兩隻眼睛上動了一下。我看不清楚她是在揩他的眼淚，還是使他闔上眼睛。

「是吧，我沒有說假話吧，」第九床壓着腿坐在床上得意地說。

林小姐仍舊不出聲。她走到條桌前站了一刻，便往門外走去。但她馬上又折回來，她在櫃子邊拿了一把傘再往外面走去。我知道外面下着小雨了。

不久老鄭跟着林小姐進來了。他的頭髮上積着雨点，在電燈光下發亮。

「老鄭，你來這十二床，回老家嗎？」第九床大聲笑問道。

「有什麼辦法呢？這行飯還敢說不做嗎？」老鄭不高興地答道。

他走到十一床旁邊，把被單一揭，往地下一扔。又把這光着身子的死人拉動一下，死者的頭又睡回到床單上面了。他不知從哪裏抖出幾張鈔票，數了一下，說放到鐵櫃上面去。我聽見他大聲說：「四十塊錢！哪個要他這一點錢！」他把床單從四面拉攏，包過來，一下子就把死者裹得緊緊的。他打好結，又抽出草繩，讓這人形的包裹放在光光的木板上。

「林小姐，單子簽好了嗎？」老鄭掉轉頭問道。

「你來簽字吧，」林小姐答道，便拿起一張紙條來。

〻〻老鄭接過紙條，自己塗好漿糊，拿回來。他〻〻地擎起手，用力打一巴掌下去（朝着死人的胸膛）（我想那地方應該是胸膛），我聽見怕〻的一声，紙條貼好了。老鄭還很〻地瞪了一眼，才離開死者往外面去了。

〻〻老鄭也太过份，拿不到錢，人死了還要揍他一巴掌，

床在角落裏，表〻亦不滿地說。

〻〻這樣死法，一下子希望也沒有，一家人坐在床沿上

兩隻腳打顫似地動着，他不住地點着他的猴子臉，那隻白蝴蝶還站在他的髮上，我真想把牠撥下來。

〻〻没有人答話。

外面雨下大了。房裏也聽得見雨声，就像無數根細針落到屋瓦上似的。一陣思想侵襲到我心上來。我也說不出這是什麼緣故。我忽然覺得寂寞。我忽然覺得這廂房太空潤，燈太亮，人声太稀。我只想哭。

86

我看左邊第六床，那個姓朱的板着臉豎起眉毛不講話，我看右邊第四床，那個姓孫的閉着眼睛睡了，他臉色蒼白得多可怕。第三床把半個身子倚在枕頭上，帶着沈思的樣子。第二床發出急促的鼾聲，不大，但是歐陽他在夢中也沒有得到安寧。第七床還是靜靜地仰臥着，似乎連翻身的氣力也沒有！

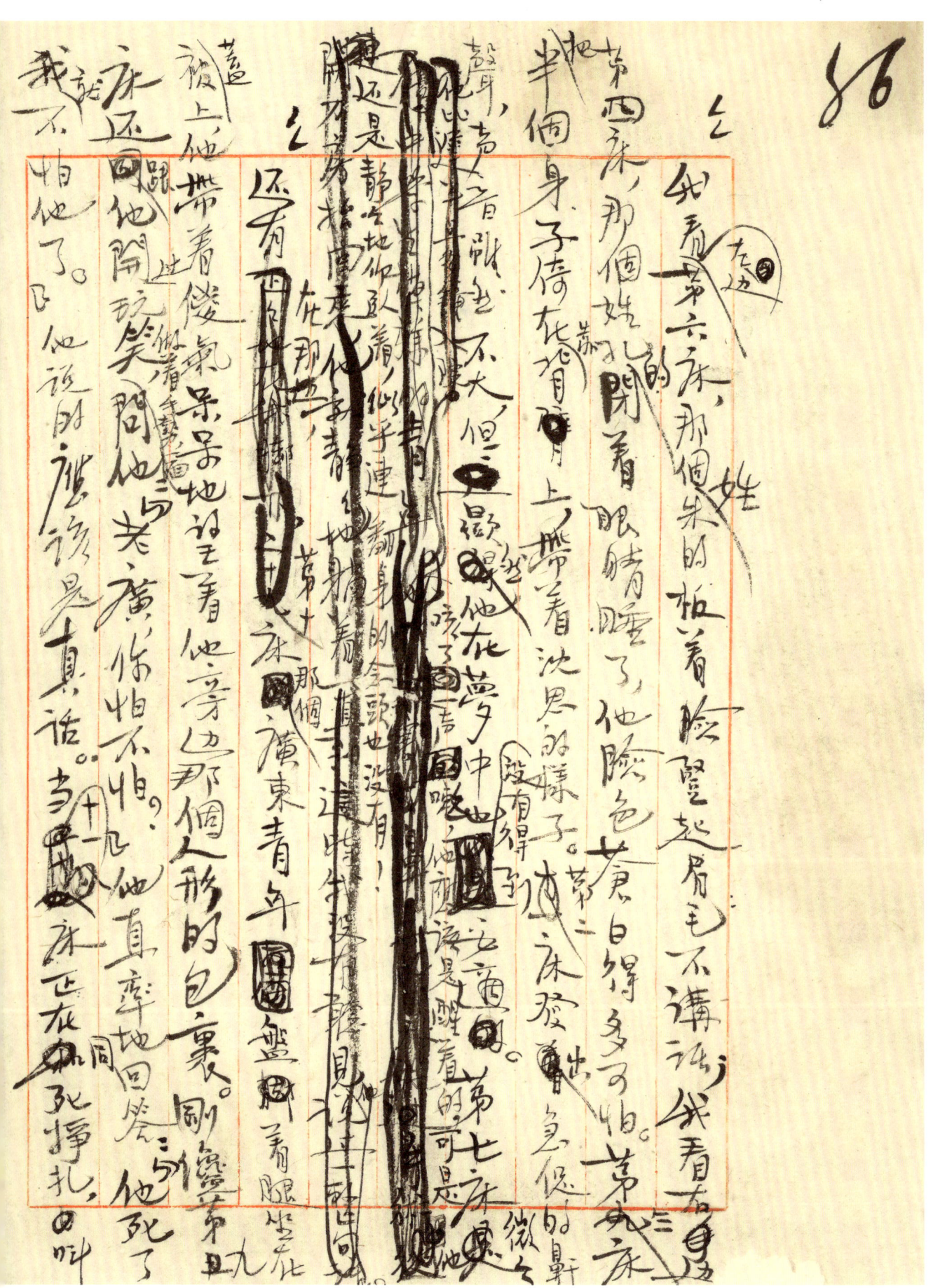

還有第十床那個廣東青年盤着腿坐在被上，他帶着傻氣呆呆地望着他旁邊那個人形的包裹。剛纔第九床還跟他開玩笑，問他：「老廣，你怕不怕？」他直率地回答：「他死了，我不怕他了。」他說的應該是真話。當十一床正在同死掙扎，叫着、動着的時候，那個垂死的病人曾經使他害怕過。我聽見他發出尖銳的尖叫聲。在我右手邊，十二牀用一隻手蒙着左眼，側着身子睡了。這個年青的司機不見得能夠安靜地睡眼吧。今天下午我聽見那個身材矮小滿臉鬍鬚根的大夫對他說他的左眼十之八九得挖去。他那隻眼睛在三天裏面就完全失掉了視覺。直到現在，他還時常感到劇烈的頭痛。

窗外雨落得更大了。雨聲撞着我的心。這短短的幾十分鐘的時間在我好像是難捱的漫長的歲月。屋檐水流着，它開始在搗我的心。

「林小姐，林小姐，又漏雨啦！」第三床忽然大聲喊道。他的聲音把這裏淒涼的空氣都攪亂了。他揭開被……

「不要急，給你搬開就是啦。」林小姐一面回答道，一面走過來。

「偏偏今晚上事情多，看把林小姐累壞了。」第九床在旁邊開玩笑地說。

「浩文会，你还要笑嘞，你也不帮帮忙，」林小姐温和地抱怨说。

「那末我来帮帮忙吧，」第九床说着就跳下床来。他跟着林小姐走到第三床跟前。

「林小姐，枕头都打湿了，」第三床诉苦般地说。他蹲在盖被上面，带着一种苦笑的样子。

「给你换一个就是啦，」林小姐带笑说。「我们把床给你搬一下。」

「老苏，你可以下来吗？」第九床问道。

「我看还是不下来吧。我害怕动得厉害了会溃脓，」第三床嗫嚅地说。

「那末你就坐下来，我们好抬些，」林小姐说。

第八床摆动着他那胖子脸，一跳一蹦地走了过来。「我也出一分力，」

他笑々着說。

々々三個人把那床鋪移動了一尺多寬的地位，使她跟粉牆、木壁土都

謝閒了。我聽見雨点滴着土地的声音。

々「謝々你們，」林小姐含笑向這兩個幫忙的人表感謝道，她的

料第二床睡下，又給他蓋好被。「現在好啦吧，」她帶了一点寬慰的

口氣說。

々老鄭打着傘進來了，還有兩個工友包着頭，穿着圍裙似的衣服，

指着一個担架跟在後面。老鄭喊着：「林小姐，」林小姐立刻

轉過身來。「給他們抬去吧？」老鄭接着說，

々々兩個工友放下担架把人移到包裹，抬到担架上去，然後抬

着她走了。工友的頭上，身上還濕着，現在又得淋着雨到那

黑暗寂寞的太平房々去。老鄭也抱了草薦墊、棉絮等出去

88

明亮的燈光實實地照着一張空床。沒有一点東西使人想到有那上面曾經睡過一個紫色臉膛的人。

「洪洞老蔡，你曉得林小姐叫什麼名字？」第八床忽然問第九床道。

「我曉得她叫什麼華」，第九床答道。

「什麼華，你就講不出來了」，第八床得意地說，「她叫林惜華，愛惜的惜，中華的華」。

「你怎麼曉得的？」第九床不相信地說道。

「她在單子上寫好的」，第十一床病人某某說。

「十六分遊世一值班護士林惜華」，第八床答道。

第九床想了想，正經地問道：「現在你還敢不敢到毛

六月三日午後十時

房去？」

「[redacted]敢是敢的，不過想到太平房，[redacted]心裏總有點那個，」第八床答道。

「我敢。我一定會想到[redacted]十一床先前伸過手抓我鋪蓋的樣子，」第九床坦白地說。

「陸同志，陸同志！」第六床忽然在喚我。我掉過頭向着他。

「你們會不會去葬他？」他關心地問道。

「葬總是要葬的，不會永遠停在太平房裏面，」我答道。

「他家裏知道沒來吧？」

「我不[redacted]知道。」

「他在太平房裏面停[redacted]？」（幾天才安葬）

「我不知道。」

「個人這樣死法太值不得！」他嘆息[redacted]地說。

「其實死了也就無所謂了。橫豎是要死的，」我賭氣般地說

89

我心里有点不痛快。我想：你为什么偏是拿这种我不能回答而且不愿意想起的問題來问我。

“不过死也要死在家鄉，死在自家屋裏头才好啊，”他痛苦地說，眼淚從他眼角流了下來。

“你怕什麼，你的病很快就会好的。你不要难过，还是早点睡吧，”我看見他的眼淚，我的心又軟了，我溫和地安慰他說。

“我睡不着。我想起我娘，我懊悔不該出來……”他嗚咽地說。

第四章

六月四日（星期日）

今天是星期日。到病室来的大夫比往天少了些。上午查病房时，只有三个大夫来，并且每每走过病床不问什麽话就去了。我们这一个角四十一張病床（今天只有十一个病人）上没有一个嚴重的病人。第二床当然不算是重病，虽应该挖眼睛的人今天也坐起来，讲笑话了。他不到半点钟的工夫就和第九床、第八床成了熟人，又和第三床、第六床谈过话。他说自己姓冯，是第六床的同乡，又说他觉得左眼今天稍微好一点，头也不痛了，他盼望可以保住那隻眼睛。

第二床似乎睡得很好，现在聽不見他那急促的鼾声了。他兒子来的时候，这里正在开午飯。老人已经醒了。他要了一碗稀飯，放在方木櫃上面，还没有吃。兒子拿着漱口盂進来。他放下漱口盂时，我聽見他对病人說：

90

「我今天給你買了半隻雞,燉好雞湯,你趁熱吃些吧。」

「我不想吃,」老人答道。他把頭稍微抬起一下,馬上又睡下去了。

「你不吃,楊大夫又要來給你打針啊!」三妹插嘴說。

「大夫說,你不開葷,病就好不了啊。你還是吃些吧,」兒子順着三妹的口氣溫和地勸道。

老人停了片刻,又把頭抬起一下,說:「好,我吃!」

兒子把漱口盂拿起來,預備餵他。他搖搖頭說:「我自己起來吃。」

「你就睡着好啦,我來餵你,」兒子說。

「我要起來,」老人固執地說。他身子本來側着,這時便轉動了一下，他在床上然後用兩手按着床單慢慢地撐起來，就是蹺着，然後盤着腿坐，——這一切動作他做得極慢，而且他的頭，他的手，他的身子他的腿就一直在顫抖着。他的兒子好幾次伸出手去給他幫忙（漱口盂放回到矮椅上面了），但是手剛挨到他身上，立刻又縮回去了。這兒子也許是個有潔癖的人，我常常看見他在大夫、看護們用的臉盆裏洗手，還用臉盆架上的毛巾擦乾（我每天大便回來也在那裏洗過手的）。他每次挨近父親的身體，總要現出一種厭惡或懼怕的表情，這大約是他自己不能制止的，也許是他自己不知道的，因為他縮回手後還是要把手伸去，他做出厭惡的樣子，他仍然常常照料他父親。可是他父親是很倔強很固執，不願意受別人的照顧，不肯管身體怎樣痛苦，事事總要靠自己。

⺀老人要兒子把漱口盂給他，他捧着放在嘴边慢慢喝着。我不知道他喝了多少，他的手、他的臉都抖得很厲害。他那樣子兒子着很不安立在旁边，望着他，一伸手縮，老是想要帮忙又不要帮忙的樣子。這情形叫人看着很不舒服。我把眼睛掉開了。

不要用调羹，兩手

漱口盂，

⺀第六床和兩個朋友談話。一個穿軍服，是上尉階級，年紀二十以內，另一個穿藏青色中山服，年紀稍大一点。

⺀醫官講：……你不要講使人傷心的話。我自家養好傷會寫信回去。

我……过兩礼拜就可以好……，我下半年一定要請假回去一趟……

⺀第六床說，他始終忘不了兩礼拜沒好的話。不过這個他倒是心平氣和地說着的。他看的眼光射在那位上尉吊着的膀子上（他接着说）现在这手巾绑好了，不觉得难过。前几天真受不住，天晓得。（他没有□这倒是我料不到的。）

乙 那末你可以放心养病了。（穿）中山服的人微笑说。

乙 这时我又把头掉（回）右边面去，因为我听见了杨大夫的声音。

乙 老先生，你不能又坐起来！乙 她（带着）不满的调子大声说。

乙 他在吃鸡汤，乙 他儿子立刻替他解释道。

乙 吃点鸡汤也犯不着坐起来嘛！老实说，这点养料也不够他这样消耗。

我连这点药也不肯吃，他也坐起来，[redacted] 乙 她接看 [redacted] 对他儿子说。

乙 我也劝他不要坐起来，他不肯听，乙 他儿子陪笑道，过后又加了一句：请大夫跟他说，他倒听大夫的话。乙

乙 他不听，你也不该依他，乙 这句话还是对他儿子说的，接着她就改

92

像報告小孩似地變口氣對老人說：『老先生，你可聽見沒有？你下回再要坐起來，我就要跟你要

去。……瓶的葡萄糖水針。』

『我不坐啦！』老人害怕地說，他把漱口盂遞給他兒子，開始做起躺下的動作

來。

『這就對了！以後也要這樣啊。我馬上就來給你換藥，』楊大夫把聲音放溫和了，

她臉上現了笑意，像開花似地，整個臉上都有了笑的光輝。她一對大眼

睛顯得更大更亮。我覺得她這時非常美。我的眼光一直跟隨

着她。我以為她會到我這邊來。可是她卻朝着反對的方向走了。

我知道在對面那個角裏她有着更多的病人。在我們這一面，她的

病人就只有我和第二床兩個。我們是屬於外科的。外科的病人所以少，

實習大夫也不只一個，眼科、胃科和耳鼻喉科就只有一個實習大夫。不過實習大夫並不限定在某一科服務，他們應當輪流在每一科中實習。因此他們一個月換一次班，換一科目。這是我從第九床和新來的第十二床二人的談話中知道的一些事。

「一個月換一次班」，這句話並沒有給我帶來不快。我相信我不會在金花殿西院裏住到楊大夫換班的時候，我不會住那樣久的。

楊大夫又笑著來給第二床換藥。同昨天一樣，她不讓病人坐起來，不過她的工作進行得快一些。換好藥，她在洗臉架前洗手，又回到十二床跟前，看看那人是不是靜靜地躺著。

在換藥的時候，她問過那人好些話，大半都是她已經問過了的，譬如其中的一句：「你在外面說過沒有？」她第一次問他時，他已經過一番解說，他纔明白這個「說」字的意思。現在他一聽就可以回答

97

了：「我吃壽辰酒。」他怕伍伯她不懂他的意思，跟着添句解釋：「他是吃長壽的，」這回答使我發笑了。我看見楊大夫的臉上也露出有趣的笑容，她想忍住笑，卻沒有能全忍住，

「楊大夫，」我喚了一聲。她立刻走過來。

「昨天吃喜酒熱鬧嗎？」我希望從

到得不算遲，」我微笑地說。

「我坐車去的。還好，她沒有去席。這也是不得已的應酬，推不掉，只好去一趟，其實這裡的事情忙，我也沒有心思進城去，」她溫和地說，她不曾笑，但臉上常帶着一種與笑相近的表情。她對我說話不像大夫對病人，倒像是朋友對朋友，所以我敢隨便地同她講話。

「今天是礼拜，你可以休息吧。」

「可是礼拜天还要照常操劳啊。這個東西你不把她制服，她一天也不会休息的，不管是不是礼拜天。」她說着，自己也笑了，接着又加添一句：「所以我们做大夫的人是不该有礼拜天的。」

她不等我回答，撅嘴向我又說：「昨天拿給你的書讀過了嗎？」

「讀過了。」我回答道，這是假話。直到現在我連翻也沒有翻過。

「你喜欢她嗎？」她兩眼發光地問。

「我喜欢。」這句話倒並不全是假的。我小時候，哥哥教过我讀唐詩三百首，有十多首我到現在还背得出，我相当喜欢她们。

「那也好。我也喜欢讀詩。我覺得詩可以使人变得善良，变得纯潔。」

我閒的時候，我總讀詩。其实我也並不怎樣懂詩，這跟我喜欢聽西洋音樂一樣。我不懂。我只覺得她是這樣，她這些話並不是一口氣說

54

出來的。她有時似乎想用一兩句更適切的話來表達她的心意，便停頓一下，但好像一時又找不到似的，她只好隨便用些她想到的字句匆匆地把話結束。她最後說：「你看，我做大夫的跟病人講這種話，他們聽見，又會笑我發神經了。」她大方地一轉身就走了。她不給我講話的機會。可是她的話卻使我思索了好久。她說得這樣親切，這樣真實。我不能不感激她。我的眼光一直跟隨著她，並且把她送出門去。

「這位女大夫脾氣真好，」第四床忽然說了一句，這個姓孔的病人今天更好些了，臉和嘴唇都有了血色，眼睛也有了光，只是鬍鬚長了些，看起來是有了生氣了。

「是吧，」我心不在焉地答了一句，我朝他看了一眼。

〃你以前跟她講過吧，〃他又說。

〃不，我進醫院來才看見她時，〃我答道。

〃那更難得啊，〃他讚嘆般地說。

〃我敷衍地應了一聲，我把臉掉到左面去。

〃第六床還在同那兩個朋友談話。

〃我……我兩天沒有解大便，他們也不來灌腸，……〃第六床又向左抱怨了。他剛纔還說過錢的事，很滿意的話。不知道怎樣他的朋友們又引出他的牢騷來了。但是奇怪的是，今天天剛亮時看護小姐來問他大便次數，他明明回答過一次，他為什麼不對她說真話，或者向她要求灌腸呢，

〃那麼你發不發熱？〃上尉問道。

〃一百零兩度，怎麼不發熱！〃第六床答道。

95

（白）医官请再问问？（上尉又问。）

（白）他叫我多吃開水，我嘴里也淡，不想吃。他看都不来看我，天曉得。（他皺縮着兩頰，做着可憐的樣子。）

（白）其实胖大夫昨天今天都来過。胖大夫还到他床前問过：「好不好？」（他總是簡單地回答：「好。」）我都聽見的。

（白）医官真没道理！想不到有名的医院也是這樣。还是换個医院吧，（上尉說。）

（白）我也想换個地方。又又哥，請你給我打聽还有哪個好的医院，（第六床接着說。）

（白）我看还是不要換吧。換個医院，你的手又要從頭又接过，更费時间了，（中山裝……）

通红地说。

「只要醫西官好，我情愿从头挨过，」第六床固执地说。他挣红了脸，好像在跟谁赌气似的。

「上尉同中山装彼此对望了一眼，我看见他们用眼光和脸色在谈话。过後中山装说：「好，我去给你打听。」

「第六床不讲话了。

「这两个朋友一直到开午饭的时候，才离开他。他们临走时，上尉还放了一卷钞票在他枕边。那个年青的军人害羞地红了脸，他低声说了一两句话。

「你拿去！你拿去！」第六床用右手拿起钞票，向着他伸出去。

「我们走啦，我们走啦！」上尉和善地笑着，边说边走。中山装跟在他後面。

96

第六床只好把手縮回。他望着他們出去了，才收回眼光，數了一下手裏的鈔票，把他們塞在枕頭底下。他默默地在想着什麼，過了幾分鐘，他把眼光射到我臉上來，他看見我在看他，便对我說：「他們總要還錢來。」

「是啊，這是朋友的好意，」我應酬地答了一句。

「我這次全靠他們，」他說，連連用手去揩眼睛。

我沒有再說話，我有點妒忌他。我的朋友都不在這裏，我在這裏只是孤寥寥的一個人，一個無朋友的人。

定不下心

老許端着菜來了。他那雙兩不長，有點點綴了幾顆麻子的臉上堆着笑，今天他笑得不自然。白布圍腰黑黑地閃光，上面積的油垢更多了。一隻蒼蠅釘在他的前面。他把菜先送给第九床和第八床。他们是他经常的主顾，他不会忘记他们的。我叫的一份炒猪肝汤他也送来了。我看见他那根黑黑的大拇指在菜碗口上留下的纹印，几乎要打起冷噤来。但是别人都若无其事地吃，看着菜我也不好意思挑剔。我把心一横，居然连猪肝、连菠菜、连汤全吃下去了。其实，我的肚子也实在是饿了。在这里除了稀饭外，我还有什么东西可吃呢？

吃晚饭的时候，老许带了些严肃的表情望着我，低声说：

“老先生（他倒容易记住别人的姓！我那天上午同他谈过一番闲话，他跟我一下子就变得很熟了。），你晓得不晓得，这两天湖南很吃紧？”

“我报也没有看，怎么晓得？你听见哪个说的？”我惊诧地问道。

“他们都这样说，说是报上也有。我们老板有个亲戚在桂林开工厂，说是要搬到这边来。我们老板着急得很。那个厂他有股子。”老许依旧低声说。

97

「不会这样严重吧。即使仗打得不好，也不会一下就打到广西来的，我不能相信他的话，他也许听错了别人的传言，也许别人根本没有弄清楚。我进院的前天，（不过今年发动稍微早了些），报上刊载敌人发动湘北战事的消息。这是每年一度的照例文章，大概只是一种骚扰的性质吧。我是这样断定的，所以我能够摇着头坚决地否定了他的话。这种论调。

「我也不晓得。陆先生，你是读书人，当然比我们懂得多一点。我只是想，要是他们厂搬过来，我就到他们厂里去做工，当茶房也没有意思。」老许睁大两只眼睛，恳切地望着我，他两只手在围裙上擦着。

「要是有别的事，换换也好，最好能够学一门手艺。你今年多少岁？」

"他带着惊讶的神情说。他似乎觉得自己这样大年纪，还没有学到一点本事，是件可耻的事情。

"你还比我小，我今年二十三了，"我说。

"我哪里能跟你们先生比。你在哪个机关办公？"

"我原先在××银行做事情，现在赋闲了。我比你还不如。"

"你现在是在治病，应该休息。病好了，又会有大的事情做，"老许笑着说。

前床已经唤过老许两次了，我不想再留住他，便换了语调催促道：

"你快到那边去吧。"

"我去，我去。他们是老主顾，不能得罪的，"老许自语一般地说。他好像还有许多话不曾说出来似的。

第十三天

应该是下午两点钟吧，病房里相当热。我不能再穿绒线衫了，我坐起来刚把它脱下，杨大夫忽然来了。她一直走到我的床前。

"我给你带来个好消息，"她亲切地笑道。

98

"什麽好消息？"我想不到。難道我不必開刀，便可以痊愈出院？我渴望着她那黑亮的大眼睛，微微張開嘴半晌講不出話來。

"你明天上午就開刀。已經決定了。好不好？"

這的確是意外的消息。她使我興奮，但是她並沒有給我帶來喜悅。我的心跳得厲害。我的安靜被擾亂了。在這一瞬間的工夫，我周圍的一切全改變了。也許我的臉色也變了，因為我看見她怔了一下，然後又笑了。

"你怕嗎？"她說。"你說過你不怕的。你不是渴望早開刀嗎？"

我不好回答，我便故意問她："譬如病房那個病人呢？"

"他明天不開刀了。我便趁這個機會請馮大夫提早給你開刀。照X光的結果也知道了，你沒有問題，"她和善地說，帶了點滿意的神情，搓搓她的濃髮說。

看見她的親切的微笑，觸到她的柔和的眼光，我覺得我的勇力氣漸漸地恢復了。

「楊大夫，謝謝你啊，」我說。

「那麼你不怕了嗎？姊姊的，你放心，我明天會在旁边看看的。決不會有問題。馮大夫手術很好，」她鼓舞地說。

「我說过的，楊大夫，你在旁边，我就不怕，」我感動地說。

「你心裏或者害怕的時候，你可以背誦着唐詩，那会使你安心的。其實上过了麻藥，你就什麼也不知道了。這是全身麻醉，不会有一点痛苦的，」她用柔和的聲音安慰我。我感謝她的好意，我相信她的話，但是我不能不奇怪她為什麼這樣喜欢唐詩呢？並且她又是一個研究科學的人。

「我知道，」我点点頭說。「明天早晨嗎？幾点鐘？」

「大概八點鐘。今天我們還有很多工作，總之你放心，不會有問題的。我等一陣再來。」她走了。

「我做了個夢，但我說不出這是個怎樣的夢。我的筆寫不出我這時的心情。要我口述，我也不成。我的思想好像在跑馬，來去都很快。我不能說我害怕，但我仍舊很興奮，我的心靜不下來。我覺得不能等待了，我盼望一睜眼便是明天。我忽然覺得性急了。我願意馬上就有一個決定。」

「你明天開刀？」第四床姑娘問，他多少帶了點關心的樣子。

「是。」我回答一個是字。

「大手術，全身麻醉，不曉得怎樣啊？」第四床同時說，他也說其實他是在問我了。

「是」我含糊地回答他一眼的，我沒有作聲。

「你明天開刀？很好！」第六床朱姓的問。他像在羨慕我。「你會比我先出院的。」「就是這個女醫官給你開刀嗎？」

「不是她。是那個年紀大些的馮大夫，」我答道。

「這個女醫官姓什麼？她待病人真好，」第六床又說。

「她姓楊，大家都喊她楊大夫，」我答道。他應當知道她的姓，記住她的姓的。他對於自己周圍的事太留意了。

「我自家運道不好，碰不到好醫官，」第六床自語道。他大概又要發牢騷了。

我不想再理他。我便拿出「唐詩三百首」來翻看。我要聽楊大夫的話，好々地讀々她們。（我在讀五言律詩的一部分。）

一首，一首，我慢々地唸着。那些帶有音樂性的句子把我引到另一個世界裏去。我進入一個夢境，又一個夢境。我忘記了我周圍的一切。我的被攪亂了的心漸々地得到了安寧了。

空行

五十一床又被一個新病人佔據了。想不到醫院的生意會是這樣的興隆。楊大夫多了個病人了。新病人年紀不過十六七，大約是一個商店職員。他的兩腿兩手都在灌膿，說是騎自行車跌傷了，用冷水洗壞了的。楊大夫給他上藥的時候他孩子似地小聲哭起來。

「不要緊，你忍一下。哭過這一陣就沒有事了，」楊大夫溫和地說，她小心地給他包紮，先包好了兩腿，然後再包紮兩手。這上藥的工作是相當花費時間的，中間還因為那孩子的呼痛而稍停頓。但是她的臉上始終帶着善良的笑容。最後她站起來，還叮囑他：

「以後跌傷了不要再用冷水洗啊！」

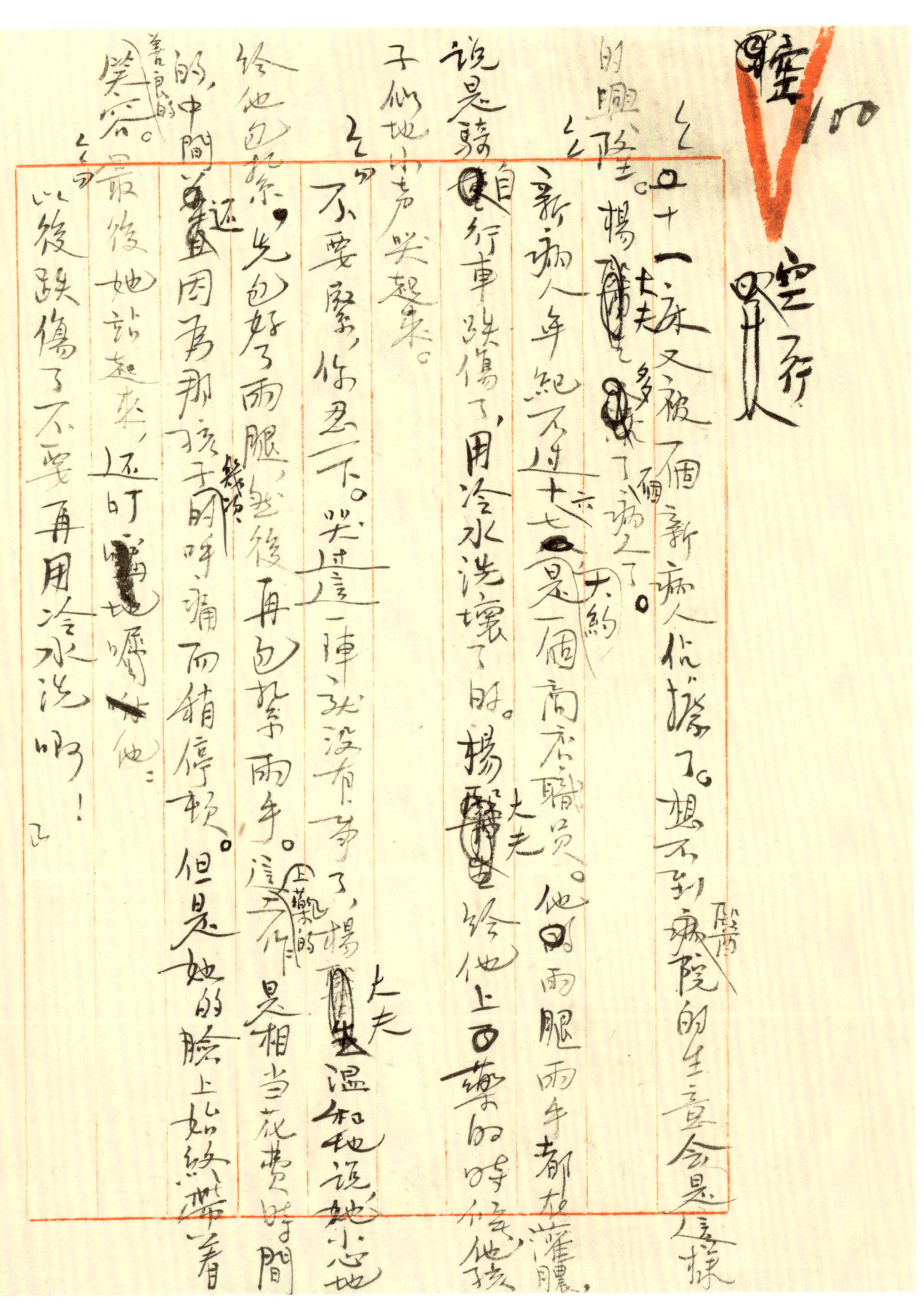

〃她從十一床又走到我床前來，笑着對我說：〃你不要出去啊。等一陣你還有許多事情。〃

〃她到洗臉盆那里去洗了手。但是床前鹽水針架子已經放在第二床跟前等候着她了。

〃搖着那個好像在沈睡中的老人開始叫起來了。還是那個悠長的、小孩唱歌般的叫声。

〃打不得啦……我要死啦……我以後要吃藥啦……真的要死啦……我兒子到哪里去啦……我死啦……〃

〃我忍不住要笑了。

〃他現在要吃藥啦！〃第八床嘆地笑着說。

〃你不要喊了，今天給你少打一點，〃楊大夫也走過來，把橡皮管子理順，讓鹽水流得較快一些，她便又一搖一幌地走出去了。

「打不得啦，……打死啦……」老人仍舊閉着眼睛哼叫。

「你再喊，也沒有用，楊大夫已經走了」，第三床坐起來說，大概這叫聲使他感到不耐煩了。他這兩天心裏煩躁。他好像在等着什麼人來看他，卻始終見不到一個朋友的影子。

「她會回來的」，老人忽然接嘴說，這一次他居然聽到別人的話，並且馬上回答了。

「哼，她會來！她來了，說不定還要叫你多打針勒！」第三床厭煩地說。

楊大夫並沒有來。但老人的兒子來了。他後面跟着一個中年婦人，手裏還牽了一個五六歲的孩子。我知道這一定是老人的媳婦和孫兒。婦人，瘦弱，蒼白。孩子眼睛大，臉瘦小，帶着一種病態的黃色。

「爹，他们来啦，」儿子走到床前，俯向枕边说。病人含糊地说了一句话。我听不清楚他说些什么。他的脸也被他儿子的背遮住了。过后儿子走开，让媳妇和孙儿到老人面前去。

「孙儿叫了他，媳妇叫了他「公公」。但他们马上就退开了。他们仍旧远远地站着。这使我可以看见老人的脸。老人睁开眼睛无力地看了看他们，而脸动了动，似乎想笑，又笑不出来。他吐出一句：

「你们来了啦！」

「是，你好些吧？」

「我要死啦！我受不了啦！你喊人把针给我取出来吧！……」老人哼叫道。

我看架子上那个玻璃瓶，里面还有半瓶盐水。水走得慢，他还得忍受一些时候。

那个媳妇似乎很老实。她答应着，真的去找小姐了。就到隔桌前我没看清楚明白她跟袁小姐和刘小姐（汪小姐今天没有来）讲了些什么话，她的声音很低。我只听见刘小姐答道："不行。不能取。就要弄完了。你要他再忍一陣。不要緊的。"那個女人紅着臉走回來。她把劉少姐的話对她的公公轉述了。过後她牽着孩子的手，仍舊訪得遠遠的望着病人受苦。

兒子從外面進來，手裏拿着那個漱盂，他又去煮了什麼湯來了。看着他一步一步走着的樣子，我注意到他臉更瘦，臉色也更蒼白了。那女人在旁边用了同情的甚至哀憐的眼光默默地注視着他的一舉一動。不用說，在這里她更關心的還是這個伺候病人的人。

"要死啦！了不得啦！救救我啦！兒子嘞！……"病人繼續呻吟着。

兒子俯下頭，"爹，就完了哪。我給你熬鷄湯來了。你好好對你多吃点啊！"他說完，又走去洗手去了。我希奇他一天要洗多少次手？

第三十九

「眼科主任郭大夫來了。他的姓是從第三十九床的口裏知道的。他來檢查那個司機的眼睛。他後面跟着個矮矮的戴眼鏡的女大夫。他這樣問着，一隻手扳開眼皮，一隻手用手電在病人左眼前一晃，晃了一下。

「今天好一點沒有？」

「還是一樣。筋一股一股的蹦起痛。」

「我看還是要挖掉。左眼是救不轉來了。不挖掉，怕的是右眼又會發炎。理由我昨天就跟你說過了。你懂嗎？」那個身材矮小滿臉鬍鬚根，相貌和善的大夫帶着嚴重的表情說。

「我懂。」郭大夫看看還有沒有別的辦法。郭大夫搖搖頭說：第十三床低着頭問。

「我看沒有別的辦法了。不過挖眼睛不是一件小事。你先跟你朋友商量一下。開刀的時候，你還要找個朋友在保證書上蓋個章。」

“郭大夫，是不是我上次害淋病，自己没把髒東西弄到眼睛裏頭，没有弄乾淨，……”

郭大夫不等他說完就打斷他的話：“不會吧。致病的原因，一時也難說。你現在多休息，少動，養幾天再說。”

“右眼不會有問題吧？”

“你早点把左眼挖了，右眼就不會有問題。”

“挖了一隻眼睛，臉上不曉得要多难看。”十二床自語似地說。

“可以安（嵌）假眼睛。”

“不过假眼睛看不見，又不能活動。近看起來，有点嚇人！”十二床擔心地說。

“可是照目前的醫学来說，除了安假眼睛，也就没有别的办法。”郭大夫說。

女大夫說着，林子忍不住地微微一笑。他用英語跟女大夫講了幾句話，女大夫只是点頭，應着。

郭大夫走後，十二床呆呆地坐在床沿上，望着大門出神。過了一会，他躺下來，兩隻手蒙住臉，頭微微顫動。他好像在那里寂寞地哭着。

在他的右邊，老人不再哼哼了。鹽水已經打完，針取出來了。老人閉着眼睛，含糊地呻吟着。兒子、媳婦、孫兒全站在床前，不過並不太靠近他，他們一直默默地望着他。連那個六歲的孩子也很馴善地偎在母親的身旁，只偶尔同母親低声講一兩句話。

過了一會，我看見兒子同媳婦在談話，媳婦忽然走到老人枕頭邊，俯下頭和老人講了兩句話，就拿起漱口盅來，用調羹餵他喝湯。老人不拒絕了。他忍耐地喝着，她也忍耐地餵着。孩子要跟到母親身边去，卻被父親止住了。那個做兒子又做父親的中年公務员仍舊保持着他那過分的潔癖。他始终不敢多接近老人，有時接近了，再離開時，他總是不由自己地露出了点厭惡的表情，而且馬上就去把手用肥皂水洗擦乾淨。

這一次老人大概喝了不少的湯，因為我沒有聽見他說「不要吃」，倒是那媳婦自動地把漱口盂放回到鏡櫃上去。

「你們回去吧，」老人說。「回寶啦？」他問，頭微微顫動一下。

「回寶，來！」女人向那孩子招手喚道。孩子的父親便讓孩子跑到床前去。

「你喊一聲啦！行個禮，我們就回去啦！」女人溫和地吩咐孩子。

孩子膽怯地喚了祖父，行了禮，然後跟着母親走了。

「快洗手！」女人剛走到床腳邊，她丈夫就低聲吩咐她。他並且把臉盆領到洗臉盆架前面去。

但是我沒有工夫再管別人的事情了。楊大夫來找我了。

〃验血，扎耳朵，验小便……我看见她为我忙着，我非常感动。我想对她表示我的感激，却找不到适当的话。

〃〃"明天这个时候，不晓得怎样啊，"我对自己说。其实她给我个回答（我希望）。

〃〃"不要紧的，"她微笑道，"至多明天难过一天，不过别人都挺得过，你一定也挺得过。而且我明天也在场的。我会好好地照料你。"

〃〃她这一说，我觉得更可以放心了。我感谢她，对她笑了笑。

〃〃她刚走出病室，我就听见第一床那个接腿骨的病人叫老郑把他拖下床。这人是个不喜欢讲话的人。每天大清早他照例要叫老张给他拿大便盆。此外除了必须和人问答的时候，便难得听见他讲一句话。前天外科主任黄大夫（他是骨科医生）对他说过："明天你可以起来试试看。你应该走走了。我过几天就给你取石膏。……"

105

昨天黄大夫又問过他：「你走过没有？你不起來走走怎么成？你不方便，可以找工友扶着你走。你一定要起來走走。」他為這事躊躇了兩天。現在他決定起來試試了。

老鄭抱着他。他着急地說：「你把被單給我裹住身子。」接着老鄭抱起他坐在床前。一幅白被單像袈裟似地披在他身上，只露出一隻光光的右膀來。他身子靠着床板，兩手向後壓住床沿。一張黝黑滿的長臉，頭剪得短短的，兩隻不住地眨着的眼睛。他覺得新奇而且帶了一點歉意地微微笑着，像在对誰講話似地自語着：「不行。頭昏。站不慣。」他移動着，他似乎想看這病室裏的四周的景象。可是他的眼睛眨得太厲害了，他一定不會看清楚什麽。

「不行，不行，頭还是昏，」他微笑着，道歉似地说。

没有人陪他講話。第六床兩個人低声在抱怨：「他可以站起来了，我还是跟刚進来一樣，動都不能動，真是天曉得！」

我看了第六床一眼，他的臉通红着，眼睛显得更亮了。

「他進来兩個月了，你还不到兩星期，当然不同。你何必着急！」我说。我一半是劝慰他，一半是鼓励他。

「過兩個月还是醫不好。我曉得我是不會好的，所以我想換地方。昨天晚上我夢見我娘望着我哭。我怕再看不見她啦！」

「不会的！你怎麼能相信夢！你住醫院就應該相信大夫！」我说着，有点生氣了。我想：怎樣一個頑固的人啊！

「要好醫官，我們才信得过。我那個醫官一天来一趟，也不管病人死活，脾氣又大得很。他会治好病，真是天曉得！」他皺起眉

106

頭，帶着笑相說。

「那麽他每天來問你『好不好』，你為什麽總說『很好呢』？」我又問道。

「我說『好』，說『不好』，還不是一樣。他總是不管你，說一下就走開罷。」

他那神情，倒是我的固執嘴哼，使他着惱了。

「我不敢再向他說話，他便拿起『唐詩三百首』來，讀了幾頁，我覺得疲倦，又說一下了書。

「請你把書借給我看看，」他說。

「我遲疑一下，我不願把書借給他，而且我以為他不會看這種書；但是我終於把書遞過去了。

「他翻開書。出乎我意料之外，他沒有即刻闔上地，或者往後面翻過去，他却用了近似唱山歌的声调读起来。他一首一首地读着，好像感到兴趣的样子。

我朦胧地睡了一会儿。我再睁开眼睛时，第六床还继续在读唐诗。

我觉得奇怪，我偷偷地看着他。他的眼睛似乎松松地放平了一些。脸色也不怎么那么红了。我见他专心在念书。他的眼光就在字句上移动。我发觉了他嘴角带着笑意，我有点高兴，杨大夫的书居然使这个从来不笑的人笑了！

可是我马上就知道自己错误了。泪珠慢慢地从他眼角滚出来，他不是在笑，他哭了。我……他读到什么人的诗句呢。我仍听着。他好像是在读着"露从今夜白，月是故乡明"……的句子。(注)那么他又在想念家乡吧。我那一团高兴不知消失在哪里去了。我不敢再看他一眼，也不敢再留心他的事情。我怕我自己也会想起来。我也是孤零零的人，在他乡作客啊！

(注)日记的作者在这里加了一个注：先生，你在熊园里曾经读到用这两句诗，你那个主人读杜甫这首诗，受过大的感动吧。我在这里写出旅着抄袭你替你的嫌疑。可是我跟你不同，我不是在写小说，我只是忠实地写下我的见闻罢了。请您原谅我。——巴金。

完 10

〃〃 晚上，剛查过病房後，第八床回來了。他是這天午飯後出去的，說是到他妹夫的茶館裏去玩。第三床托他買了一盒藕粉，我也順便請他代買一塊肥布和藥皂。第九床自己買一些食物。他回來時全帶回來了。我还得補他十塊錢，我感謝地拿給了他。他含笑地接受了我的謝意。身上穿着整齊的灰布中山裝，一張臉仍舊讓白手帕鑲着边，白蝴蝶又從舊草帽下面露出來了（他剛〃揭下草帽來）。他誇耀似地站在第三床面前。

〃〃 十多天沒進城，東西又漲囉，藥皂小塊的也漲到一百元囉。本來大的也只賣到兩百，第八床得意地說。

〃〃 你在城裏玩得好吧，〃第三床羡慕地說。

〃〃 还不錯，看了一場馬戲。也在我妹夫茶館裏吃了一頓飯。他在茶館裏生意真好！客人川流不息的，一天好幾千的進帳！"他眉飛色舞地說。他的話一樣一樣的，越說越上勁，那些蝴蝶彷彿要飛起來了一般。

"他茶館地點適中，又寬敞，所以生意好，我也去過兩次，"第三席接着說。"你在外面聽見什麼消息沒有？"

"還不是戰事的消息，有人說湖南的仗打得不大好，也有人說不要緊，日本不過擾亂一下，就要退兵的。"第八席毫不在意地說。

"老許今天來說，湖南戰事打得很不好，不曉得他從哪塊聽來的？"第三席放低聲音說。

"不會的，"第八席搖搖頭否定道。"老許不曉得在哪里聽來這種謠言。我可以斷定不到半個月日本人就會退去的。"他又改換了語調："你要不要沖藕粉吃？我給你拿去沖，我也要沖一碗。"

"好吧，謝謝你，糖在這塊，還拿個雞蛋去，"第三席感激地陪笑道。

第八席去了片刻，又回來了。他滿意地微笑着對第三席說："我碰到胡小姐拿给她去〻冲〻罷。」

不久，胡小姐端了兩碗藕粉進来。她一边走，一边低声笑着。她把碗遞了一個给第三床，抱歉地笑着道：「冲得不好，太乾啦。我不會冲。」

〻〻「很好，我就要吃乾的。」第八床趕过来接着另外一個碗，笑着搶先道〻：「喝啊，你当心点，我去把藕粉盒子拿回来，」胡小姐說着，就轉身去了。

〻〻第八床就站在第三床床脚边，埋下头（抱）藕粉，一调羹一调羹地送進嘴裏，滿意地咂着嘴。

〻〻「老蘇，我今天看見一（?）戲碰到汪小姐，她居然給我打了招呼，」第八床忽然抬起頭来說，她每吃〻來下就把藕粉吃光了。

〻〻「她個人嗎？」第三床笑問道，她一面吃着藕粉。

△△还有一個男人，年紀比她大一点，衣服倒很漂亮，她正挽住他的膀子走路，看見我，連忙把手鬆開。汪小姐今天打扮得很漂亮，嘴角搽得通紅，身，不像在醫院裏穿的那樣，衣服也換过了，第八床得意地說。

△△那是她的未婚夫，上個月初才訂婚的，是銀行的會計主任，聽說還是她的丈夫介紹的。從前

好像上海有一個家，不过就是汪小姐命不好，從前訂过婚，剛要結婚，新郎坐飛機出事了，第九床忽然興奮地坐起來，興奮地搖嘴角說。所以三十二歲了才訂婚。

△△原來這樣，怪道汪小姐臉上總帶着苦相，第三床笑道。

△△你們不要亂講，汪小姐是個好人，待人也厚道，你們嘴角少搬弄點是非，你們不要亂講人家的私事，胡小姐拿着藕粉盒進來，她聽見了第九床和第三床的對話，她撅起嘴角干涉道。

△△胡小姐倒是個好人，我就沒有聽見你講过句別人的壞話，第九床大声笑着說。我們哪里可以跟你相比！

完

下午

二十一夜

点的光景，老李来給我灌腸。另一個我没有見过的中年人来剃去我胸前的柔毛。

这些奇怪的經验……把人叫人覺得多不舒服。

“那個剃毛的人，你給他钱没有？”第四床没有睡，他忽然問我道。

剃毛的人已經拿着剃刀和肥皂水碗走了。

“什麽錢？”我奇怪地問。

“小费，你要給的，多則五十少則三十，”第四床微笑地說。

“他並没有要錢，”我答道。

“但他會來的。要錢的事他們那里会放过！這個医院就是這点不好，處處要錢，（而且要現錢。）盡花在小地方。其实医院也没有（得到）好處。這是什麽……抗战作风吧。我从前在南京上海住医院，都不是这样的。你要是多争论两句，他们就会拿什么样的条件不够的话来堵你的嘴。其实，在我们后方，只要你有钱，什么条件都够。”他好像故意不睡觉等着这个机会来对我发一通议论似的。这两天他静静地躺着，难得讲几句话。现在他大概憋不住了。不过他是不应该抱怨的，他的病一天天地好起来，今天张大夫对他说，再过两天就要给他抽线了。

“是啊，你的意思不错。”我同意他的话，我掉过身子把背向着他。但是我这个时候最需要的是安静，是沉默。我应该先好好地休息一会，然后把过去的事情仔细回想一番。不管生和死，不管怕与不怕，从明天起我得开始一个新的经验了。

我微闭着的眼睛忽然睁开了，因为我觉得一个黑黑的人影立在我面前。我吃了一惊。但是马上我就看出来，这是那个割毛的人。他来做什么呢？他不说话，却带着笑容（多勉强的笑容）望着我。他在等候我的吩咐。

〃〃我明白了。（第四床没有说假话。）我拿出一张伍拾元的钞票，递给他。他带笑地接着，说了一声〃谢〃〃，就走了。

〃〃~~有什么呢？我在做什么呢？我自己也奇怪地想着。~~

〃〃我不由自主地笑了一声。我奇怪我的笑。我为什么要笑呢？我说不出。我觉得我周围的一切都改变了。我和这些人，这些东西的中间好像隔得很远似的。我觉得许多事情都可笑。我奇怪为什么人们眼光会那样地窄小。

〃〃病室里就只燃着条桌前面那盏电灯。林小姐穿着红绒线衫在那里讀書。許人似乎全睡了。痛苦的鼾聲，仿佛變成了一些有形的小鳥，在屋裏飛，牠們飛不出屋去，只是盲目地四處撞撲。牠們向着我這邊撲過來。

我在什麼地方？我忽然懷疑地問着自己。我越想睡，越不能睡。我的思潮洶湧起來，心境的安寧被擾亂了。我感到心慌。為什麼？難道我的生命到了末日？過去二十四年的生活對我變成十分可以留戀的了。

我看見了我那在淪陷區的老父的面顏。他和善而帶悲哀地望着我。我後悔兩年多沒有寫信給他，六年多沒有去見他一面。他不知道我生病，更不知道我明天要割肚皮。他是我在人世上唯一的親人。我因為他續弦的事和他起了衝突，甚至和他斷絕信的來往。難道我就這樣靜靜地永遠離開他嗎？

哎喲！哎喲！從第三病室裏傳過來這可怕的呼痛聲。真是撕裂人心的叫喊！為什麼偏偏在今天晚上，為什麼偏偏在這個時候！

一個女人的聲音。

尖音

三

明天我会被人当作一架標本剖開肚皮取去膽囊。杜鴻大夫的眼裏我也許是一架沒有生命的標本。可是我自己呢，我真的就會沒有一点感覺嗎？

不要怕！我聽見一個熟習的聲音。濃髮大眼，厚嘴唇，和那無拘束的和善的微笑。楊大夫！救救我！我不過是一個二十三歲的孩子。

沒有用。病女人的叫聲，痛苦地毀了一切。我不知道那是個什麼樣的女人，可是我彷彿看見她在病床上滾動，牢牢地抓住被單，瘋狂地叫喊。

我在思想中找不到出路。我的心得不到安寧。我在床上輾轉反側。我壓低聲音呻吟。

「我伸出手，我意外的，杨大夫来了。她没有穿工作衣，只穿了一件灰色的旗袍。我没有注意到她来。可是她轻轻地唤我的名字。

「杨大夫，你还没有睡？」我感激地说，我从枕头上抬起头来。「现在有十二点了吧？」我感激得滴出泪来。

「你没有什么不舒服吧，睡得好吗？」她亲切地问。

「我睡不着，心里烦，」我像一个孩子似地诉苦。

「不要紧，我叫林小姐给你吃点睡药，你会睡得好好的，」她和善地安慰我。

我看见她在桌前和林小姐谈了几句话。她走了。林小姐却端了一个小药杯过来。「吃吧，」林小姐说，把药杯送到我的手里。

我吞了睡药。药是咸的，而且带着怪味。林小姐给我的水壶里斟了两小杯冷开水让我喝。

我的心温暖了，我的心安宁了。我相信我可以睡了。

112

第五章

六月七日（星期三）

我想不到我还会活着。我想不到我还能够躺在床上，（雖然是衰弱無力地）安静地看着，瞭望着四周的一切。我覺得我已經死过了，其实我不过做了一場大夢，一場可怕的噩夢。

我还不知道我前兩天是怎樣度过的。我不敢回想那兩天中的痛苦。今天我还是很痛，但我的思想却是十分清楚的，而且我相信我会像草木那樣一天天地好起来的。

上午馮大夫和楊大夫来看我，他们对我的狀態相当滿意。我着急地問（問我肚子脹不脹！）

他們開刀的結果，他們[redacted]說經過良好，時間不久，[redacted]流血也不多，並沒有我輸血。這似乎是個好消息。我聽到也有些高興。

々現在我似乎沒有[redacted]痛苦了。開刀的地方有時隱隱地痛一陣，但這是很容易忍受的。還很癢啊。不方便的倒是我不能轉動身子，我必須安靜地仰臥。而且我[redacted]我容易感到疲倦。我只能吃流質，我的胃口也不好。

々楊大夫並沒有[redacted]離開病室。她在給第二床[redacted]和新十一床的病人換藥。其實新十一床那個孩子的傷口好多了，今天換藥時他沒有哭，不過輕輕地嚷了幾聲。第二床似乎還是那個樣子。她換好藥洗了手以後又到我這邊[redacted]來。

々「你今天好多了，我並不騙你，沒有[redacted]危險吧？」她笑着問道。

々[redacted]「楊大夫，[redacted]謝謝你啊。」我只能這樣回答。

々「你還記得前天的情形吧，起先你兩眼老是睜着，後來……」她像

113

□長媽似地[redacted]微笑道。「後來……」下面的話她噎住了。

「電燈那麼亮，睡在手術台上，綁住兩隻手，就像牛羊等人宰割一樣，我有點害怕，」我慢慢地輕聲回答。

「後來呢？」

「後來你拿帕子蓋到我臉上，我聽見你喊我噓氣，又喊我數一、二、三。我只覺得難過，憋不過氣來。難過到了極點，我就沒有知覺了，」我慢慢地仍舊一邊想一邊回答。

「後來……」

「我不曉得什麼時候才醒過來。你在給我打鹽水針，我只覺得兩隻腿又腫，又燙，又痛，說不出的難過。我心裏又發嘔。我肚子又脹。我的傷口又痛。我不曉得那天我跟你講了幾句什麼話。」

「『你不肯打針，你吵着要把針弄斷。幸好你沒有力氣，我已還給你打過一針葡萄糖，還給你注射鹹水，』她帶着哂笑地說。『好啦，你休息吧。你還不能多講話。』

「『她還要走開，我卻把她喚住了。

「『楊大夫第二床的病人是不是好一點？』我問道。

「『她的笑容即刻消失了。她皺起濃眉毛搖搖頭說：『恐怕好不了。我給他換藥時候，我真害怕。』她的眼睛射出憂鬱的光。『他害梅毒。』

「『梅毒？』我吃驚地說，『他不是吃長齋嗎？年紀又這樣大！』

「『哪個曉得他會生這種病！第三期了，全身都爛了，臭得很。我真害怕不小心被他抓到。』她把下嘴唇咬了一下，便轉身走開了。我知道她是到對面那一角給病人換藥去了。

1124

我替她感到不快。但我也没有办法给她帮忙。我只希望这只是她一时的过虑。

对那老人的命运我并没有多大的关心。只是那个中年人的有苦无诉的苍白脸孔却浮现在我眼前。这个打击他应当用怎样大的力量去忍受啊……

我疲倦，我头晕，大绷带（她另有个正式名字，但是我却叫她做大绷带，这是用来补肚皮的）使我气闷，我的乳房压在绷带下很不舒服。

我四肢酸痛。我不能再用思想了。

白天我心境还好。我没有感到特别的不舒服。我只是虚弱，没有精神，没有力气，没有兴致。我想睡，也能睡，不过我容易醒。醒后更觉得疲倦。

夜给我带来了痛苦。电灯光甚至是从条桌上的远远空射来时，也刺痛我的眼睛，病人的談笑，哪怕就只是偶尔的幾句，像刀利似地（偏偏一到晚上他們（第三床第八床第九床，還有那個待挖眼睛的第十二床）就大聲講着笑話）我的腦子裏攪着。我焦躁，不安，傷口痛，肚子脹。我一閉眼睛，就覺得那根細的橡皮管從我的鼻孔伸進來。我感到說不出的難过，說不出的厭煩。我的思想，我的回憶全破碎了。有時候我會覺得我頭腦裏裝了一堆渣滓，一堆碎玻璃。

「昨夜比今晚更難熬，那痛苦似乎是無終結的。人世跟我離遠了，我彷彿陷在地獄裏受苦刑。這時候我多麼需要安靜。可是那些輕病的病人卻帶說帶笑地吵個不停。他們的快樂的声音就像許多木棒在敲打我的腦子。第十三床用牙齒敲着拍子低声唱歌。第九床講着笑話。第八床哼着小曲。這甚么時候第十二床還撞進來，要第八床唱十八摸，第八床没有理他，他自己卻色情地唱起來：「伸手摸，姐姐的……」我真想去他一個嘴巴！我又想大声叫喊，可是我没有氣力。「……我頭痛，傷口痛，四肢痛。我怕我不能再看下去。我以为我的末日已經逼近了。但是我聽見了那個熟习的声音：

「你們應該休息了。人家剛開过刀的病重的晚上需要安靜，你們這樣吵不是故意給人家添病嗎？」

「是是，」不知道是哪個這樣答了一句。病室裏立刻靜下來了。我看見楊大夫穿着白色工作衣立在我面前。

「你覺得好些嗎？」她關心地問道。

「我無力地搖了搖頭。

「你能睡吧？」她彷彿知道我的痛苦似的再問一句。

「我又搖搖頭。我忽然想起她对我說过要我在痛苦時背誦唐詩的話，我以为她再拿这句话来劝我。他便用力说：「我的脑子完了。庚诗也完了。我全记不起来。」

她噗哧笑，声音小而且马上就忍住。她两笑道：「你不能管什么庚诗不庚诗。你还是睡觉要紧。我给你再用点睡药。明天你的脑子会不完了。」

「今晚，她来得早，就是在查病房的时候。」

「你觉得好点吗？」她还是关心地问。

「我摇摇头。」

「睡药给你开好了。你吃的时候，问小姐要吧。我看你今天好多了。你可以放心。」她和善地笑了笑。

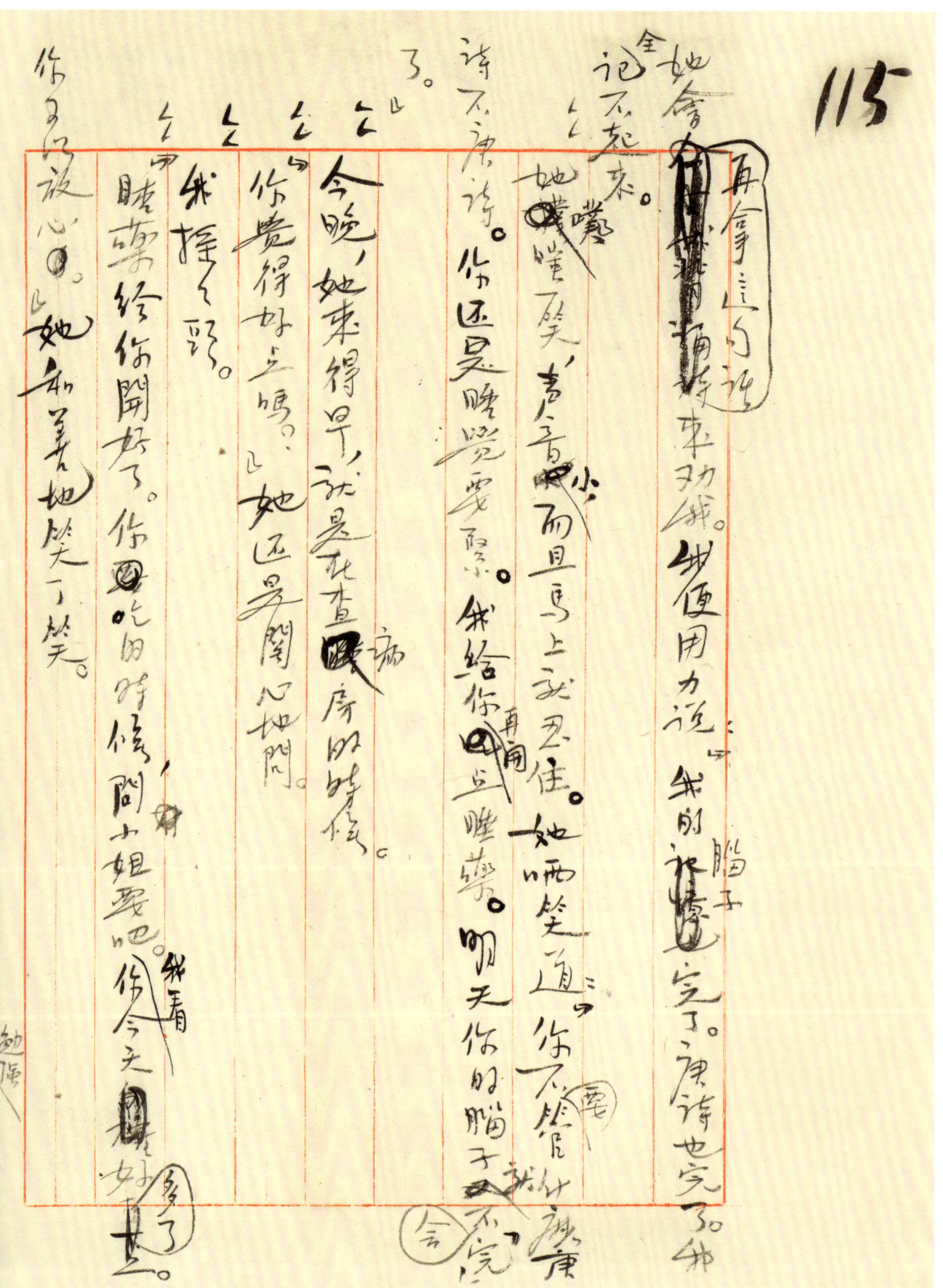

勉强

聽了她的話，我才覺得我的確好一些了。我可以聽清楚並且記住林大夫和外科主任黃大夫的談話：

"……他不應該有這樣高的熱度。你看會不會是malaria（瘧疾）？"黃大夫的聲音。

"我在研究。我看又不像malaria。……"林大夫回答。以後他講着很流利的英語。我抓不住他的意思。黃大夫也講了兩句英語，我聽懂幾個單字，我猜他是在說要是轉了別的病，他的腸子就有點麻煩了。

林大夫拿起第六床床上的茶壺搖了搖，大聲對病人說："你要吃水嘛。你不吃水，不會退燒啊。"

"我嘴巴淡，"第六床答道。

「這不是理由。你應該把開水當作藥來吃，不管嘴巴淡不淡都要吃！」林大夫的話總是用那種粗暴的聲音說出來的，他什麼時候都像在跟別人生氣一樣。他這幾句話像鋸子似的在我頭上遲鈍地鋸着。

「我居然支持着聽完了這一段的對話。但是現在我腦潰了。我的頭像被什麼東西一下子就打碎了。

「我想到了我的眠藥，那唯一的可以給我帶來睡眠的東西。

我放棄了掙扎。我高聲喚起小姐來。

第六章

六月八日（星期四）

々朱昨晚我睡得真甜，我似乎還做了一些夢。我夜沒有醒過。但是老李把我叫醒了。我那時真恨他。我需要睡，我需要安寧。天都還沒有亮，他為什麼要喚醒我呢。像前昨雨天，林小姐來給我洗了臉。我努力睜大眼睛，我昏昏沈沈地捱着時刻。窗外一陣一陣的雀噪隨着曉風送進來。我的腦子漸漸地清醒了。鳥聲像水似的在我腦子裏流過，我感到一陣輕微的舒適。這情形，又前昨雨天都不會有過。楊大夫並沒有騙我。我的病慢慢地好起來了。

々麻雀愉快地從破紙窗飛進來，又從另一面窗戶飛出去，留下一隻站在樑上，安閒地唱着歌。病室的上空瀰漫着金光。外面是個美麗的晴天。

々我的記憶恢復了，像被甩起來，心安定了。腦子像被清水洗淨了似的。昨晚的痛苦，变成了一個渺茫的夢。我高興地想着：我復活了。今天我覺得我是個痛愈的人。雖然我還不能劇烈地轉動我的身子，可是我的傷口已經不痛了。

每餐一碗半流質的食物已經不能飽足我的饑餓。我決定求助於老許。那個年青的茶房每天仍舊要到我的病床前站立一兩分鐘。他不是來問我要不要叫菜，却是來問我的病有沒有起色。我並不是他的老主顧，幾塊錢的小費和幾句溫和的話語使他對我發生了好感。在我的苦痛中我看到了他的同情和關切。我感謝他，我也覺得人與人之間原是很容易接近的。

上午大夫們來看病人。馮大夫和楊大夫到我病床前來了。

「怎麼樣，今天好些吧？」馮大夫長者似地問道。他那銳利的眼光在我臉上掃了一下。他的小字鬍蓋着的嘴唇半張開微笑了。其实他不是在發問，他一定已經看出我的健康的進步了。

「好些了，」我點點答道。楊大夫沒有講話，她親切地微笑着。我覺得她的眼光放在我臉上盤桓。

「傷口不痛吧？」馮大夫又問道，他一面在翻看手裏拿着的病歷表。

「傷口不痛，」我答道。

「我來看看你傷口吧，」馮大夫說着，就把病歷表遞給楊大夫，走過來揭起我的蓋被。我上身沒有穿衣服，傷口被大繃帶綁着。他動手解開大繃帶的結頭，像剝筍似地解開一層又一層，現出最後一層，最後傷口快露出來了。我突然害怕起來。我掉開頭，不敢看自己的傷處。

「很好，」馮大夫仍舊埋着頭說。「下星期就可以抽線了。楊大夫，請你去拿點棉花紗布來。」

我看見楊大夫掉轉身子走開，又看見她回來。我始終不敢看我的胸膛。我覺得傷口痛了一下。我咬住自己下嘴唇，準備忍受更大的痛楚。

但是，補藥並沒有來，馮大夫的手卻在收緊大衣襴帶的鈕子了。我寬慰地吐了一口氣。

馮大夫抬起頭來，他的眼光又在我臉上掃一下：「不要緊了。再養幾天就完全好了。」他滿意地笑了一笑。

楊大夫沒有說什麼話便跟着馮大夫走了。我看見他們站在第二床的附近說了好一陣的話，似乎在議論那個老人的病勢，過後又到對面那一角去了。

第二床靜靜的，一聲呻吟也不發。他的生命似乎在漸漸地消失。他的兒子仍舊每天早晚來兩次。他上午停留不到半點鐘，下午倒常常耽擱一兩個鐘頭。上午照舊拿來漱口盅，下午又把牠帶回家去。他似乎希望就靠着這一點雞湯或豬肝湯來挽救他父親的生命，卻沒有注意到那生命已經臨近油乾燈盡的境地了。這天他照常地拿着漱口盅來，照常地俯下頭跟他父親講一兩句話。不過他不再用手帕蓋嘴鼻了，他戴上了紗布做的白口罩。這使他的臉顯得更蒼白，更無精神。他彎下身子扶着他父親翻了一個身。過後他便到洗臉盆架前面去洗了手，朝門外走去。

楊大夫也到那里去洗手。她把他喚住了。他們就站在病室門口談了一陣話。我不知道他們在談什麽。過後他們一路走到第三床跟前。那兒子就站在父親的床腳邊，垂下頭，駝着背，帶着[illegible]樣子悄悄地望着他父親。楊大夫却一直走到我面前來。

「楊大夫，我可以在外面叫豬肝湯叫麵來吃嗎？」不等她開口我便問道。這問話我先前就預備向她說了，要不是她走得那樣快。

「可以的，」她笑答道，「不過你不要吃多了！最好叫他們弄乾淨一點。」

「醫院裏那一點點東西，實在吃不飽，」我解釋道。

第八

「這就證明你的病好起來了。現在你的腦子並沒有完，或許也還沒有完吧，」她抿嘴笑道。

我臊紅了臉，我想起前兩夜的情形，我辯解地說：「楊大夫，你不曉得我那時多難过。」

她憐憫地看了我一眼，微笑說：「不過現在算是過去了。以後我想保你不會再有痛苦罷。」

「頭等病房那個人開刀沒有？」我忽然想起就問道。

「昨天開的刀。結果很好。他膽囊拿掉了。他身体真好，」楊大夫答道。

「那麼我開刀的結果怎樣？我的膽囊拿掉了嗎？」我撫着胸口地問。

「她遲疑半晌，纔說：「也很好。」她只答了半句，並沒有答覆我，我重要的問題。我知道事情有些不妙了。她鼻上眉間有一些陰影。

你沒有流多少血。

「楊大夫，你對我講真話，我的膽囊是不是沒有拿掉？」我着急地問。

「沒有，」她低声答道。她把眼睛掉開看別處，但馬上又轉回來望着我。

「其實也沒有大關係。你膽囊旁边一點液太多，只來得及給你整理一下。你身体虛弱一些。其實以後也不見得會再發病。即使再發，你还可以來開刀。」

「要拿掉，時間不夠……」

「那麽他，就是站在旁边那個人——」我帶着怨憤地說，後面的話我說不下去了，我掉開眼睛不看她。

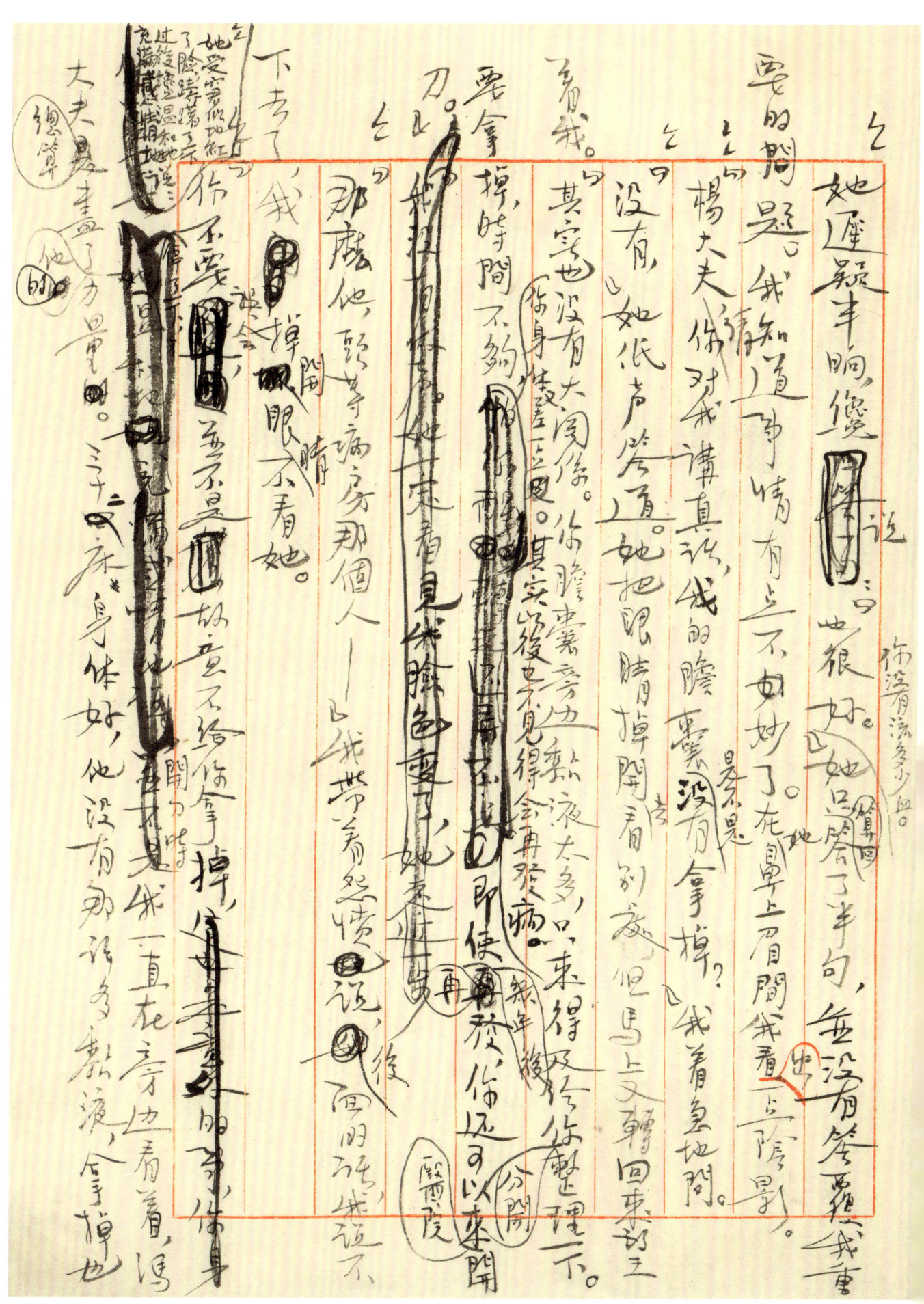

「你不要誤會，不是他故意不給你拿掉，……他一直在旁边看着，憑大夫是盡了力量的。三十二歲，身体好，他沒有那樣多黏液，拿掉也

第120

容易些。絕不是因為他住頭等病房，我們就特別看待他。你不相信我，”我的眼光又射到她的臉上了。她的眼光是那樣柔和，那樣善良，那樣真誠，而且那樣明亮。她們慢慢地卻又是深深地進到我的心裏。我的不平，我的憤慨，我的懊惱全被趕走了。我覺得慚愧，我不敢再正眼看她，我想說一兩句解釋的話，但是張開嘴，只吐出一個含糊的字音，我的嗓子就啞了。我覺得我淌出了眼淚。

“你真是個孩子。說兩句話你就哭起來了，”她帶着憐惜的口氣責備說。

“這是我的大意，不該說得這樣早。以為你會相信我的話，”

“我相信你的。我只有感激。你不像一般把病人當成牲畜的大夫。你跟別人不同，……我說不出，你不要笑我……我那兩天想到過，要是我像第十一床那樣死在西院裏，你會為我流眼淚的。

我激動地聲音顫抖地說。

"你不要講這些話，"她揮著手阻止我說。"你不要把我也笑倒了。不——

樣，你還是我的病人，你還得聽我的話。你不要去想那些無益的事。

地保養身體，其實你的病不會再發，不會擾也好。

"是我聽你的話，"我感動地，不由自主地說。

她滿意地笑了。"你這樣就好。你休息一會兒吧，"她說。

第三床沒有再說話，他終於跟廖大夫吵了一架，廖大夫已經用了英國的粗話來罵他了。他也賭氣地明白說他要搬到西院裏面。

後來還是楊大夫和張大夫兩個人來把廖大夫勸開，第三床才安靜地躺下去蒙著被睡了。我不知道他是不是真睡，可是從這時起他一直沉默

121

着，就是他露出头来不睡的时候，他也是带着寂寞的样子板起脸孔。直到傍

晚，朋友给他送了钱来，他才坐起来，有说有笑了。

“今天午饭前老许来时，第三床刚看见那个年青苍白的头（头已伸进病

室来），马上高兴地叫起来：“老许！老许！”

老许带笑地走到他的床前。这年青人的笑容里藏得有忧愁的影子。

“给我来一碗大红蹄，一碗猪肝汤，我吃完中饭就要落屋罗，”第三床孩

子一般快乐地说，一抹黄牙露了出来。眼睛接连眨了两下。

“你今天出院嗯，”老许客气地问道。

“不出院就躺在这块嗯，人家已经赶出来啦！”第三床收敛了笑

容板起脸答道。

『你講笑話吧。你不出院，哪個會趕你。你要走，留都留不住，』老許陪笑道。

『哪個跟你講笑話！你還不曉得我昨天差點跟廖大夫吵起來！我沒有見像他這樣不講理的醫生！昨天上半天錢沒有送來，只好受他的氣。現在我不怕他！』第三床冷笑道，說到最後一句，他現出得意的神情，顴骨顯得更高，嘴角顯得更突出，口沫也濺出來了。『快去！快去！不要耽擱時間。』

老許唯唯應著，卻走到我床前來。我和他的眼光遇到了，過後他說：

『你今天好些了？』

『好些了，』我不經意地答道。『給我煮碗豬肝湯吧。』

『要不要吃麵？我給你弄點真正的雞湯下碗麵來，包你吃到再講好的，』他俯下頭放低聲音說。『對面十六床今天燉得有一個雞，勻點湯，不要緊。』

『好吧，』我起初想說不要，後來又想答應他，最後便說了上面兩個字。

122

“這兩天消息怎樣？”我忽然想起湘北的戰事，順便又問了一句。在這小室裏，難得有人講起外面世界的事情。

“老許搖搖頭說，“不大好，聽說長沙已經危險了。”這里好像是另外一個世界，連我也不怎樣關心外面世界的事情。

“不會吧，長沙會戰三次都沒有失過。報上怎樣說？”我不相信他的話。

“報上沒有提，說是離長沙還遠遠的，”老許低聲說。

“那麼你不用怕。勸到不要亂相信什麼馬路消息，自尋煩惱，”我晒笑地說。

“老許，快去呀！”第三床不耐煩地催促道。

“還早嘞，現在離開飯還有一五分鐘呢。”

“老許，老許，過來！”第九床大聲叫着。老許咕嚕着走到第九床那里去了。

“快去，先給我查碗大滷麵來再說，”第九床昂着頭，得意地說。

“我來盤白菜炒肉絲，”第八床正站在他那朋友的床前，說話時身子一蹦一跳的。臉上老是帶着故意做出來的滑稽的笑容。這是一個原籍湖南的人，可是他同别的病人（我也应该算在里面）一樣，对個兒的事一点也不關心。也許他只为自己人，根本就不知道有這些的事。在病室裏人無法看到當地的報紙。

〃〃老范，过來坐〃吧，〃〃第三床拍〃床沿对第八床說。

〃〃老蘇，你今天真的要走嗎？〃〃第八床轉过臉去笑問道。

〃〃不走，我在這塊覺着老嗎？〃〃第三床高興中帶了一点憤慨的調子說。

〃〃你走了，第四病室也就清靜多囉。〃〃第八床笑道。

〃〃我看你也該走啦。賴在這塊有什麼好處？〃〃第三床說。

〃〃你不要說，這里住一天究竟比在外面花錢少得多！橫豎我那位郭大夫的脾氣好，容易講話，多住兩天也不要緊，並且还可以多吃幾天眼藥，〃〃第八床滿意地笑着，便一跳一蹦地走出去了。

〃〃奇怪，杨大夫跟郭大夫相貌身材都很像，脾氣却差了那麼多，〃〃第三床慢吞〃說。

〃〃郭大夫是塌鼻子，所以脾〃氣好。杨大夫鼻子高，你如果对準他鼻

123

子打一拳，他脾氣一定會更好的，」第四床開玩笑地答道。

「我們這些人當中，我看還是志廣最舒服，他天天只曉得笑，只曉得吃，」第三床望着第十一床那個廣東青年說。第十一床穿一身棉綢短衫褲，盤着腿坐在床上，正把一塊大麵包塞進咖啡罐裏，麵包比罐子大，塞進有困難，麵屑不住往下落，他一一捲起來放進口裏去了。他沒有痛苦，隨時可以往外面跑，又不吃藥，每天就數點鈔票，自己又有錢花。

「現在自然舒服。如果真要開起刀來，也夠他受的，」第八床說。他露了點幸災樂禍的神氣。「這個老人家怎樣？這兩天哼都不大哼了，恐怕又要回老家吧。」他指着第二床說。

「恐怕靠不住，說是害梅毒，想不到這樣年紀還生那種病，」第三床說：

『梅毒？那真怪。他不是吃長素的嗎？』第八床抬高了聲調說。

『越是吃長素的人越靠不住』第三床剛說到這裏，看見老爺兒子手裏拿着個紙包匆匆地走進病室來，便住了嘴。

那兒子走到條桌前，汪小姐正坐在那裏，他喘吁吁地說：『汪小姐，楊大夫叫買的針藥買回來啦！』就把紙包放在條桌上。

汪小姐轉過頭對那個站在藥櫥前弄什麼東西的李小姐說：

『李小姐，你去請楊大夫來，說第二床的針藥買來了。』

瓜子臉[illegible]的李小姐答應着[illegible]，離開藥櫥走出去了。

那兒子還呆呆地立在條桌前。

『陳先生！陳先生！』第三床大聲嚷道。

那兒子好像醒了一般地抬起頭來朝四周看了看，過後就向着第三床走來。

〔註〕我想起來了：每天從上午八點到下午兩點的中間，男看護周先生要給病人送來三次熱敷。那是像有些蒸籠的東西，外面是漆布，裏面裝一疊紗布，並得極燙，用來熱敷在病人的發炎處或腫處。冷了再換燙的，每次換四五回。

124

「陳先生，你父親的病怎樣？」第三床問道。

那兒子無精打彩地搖了搖頭。他臉色很不好看，兩頰的肉失去了一些。他沒有戴口罩，嘴唇四周黑黑的蓋着一圈髭須根，眼角上還留着一點眼屎。他聲音破啞地說：

「恐怕難得好囉。」

「胃口不是好些了嗎？」第三床好意地問。

「他還有別的病。現在連嘴，連身上都爛了。」那兒子嘆息地說，他眼圈也紅了。他整個態度上帶着一種無可奈何的可憐神氣。

「大夫怎樣說？」

「大夫也說沒有把握。昨天打過一針。今天又叫買針藥，好貴啊，今天兩針就花了一千六百塊錢。我實在拿不起錢。不過不給他醫病也不行，心裏也出不去」

「楊大夫搖搖幌幌地走進來了。那兒子馬上伸了嘴去迎接她。

「小藥回來了?」楊大夫問道，小藥子回答，她接着又說「馬上就去。」

出了。今天，我看見楊大夫拿着針走到第二床跟前，李小姐跟在她後面。老人接連發出幾聲含糊的呻吟，然後又安靜了。楊大夫同李小姐一路走向傍着桌子走去。我聽見楊大夫吩咐李小姐，要她給第二床洗洗身體。我暗想，這應該是件多麼不愉快的工作。

「果然，十多分鐘以後，李小姐換上一件背後開襟的工作長袍，戴上一雙透明的皮手套，並且掛上口罩，端着一盆水走到第二床跟前去。

「李小姐，好差使啊!」第八床開玩笑地說。

「李小姐回頭看了他一眼，她和順地微微一笑，然後轉過頭臉去，開始工作了。

125

這小而端正的女孩，毫無怨言地用毛巾在病人的肢体上慢慢揩拭，又用棉花醮一藥水給病人洗牙齒和口腔。那兒子不敢挨近，卻只站在床腳邊道中旁觀着。眼淚一滴一滴地掛在他蒼白的臉頰上。他不等到李小姐做完工作，就辛然轉身逃走了。

"這就是他親生兒子嗎？"十二床忽然坐起來向第三床問道。

"是的，"第三床答道。

"他父親病重，就說花柳吧，也該請天假來陪陪他。人家看護小姐都肯這樣做這種事情，做兒子倒轉身跑開了，真是豈有此理！"十二床得意地發議論道。他走到第三床的床前，就在床腳一塊空地着，信上望下來。

“这也难怪他。一家人靠他吃饭哪，”第三床解释地说。

“老苏，今天你出院，你太太来接吗？”第十二床换个话题说。

“他是个光棍，哪里来的太太？”第八床嗤嗤笑道。“你给他介绍个吧？”

“好的，”第十二床笑答道。“老苏，你要哪种人？”

第五床露出一嘴黄牙吃吃笑着。“只要是年青漂亮的，随便什么人都好。”

“年青摩登，漂亮的你吃得住吗？我劝你不要妄想。还是讨个乡下老婆好。”

“任凭你打你骂，都柔柔地不响一声，”第四床眉飞色舞地笑道。

“乡下老婆太呆，不好。要讨老婆，我觉得还是看护小姐好，又体贴，又周到，脾气也好——”第十二床一面说，一面望着那个给病人洗好了身体正在铺床的李小姐。李小姐装着没有听见的样子，连头也不转过来。

126

「小聲些！」第三床打岔地說，他一面指着李小姐。往後他又摀住他的嘴暗笑着，第八床也吃吃地偷偷笑着。對他們，這種低聲暗笑似乎比大聲的笑更有趣味。

「十二床毫不覺得羞愧地提高聲音繼續說下去：「……看護小姐脾氣又好！」

但是這次眼科主任郭大夫來打岔了。「你現在就跟我到門診部再去檢查一下。」

笑容頓時消失了。十二床垂着頭，摀住左眼跟着護士小姐郭大夫走出去。

我覺得高興，我想我的耳朵該可以清靜片刻吧。但是男看護周先生來給我點過眼了。

〝正在開飯的時候，〞第十二床蒙着左眼回來了。

〝怎樣，老朱？〞愉快地吃着大紅蹄下飯的第十三床抬起頭問道。

第十六床搖搖頭，也不拿下手來，帶着哭聲地答了一句：〝還是要挖，〞就崩潰似地倒在他的床上。

〝那天挖？〞第八床放下飯碗，帶着幸災樂禍的樣子問道。

〝明天，〞第十二床啞聲回答。

〝挖眼睛不曉得是什麼樣的味道，〞第八床把眼睛眨了兩眨，自語地說。沒有人理他。第十三床同情地問第十二床：

〝你不吃飯？〞

〝我不餓，〞第十二床仍舊啞聲答道。〝我不敢想像他這時的同明天的痛苦。

〝老朱，吃點飯吧。用不着難過。一隻眼睛還不是一樣地看東西，〞第八床似乎是在安慰那個病人，其實他是在說風涼話，我看得出來。

19

12

〃那只怪你没有勢力，你看頭等病房那位太太，兩口子好了，整天梳頭擦粉，大夫也没有提她走。〃第八床接嘴說，〃你有办法，〃〃頭等病房有勢力，有人情的人住的，住個一年半載都没有問題。〃第九床冷〃地笑道。

〃三十床沒有回答。第八床覺得沒趣便不作聲了。第九床卻接嘴說：〃老沈，你覺不覺得，我們這班人都是前世欠了債，或者賭錯了咒，現在才在地獄裏受罪，有的挖眼睛，有的割肚皮，有的鋸手，鋸腿：：這就叫做命該如此。〃他眯着兩眼搖頭擺腦地笑起來。我氣得臉發燒了。

〃不錯，不錯，〃第八床帶笑附和道。〃我跟老蘇兩個都是債還清了，所以他今天出院，我過兩天也要出院囉。〃

〃其實你今天該出院的。郭大夫人太好，太容易講話。要是遇到廖大夫，早就把你趕出去了，〃第三床笑道，他始終沒有忘記對廖大夫的那点仇恨。

〃人家受苦，你們高興，真是天曉得！你們笑，你們笑，我要親眼看到你們哭！

第六床這一早晨沒有講過一句話，忽然咕嚕起來了。我同情地用眼光去看他。他臉色黃中帶紅，眉毛眼睛仍舊朝上豎，兩眼通紅，並且射出憎恨的光，嘴唇不住地動着。

「你多喝水啊！」我看見他的臉，不由地說出這句話來。

「水吃多哪，小便多，你喊老薛倒小便壺，他要罵人。」這些人真是曉得！」他恨恨地說。我沒有聽見他叫什麼老薛倒小便壺，我想這是他那愛抱怨的脾氣發作了，跟他多講也沒有用。我也便不去理他。但是我仍然在暗暗地觀察他。他伸手在鐵檯上摸索，抓到了茶壺，拿起來放到嘴唇邊，大口地喝着。我只聽見咕嘟咕嘟的聲音。從他嘴角流出小股的水，他也不管它，只顧把壺柄舉高，只顧吞下水。最後他拿開了壺，放回到錢櫃上去。吃完囉，他靜靜地說。

〃好的，你多喝水，會慢慢退燒的。〃我不由自主地說，我[illegible]向[illegible]起來。

〃苦[illegible]十五床出院了。〃〃再見啊，我过兩天來看你們。〃他帶點留戀的樣子对他認識的人說。

下午胡小姐來試表的時候，我聽見她讚許地問第六床：〃怎麼樣啦？〃

〃你剛才喝过開水嗎？〃

〃沒有，〃第六床瞪着眼回答。這天他沒有吃过一碗飯。開飯時端了飯碗到他床前，晚飯他皺起眉毛，搖了搖頭，那神情是相當苦惱的。

〃你一百零五度啦，要當心，要多喝水，你懂嗎？〃

〃我懂。〃他伸手去摸茶壺，苦地說：〃沒有水啊，喝囉。〃

〃你喊老鄭給你沖吧，〃胡小姐說。

〃老鄭，我不敢喊他。他都不會理你，〃他抱怨地[illegible]給你道。

"我给你拿去冲，"她拿了茶壶出去了。

"這個小姐姓什麽？"他忽然問我。

"姓胡，"我大声說，我心想難道你还不知道，倒要来問我。

"我要谢谢她，"他自言自语。

胡小姐拿着茶壶走回来，把壶递到他的嘴边，很温和地說："不很燙，你现在就吃点吧。"

他没有說什麽，就捧着茶壶嘴放在嘴边喝起来。

"慢点，慢点，"胡小姐觉得好笑地說。她笑起来多像一個小孩子！

她仍旧拿着壶柄，站在床前。过了会她說："夠啦，夠啦！等一陣再喝。"

她慢慢地把壶從病人嘴边拿開，放回到矮櫃上面去。

"你只能多喝水。喝完了你喊我，我给你拿去冲，"胡小姐给他拉好被單，臨走時又這樣嘱咐他。

129

「我還要吃。」他伸手去拿壺。「我拿給你。」胡小姐搶着把壺遞給他，就走開了。

他喉嚨響得厲害。[redacted]他喝得太急，水灌進了氣管，使他嗆咳起來。他連忙放下壺，被單已經濕了一團。他蒙住嘴，但是咳嗽並沒有停止，他一張臉掙得通紅。

我想笑他，但是我笑不出聲來。他這滑稽的苦相使我感動。我禁不住想：生命的引誘力多麼大，生存的慾望多麼強！每個人進到這裏來都只是為了想活下去。誰又不怕死，不願意避免死呢？

第六床咳嗽止了時，他閉着眼睡了一會兒，我不知道他是不是睡熟了，不過他沒有出聲，也沒有轉動。這其間有一個司機樣的朋友來看他，那個人靜靜地在床前站了幾分鐘，也沒有驚動他，就放下一個紙包在床沿上，悄悄地走了。

客人走了不多久，第六床便醒了。他望着纸包现出惊奇的神情。他伸手拿起纸来，放在胸前慢慢地解开麻绳。

“你一个朋友送来的。”他诧了一阵，没有说话，就走了。我告诉他。

“他来时没有，年纪大不大？”他瞪我一眼，问道。

“我没有看见过他，年纪跟你差不多吧。”我顺口答道。

“多半是×××，是，一定是他。”他自语道，他说出一个人的名字，但是我听不清楚。他的脸上肌肉动着，嘴角的弧线慢慢地松弛，他有点愉快地微笑了。他打开了纸包，那是面包饼乾。他又把纸包闔攏，提着地向我伸过来，着急似地说：

“你吃，你吃！”

“谢谢你，我现在不要吃。”我握握手道谢说。

删 130

「你拿住，你拿住！」他顯得更着急了。「都是出門人，何必彼此不客氣。」

我勉強接過紙包，從裏面取了兩塊餅乾，就把紙包遞還給他。

「你等一陣再吃吧！」他懇切地說。他細心把紙包包好，放到綫檯上去。以後他又伸手到床下去拿便壺。他在凳子上摸到了，把牠提起來，拿進被窩裏去。過了一會，他把便壺放回到凳上，凳子震動了一下，從那起鏽的洋鐵壺口溢出一點小便來。小便在凳上，便帶白色，並且有一股濃濃的大蒜臭。

「小便又滿了，他們也不來倒，」他低聲抱怨着。我知道今天下午老鄭上班時，已經倒過便壺了。下次倒便壺的時間應該是晚上九點鐘以後。

但是老鄭走進來了，他是來跟汪小姐講什麼話的。

"老鄭，老鄭！"第六床大聲叫着。

老鄭好像沒有聽見似的，連他耳朵也不動一下。事實上他不會不聽見。

"老鄭！"第六床又叫了一聲，但他的聲音已經沙啞了。

老鄭卻掉轉身子要朝外面走了。

"老鄭，第六床叫你去，"第九床坐起來特別用勁嚷道。

老鄭板起面孔，向第六床走來，但是走近第九床腳便站住了，不客氣地問道："你喊什麼？"

"我的小便壺滿囉，"第六床答道。

"我沒得空！"老鄭冷冷地說，他似乎連看那病人一眼也不願意，就把身子掉開了。

「老鄭，你就給他倒下吧，」第九床帶了點不以為然的神氣說。

老鄭的死人臉上現了一絲活氣。眼睛也動了。他對第九床說：「洪先生，你不曉得，我們一天要做多少事情。簡直沒得一點空。第四病室二十八個病人，偏偏他一個人花樣多！我們不能將就他。」他說得好像很有理似的。

「他生病，也是沒法的事。未必哪個好意願那麼多小便！你給他倒一回吧。真的，滿嘴臭得不得了，」我也插進來說。

「好吧，我就給他倒這一回，」老鄭放軟口氣說。但是他並不去拿便壺，卻揚長地往外面走了。

「他走了，真是天曉得！」第六床又怨憤地自語道。

“他会来的，他说过就要来的，”我安慰他说，“我相信志郑马上就会来。”

第六床静下来了，他忍耐地等候着。

空行

但是老郑一直到一个钟头以后才来。在他来之前，杨大夫来了。还是那件有两圈黄边印的白色工作衣，两手插在衣袋里。她和张大夫同时进来，她们来看他们的病人。杨大夫先看第十一床。那个少年的伤口快全好了。她对他说：“你明天可以出院了。你再到门诊部换一两次药就成了。”她走到我床前来。

“你现在觉得怎样，更好些了吗？”她带笑问道。

“是的，”我答道。

“不要动啊，还得好好地睡几天，”她吩咐说。

“我知道。”

132

「這就好，」她滿意地說。過後她注意地看了我一眼，慢慢地笑起來，略略偏起頭，「你好些地方都像我那個弟弟。你說話的神氣，你的笑都很像。」

「他現在在哪裏？」我問道。

「他本來在桂林讀書，這學期身體不好，住在衡陽鄉下養病，沒有出來。他年紀比你小，今年才二十，剛在大學讀過半年書。」

「楊大夫，你跟他分別多久了？」我又問。

「快一年了，我去年回到家裏住了半個多月，」她答道。我在她眉間看出一點憂慮的陰影，但她馬上又用微笑掩飾了，她換過話題說：「我告訴你個好消息，你知道嗎，盟軍在法國登陸了。」

「今天嗎，昨天？」我興奮地問道。

「前天登陸已經成功，看情形戰事一定可以在明年以內結束，」她也顯得興奮了。「病室裏沒有報看，所以你們什麼消息都不知道。」

我忽然想起老許告訴我的關於湘北戰事的話，便問道：「楊大夫聽說這次湘北戰事打得不大好，是真的？」

她的笑容一下就消散了，那陰影又回到她的眉間來。她低聲說：「真的，我的家就在衡陽鄉下，所以我有點放不下心。」

「衡陽當然不會有問題，」我說。

她搖了搖頭，沉吟地說：「這一次跟前三次不同。現在人心惶惶，連桂林也騷動起來了。我們中國人愛聽謠言，這個習慣太不好。不過報紙消息太慢，又不一定可靠，更使人容易聽信謠言。」

133

“不会的，此事绝不会坏到那样，杨大夫，你放心吧，”我诚恳地安慰她。

她用感谢的眼光看我一眼，接着她忽然把头向上一扬，她大股的浓发本来拂到她脸颊的，现在又一齐飘回到脑后去。她脸上又露出笑容。她说：

“真滑稽，现在倒是病人来安慰大夫。你好好休息吧。冯大夫常常笑我爱跟病人讲话，我这毛病总是改不掉。”她那亲切和善的笑容，仍旧留在她的脸上，我注意看她的脸，我不相信刚才我在那上面见过那忧虑的阴影。

她去了。她站在第二床旁边，她俯下头似乎在说话。我真替她耽心。

“不要靠得那么近啊！你不是怕会传染吗，”我真想大声叫起来。

第三床在講話，声音低，一個字也聽不出來。过後又寂然了。楊大夫抬起了頭

空了，我心上的石塊去掉了。

老鄭提了便壺回來，擺出一副不高興的臉孔，砰的一声把便壺可以是擲到凳子上去。「來啦！你屙，你多屙屙，滿了又給你倒。」

第六床兩眼直瞪着，好像沒有聽懂那些話似的，他右手伸出來，不住地顫抖着，但他終於抓到便壺了，他立刻拿起便壺，匆忙地塞到蓋被下面去。他吐了一口氣，他紅黃色的臉膛上露出一絲笑意。然後他又把便壺放回到凳子上。

一個扁臉的大夫走到床前來了。這個大夫不管廿幾，年紀不过二十六七吧。他看了看第六床床頭牆上掛的牌子，然後又看一眼那隻被吊起來的左膀，他問道：「你可以翻身嗎？」

第六床茫然地望着他，不知道怎樣回答。

「你這隻膀子可以取下來嗎？」大夫再問了。

「第六床還是瞪目不作聲。我忍不住替他答道：「不好取，他截開吧。」

「能仰起睡着。恐怕不能翻身。」

「大夫點點頭，又問他：「你有什麼不舒服嗎？」

「我嘴巴淡。」他答道。

「大夫走到他右邊來，揭開被，開始了檢查的工作，這也無非於他身上敲敲聽聽。大夫檢查完了，轉過身子問我：「他是不是腦子不大清楚？」

「恐怕多少有一點吧，」我答道。

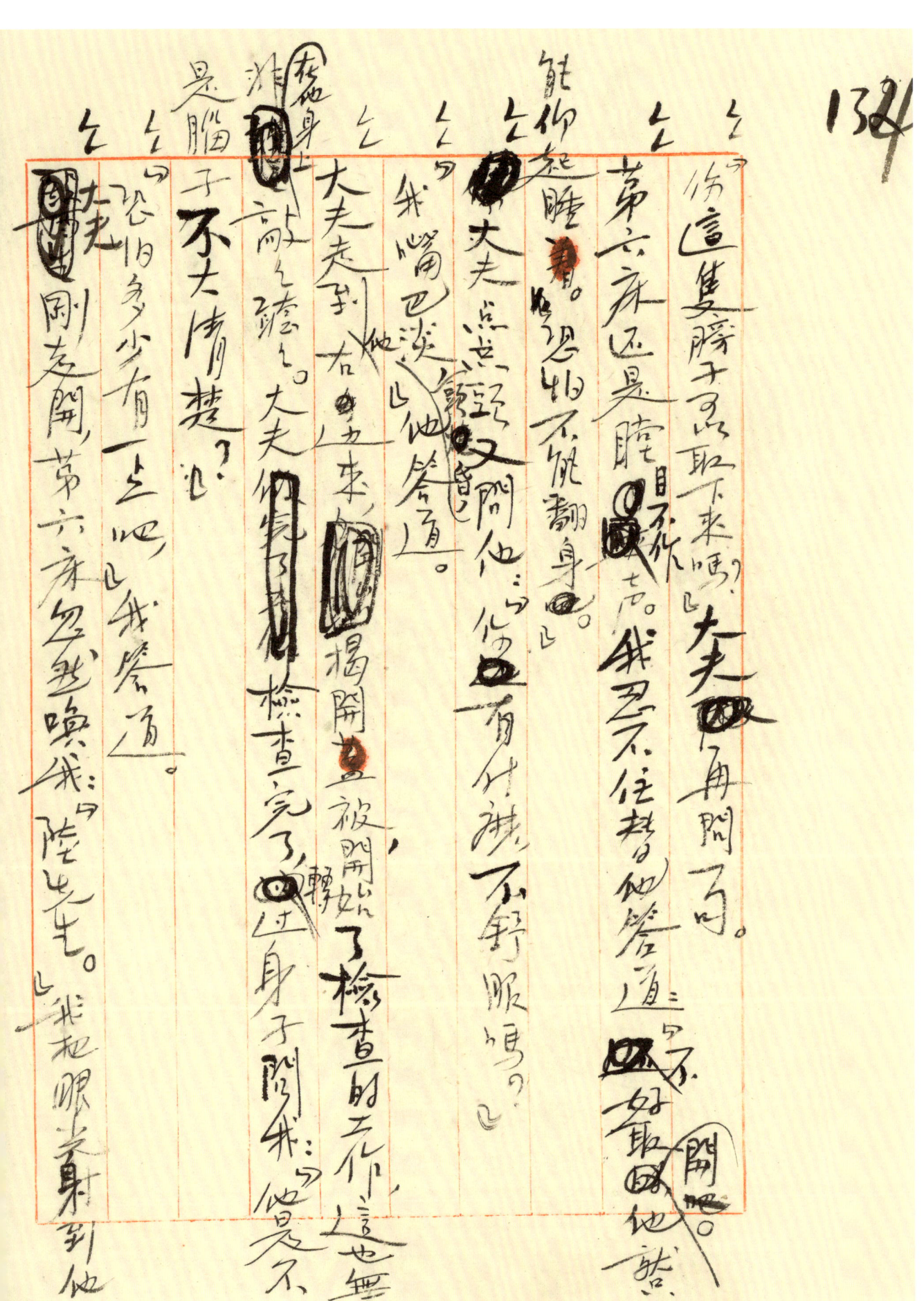

大夫剛走開，第六床忽然喚我：「陸先生。」我把眼光射到他

臉上去。他倆眼的注視叫受到的人覺得不舒服。（他也在看着我。）

〃〃“醫官說我怎麼樣？”他關切地問道。

〃〃“他沒有說什麼。他剛在檢查。”

〃〃“他有沒有說過我要死？”他又問。

〃〃“沒有！沒有！你不過發燒，不要緊！”我起勁地分辯道。

〃〃兩臉大夫捧着木匣子進來了。他把木匣子放在床欄上，順便將茶壺推進去一些。他的眼光停在茶壺上面。他拿起茶壺搖一搖，問第六床：

〃〃“這是你的茶壺嗎？你今天喝了多少？”

〃〃“兩壺。”

〃〃“不夠，不夠！你一天應該喝八壺！”大夫說，一面伸起八根指頭給他看。

〃〃“八壺，他們每天只給我三壺，”第六床皺起眉頭說。

〃〃“不夠。”大夫搖搖頭。“你可以用兩把壺。我跟小姐說一聲，給你多拿拖壺來。」

「大夫把你送進耳朵後，果然去跟汪小姐說了。不會汪小姐送了滿一壺水來。汪小姐的腳應該是個改組派，走起路來一歪一扭，她有點身子搖幌，活和楊大夫的不同。楊大夫走路時像一個不修邊幅的男子，汪小姐嫋娜有致，像一個舊式的女人。她不喜歡多講話，說話時聲音又小，所以她雖然是第四病室的護士長，整個病室都在她管理下面，但我們有時候會覺得她好像不存在一樣，每個病人都認識她，可是她跟誰似乎都不熟，雖然她對待病人也相當和善。

「你現在就吃一點好嗎？」她說着，便把壺嘴送到第六床嘴边。六床她不出聲，只把嘴張開，讓水慢慢滴下去。

"你自己好好吃吧。吃完了，你喊我一声，我给你冲冲。"汪小姐柔声地说，她就松开手，一扭一扭地走了。一个胖胖的女大夫迎着她走来。她招呼一声："周大夫。"

"就是这个病人发高热吗？"女大夫问道。

"是啊。刚才王大夫来看过，"汪小姐笑着点点头答了句。

这位周大夫来到第六床跟前，检查的工作又做了一次，同先前那一次完全一样，略有一点不同的，是周大夫问话较多，第六床答话也较多。从这次对话中我才知道在那所只有一个勤务兵照料的陆军医院里面，他被抬进去的那一晚上半夜下着大雨，屋子漏得厉害，没有人来管他，让他淋雨到天亮。我猜想，那次淋雨一定是他现在发烧的主要原因吧，可是周大夫并不给我一个解答。

134
136

〃周大夫走後，過兩個多鐘點，又來了一個瘦大夫。他的相貌和扁臉王大夫相差很遠，可是奇怪！我剛一看見他，竟然以為他就是王大夫，心想：你已經檢查過了，怎麼又跑來原樣地再做一次！我這錯誤，一直到他走後才被我自己發覺了。

〃奇怪，他們一個一個來做什麼？〃第六床問我道。

〃來給你看病，〃我答道。

〃是來看病，又不給我藥吃，真是天曉得，〃第六床咕嚕道。

〃查出病來，會給你藥吃的，你不要着急，〃我安慰他說。

〃我不着急！我怕我等不得啦！〃他說。我受不住他那火似的眼光，他好像要求我給他生命似的。

〃老鄭來沖水時，看見我這裏有三把壺，正要將一把壺拿開，第六床着急地嚷起來：〃我的！我的！〃那不是你的？你一個人還要兩把壺？〃老鄭挖苦地說。〃[illegible]大夫也[illegible]〃王小姐給他的大夫喊他每天要喝八两奶，我看見第六床口吃着讲不出话，照例是一瞧，便走了。他的脸色是相当难看。

“夜晚又来过一個四十多歲的大夫，是王大夫陪着他來的。我第一次看見他那莊嚴的面孔，我想他也許是內科的主任吧。他簡簡單單地把第六床檢查了一下，低声和王大夫問答了幾句，聽着還撫在頸項上，他慢慢地走了。

“這個醫官一定會查出病來的，”第六床忽然興奮地說。

“不錯，他會查出來，”我順着他的意思說。

“可是這一夜並沒有誰給第六床帶來一點消息。

查病房的時候，大夫到了好幾位，黃大夫，鄭大夫，楊大夫，張大夫都在，他們走過第六床時，那個瘦瘦的病人忽然大声問道：

“醫官，我的手會不會好？”

“會好的，哪裡有醫不好的道理，”黃大夫笑着說，他輕輕地換了一下那隻手的膀子，又翻了一下病歷表。他的態度並沒有退，內科來看过吧？」

「明天就轉過去吧，」張大夫答道。

「好的，」黃大夫點一點頭。

「你怎樣樣？」楊大夫轉過身含笑問我道。

「很好，」我回答道。

黃大夫聽見我的答語，連病歷表也不看，就走過去了。

「今天我不給你開安眠藥了。安眠藥吃慣了不大好，」楊大夫溫和地說。

「謝謝你。我想我今天會睡得着，」我微笑着回答。

寫完了

我剛閉上眼睛，就聽見十二床在講話，他的朋友來了。

「我記起來今天下午，吃晚飯前，郭大夫來跟他談了幾句話：

「……不過按照手續你應該請個人在證明書上簽個字（最好是親屬，朋友也行）不然我們不好開刀。危險，我擔保不會有。不過這不是小手術……」

「我想……」十二床說了兩個字，就不響了。人不知道他心裏想的是什麼。

「你不願意開刀也可以。不過我怕連你這隻眼睛將來也保不住，你好好想想看。這也得你自己願意。沒有人簽字，明天就不能開刀……」

「郭大夫立在十二床前等候着十二床的決定。

「過了一會，十二床聲音震顫地說：「我想還是開刀。我就去請小姐打電話給我們朋友來簽字……」

「現在他的朋友果然來了。他在對朋友講述他的事情。我看不清楚那朋友的面貌，但他那裝束卻是跟十二床一樣，這

138

大概是他的同事吧。

「我覺得挖掉眼睛也不妥當，」朋友沈吟地說。

「不過醫官說，要救住另外一隻眼睛，只有快點把病眼挖掉。你不曉得我腦子痛起來，痛得多麼厲害。其實我也不想挖光，是想起來就怕人。不過不挖掉，我又怕連性命都保不住，」真床絕望地解釋說：

「「朋友沈默了片刻，最後說：「那末我就給你蓋個章。明天上半天嗎下半天開刀？」

「醫官說上半天八九點鐘。」

「我明天請假來陪你，」朋友說。

々他們的談話中仍舊在進行。可是我感非常疲倦，我打起呵欠來。我要睡了。我真的要睡了。

139

第七章　六月九日（星期五）

「今天我覺得精神更好了。一醒來，我就覺得肚餓，我吃了一碗稀飯，是用白糖拌着的。

「吃餅乾啊，」第六床遞過個紙包來說。他臉色今天顯得更黃，嘴唇乾得結殼了。

「謝謝你，我吃飽囉，」我笑答道。

「你拿去，你拿去！我不吃！」他固執地說。我接了過來，放在枕邊，但我並不想吃牠。

「你今天怎麼樣，好些嗎？」我問道。

他搖々頭，『我頭有点痛，还是在發熱。』

看護小姐們來鋪床了，病房裏充滿了她們的清脆的笑語声。她們經過第六床，指着他第六床的床前时，連床單也不拉一下，就讓他亂着。我看見張小姐同那位舉動呆板的方小姐低声講了兩句話，她們也走过去了。我們這一排的病床，除了第六床外全鋪好了。

『今天怎麼樣啦？』第六床瞪着兩眼說。我才注意到他整個眼白都帶着杏黃色，眼光顯得狂亂。兩眼的肉不自然地微々搐動，人不知道他想表達什麼意思。他似乎想笑，但他笑得多々痛苦。

我看他一眼，不敢去理他。心裏想：他會發狂嗎？

140

"就不管我嗎！噯喲！"他自語道。

但是張小姐捧着一盆水，方小姐抱着乾淨的床單一路來了。

她們給第六床揩了身，換了床單和被單。他默默地讓她們擺佈着。他似乎感到一點舒適。

"怎麼今天又這樣客氣，"他低聲自語道。小姐們不會聽懂，也不會注意他的話。

汪小姐走過來，也不說什麼，就把一方紙片貼在第六床的牌子上，並且在那上面添了一塊紅紙的小圓牌。她又默默地走開了。

他忽然覺得不安起來了。我看見他幾次偏起頭去看清楚紅紙牌上的

他似乎想看清楚那上面的字跡，可是沒有用，他不能夠坐起來。

「不要動啊！」方小姐干涉道。

「唉，」他嘆了一口氣，不再去看紅紙牌了。可是他臉上突然籠罩了一層死灰色，這不知道是從什麼地方飛來的。我覺得他似乎要哭起來了。「方小姐，」他忽然望着方小姐的臉大聲說。

「哪樣？」方小姐問道。

「請你給我帶個信到××坡××榮××材料庫，找李××庫員，說我來一趟，說我的病不得好囉，」他苦痛地看着說。

「不要緊，你會好的。你不要亂想，」方小姐說道。

「我曉得，我要死囉，你們在給我洗身子，」他固執地說。

「今天你轉到內科了，所以給你洗洗身子，你懂不懂？」張小姐大声開導說。

「我沒有內病，轉什麼內科？」他反問道。

141

「你曉不曉得，你現在害斑疹傷寒，等轉到內科去醫好了再來醫牙，」張小姐揮揮手說。

「什麼斑疹傷寒，我不懂，我一定要死囉！」他說。

「你不要跟他講。他腦子不清楚，」方小姐對張小姐說。

張小姐點點頭，她們鋪好床走了。

「我還沒有死哪！你們怕什麼！」第六床自語道。

就在這時，他兩個朋友來了。一個是那天給他送餅乾來的，還是那一身司機的打扮，另一個穿件長袍，年紀更青，似乎還不到二十。

「你今天好一點嗎？」司機含笑問道。

「你們來得正好，」第六床着急地說，好像肚裏有許多話，要即刻全吐出來似的，「我的病不得好啦！」

「不會的，你好好養養一下，」年青的朋友含笑說。

「我曉得，我一定要死，」第六床固執地說。

「醫官怎麽說？」司機朋友問。「是不是他說你的病危險？」

「醫官不會講真話，」第六床答道，他又用手指指着他頭上，「你看那個紅牌子上面寫的什麽字。」

「年青的朋友真的去看了，他說：「沒有關係。是隔離病人四個字，並沒有說危險。」

「不危險？他們怎麽也不來看我。兩個醫官也沒有來過，也不……我曉得我要死，我並不害怕！給我打針。我一定要死，」第六床睜着眼說。

「那麽，我們去問問醫官看，」兩個朋友低聲商量了一會，最後司機朋友提高聲音對第六床說。

他們先到隔壁桌前去找汪小姐。我看見汪小姐在跟他們講話，但我聽

142

不見她在説什麽。他们又離開條桌了。兩個人商量着，似乎不知道應該到什麽地方去。他们走到門口，忽然注意到二十二床旁边立着一個大夫，便掉轉身子走到二十二床跟前。這是郭大夫，他在開刀之前正來对二十二床解釋開刀的必要，並且劝他不要存懼怕的心思。他聲音温和，略帶口吃，但語語清晰而有條理。

“醫官，朱雲標的病有沒有危險？還是要給他打針？”司機朋友忽然揷進來説，把郭大夫的話打斷了。

“哪一位？”郭大夫露着微笑客氣地問道。

“第六床，”司機朋友指着那個病人回答。

“他不是我的病人，你去問護士長吧，”郭大夫搖搖頭抱歉地説。

「不是他的病人！」年青朋友走回來時，一面楊

他嘟囔着。那麼說哪個醫官來管呢？」

「我們去問問那個醫官，」司機朋友看見楊大夫跨着大步進

來了，便提議道。兩個人走去把楊大夫迎了來。

「楊大夫看了一眼病人的脖子，溫和地說：「他患斑疹傷寒，轉到內科了。內科的

大夫會來看的。不要緊。」

「醫官，醫官，」第六床聲音嘶啞地問道：「我是不是今天就要死？」

「你要死了，」笑話，你這個病算什麼！你看第三床那個現在害斑疹傷

寒的人很多。」她帶笑說，她把眼光向四處看了一下。「你看第三床那

個新來的病人，不也是害斑疹傷寒嗎？你不要着急，不會死的。」

「楊大夫提到的第三床，新病人是昨天傍晚來的，那時我在

睡，醒後我也沒有留心注意到。我只知道他是個內科的病人。

143

從昨晚到現在他們手沒有講過話。以前汪小姐來掛紅牌子時也曾到他的床前去過。我想他的床前一定有個隔離病人的紅牌子吧。

乙：你住院好多天了？你還記得嗎？乙楊大夫問道。

乙：兩個禮拜，乙第六床答道。

乙：那麼你這病是從哪裏來的？你在什麼地方給孔蛇子咬了來的？乙楊大夫驚訝地問道。

乙：我記起了，我住院前聽見人說起關於疫病傷寒的話，說是由孔蛇子傳染的一種病，最近由這境新兵帶到這城裏來的。難道這醫院西院裏也有了孔蛇子？

乙：不曉得是不是那晚上在這醫院得來的，乙第六床說。

「不要緊，你不要怕。內科的大夫給你吃了藥就會好的，」楊大太太慰他說。過後她轉過身朝着我問道：

「你今天怎樣？更好一點吧。」

「好。」我點點頭。

「我等一陣再來看你，」她笑笑便走了。

第二天床還靜靜地睡在那里。他兒子又拿着漱口盅來了。

「爹，你要不要吃點豬肝湯？」他放下漱口盅時問道。

「我不吃，」老人說。他臉朝着牆，側起身子睡着，講話時身子也不動一下。

「你今天好一點吧，」他兒子俯下頭關切地問道。

「兒子，我好不了啦。……你快去找李三爺，要請把那塊地讓給我……」老人激動地用了大的力氣說，聲音抖得厲害，但也相當清楚。

144

「「李三爺那天說他還有朋友要那塊地，他恐怕不肯讓給我們，我拿不出[redacted]錢，」他兒子着起急來，打岔地說。

「「你給李三爺說，請他看在親戚份上委屈一下吧。我們如果[redacted]不是遇着事，也不會弄到這[redacted]個地步。他可憐我，少要點錢吧，我來生願意變牛變馬來報答他。」

「「爹，你也不至於有什麼……。我[redacted]連個錢也[redacted]拿不出，李三爺不肯答應……」他兒子帶哭聲說。

「「我不會好啦。我[redacted]自給了你一輩子[redacted]也沒有……我只想有一塊乾淨的地。我就……

家也回不去啦。想不到要在異鄉埋骨。

李三爺那塊地我看中了的。你設法給我籌點錢吧。我累了你這幾年，這是最後的一回了。」老人喘吁吁地說着話，身子不停地在抖動。我只能記下他的話。

却無法寫出他的口氣和語助詞。

「他兒子仍舊在床前，沒有回答他。

「你快點去！你早早把地給我弄好，我

就放心了，」老人催促道。

「我就去，我就去！」兒子迸出帶哭的聲音說，忽然伸起兩手

抓自己的頭髮，瘋狂似地跑出去了。

「這一上午沒有看見老人的兒子回來。老人好像很不安地等待着。我頗

同情這個兒子。老人的精神今天顯得好起來了，他也許不會有危險的。

那麼為什麼一定要逼着兒子去做那件為難的事呢。

「過午飯後，不久，老人忽然大聲叫起小姐來。汪小姐正

站在旁邊照料那個挖眼睛的病人，便走過去問他：「哪樣？」

「請你打個電話給我兒子，要他馬上來一趟，」老

人焦急地說，中間停頓兩次纔把話說完。

145

『電話打到哪裏？多少號碼？』汪小姐問道。

『××局第二科』（或在××街），老人說，聲音不十分清楚了。

『要不要說什麼事情？』汪小姐再問一句。

『要他快快來！』老人叫喊似地說，顯然他用了最大的力氣說出過後他便寂然了。從這時起他就再沒有發出聲音，也沒有轉動身子。他好像在睡，而且睡得很好。

『他兒子並沒有來。我不知道汪小姐電話打通沒有。下午快到兩點鐘的時候，老鄭提了鉛桶進來倒便壺，他走到第二床跟前，拿起第二床下的便壺，平日不講話的第一床老鄭，你摸摸看，第二床怕不对囉？』

『怕什麼，我不是剛剛夠了嗎？』第一床溫和地說，但老鄭

「這樣是，哪個要揹他！」老鄭不高興地答道。仍然拿起便壺走了。他倒好便壺送回來時，忽然揭開一幅她第二床的蓋被，用手在他額上摸了一下。「他真的走路囉，」他自語了一句，過後便提高聲音喚道：「汪小姐，汪小姐，第二床回老家了。」

「好的，你去喊人來抬他，」汪小姐從條桌前這樣吩咐道。老鄭提着鉛桶走開了，她慢慢地走過來，在老人的額上摸了一下，又慢慢地走開了。

不久老鄭便帶着兩個工人抬了一付担架進來。他們很快地就把老人的屍首包好，放在担架上抬出去了。老鄭走在後面，用髒的褥子，被單，草蓆等東西。

病室裏剩下一張空的床板。汪小姐拿了兩根香來插在木壁的縫隙中間。

146

"又是一個。我們這一邊不吉利，這個月已經死掉三個了。對面一個也沒有，"第九床說。

"三個？哪三個？"第八床問道。

"十二床，十一床，還有前頭第五床，就是一號大清早死的，"第九床說。

"我想起來了，是內科的病人，前天晚上進來，一句話也沒有講過。第二天早晨就翹了辮子，"第八床接嘴道。他的眼睛朝着我的床。

我在回想那一天的情景。

我打了個冷噤。我沒有想到就在我入院的那一天，這個床上還躺着個死人，內科的病人！他害的什麼病，是什麼樣的病呢？可

∶我在這床上已經睡到第九天了。

∶∶個灰色影子在我眼前一晃，老人的兒子匆匆地趕來了。他滿頭淌着汗，直向着第二床奔去。他大概是辦好了他的交涉回來向他父親報告的吧。可是現在他眼前的是白白的帳子，空床板。他臉色馬上變了。他站在床前忘了自己地伸起兩手抓着頭髮。

∶∶汪小姐慢慢地走了過來，帶着同情的眼光看他。她正要開口，那兒子先說話了：「汪小姐，是什麼時候？」他放下手來。

∶∶「一點四十八分，」汪小姐低聲答道。「已經抬到太平房去了。天氣熱，你早點兒安排後事吧。」

∶∶「是，」那兒子答道了一個字，他眼圈紅了。他臉上沒有一點血色，眼睛也失了神，牙齒不住地咬着下嘴唇。過了兩三分鐘，他忽然覺察出他再沒有理由在空床前留連，猛然扭轉身子，急急忙忙地走出去了。我以後就沒有再看見他。

144
147

還不到一個鐘頭，這間空出來的床鋪又被一個新病人佔據了。這也是一個頭髮花白的老人，不但身材高大，而且病勢不嚴重，瘡口在肩胛上。

一個去，一個來，床鋪永遠空不了，倒是開醫院生意好，第八床躺在床上安閒地低聲唱道。

沒有人為那死去的父親或活着的兒子嘆一口氣，流一滴淚。病室裏再看不到任何表示那老人存在過的痕跡了。在這裏死亡顯得這樣平常，這樣不可怕，而且這樣容易。

空五行

十二床這天八點多鐘被帶到手術室去。他是自己走去的。他去的時候已剃去了左腿的腿毛了

李

小姐先给他打过了针，拿着牌子送他到那里去。十点钟光景他被工人抬了回来。他昏沉沉地仰卧在担架上，好像还没有清醒过来。头上束着绷带，左眼完全缚住了，但血还不时地透过纱布浸出来。

小姐们忙着为这个病人整理床铺。郭大夫跟着来了，他在床前守了一会，又走了。

他刚走出病室，十二床便发出第一声呻吟。这苦痛的声音好像是从梦中来的，多么空虚，寂寞，长久地在我耳边荡漾。我应该说明白她的意气，她对我是多么亲切。

"善有善报啦！"第二床说，他吐出舌头，做出滑稽样子。他永远保持着安闲的态度，对什么事都觉得有趣，但对痛苦却漠不关心。医院生活似乎使他感到舒适。他好像为了好玩才在头上包起一只蝴蝶，而且一直把它保留到现在。他几次提过出院的话，却始终不见有出院的准备。郭大夫也从没有来催过他出去。昨天我听见第九床讲笑话，他说：

148

"我们两個是把醫院当成旅館住罷!"第九床笑着回答他說:"你比我更舒服,你可以自由自在地跑来跑去。"

"是的,他是自由自在的。他对别人的痛苦是不知道表示同情的。那天我開刀回來下午打盐水針的時候,我彷彿也聽見他的笑声和他的風涼話。那時我真願意詛咒他!今天他那滑稽的樣子又引起了我的反感。"

十二床的呻吟開始了。以後一声一声接連着。是那麼痛苦的声音。揪住我的心。彷彿是被宰割的牛羊的哀號。整個病室都被這声音充滿了。我整個腦子也被這声音充滿了。我不能睡,不能用思想。我只有睁大一对眼睛望着病房的天花板,朝四处看,朝窗外看,想找点事情来分我的心。

『小姐！小姐！』二十二床怨聲叫道。汪小姐轉過來。她習慣地望着他，柔聲問道：『哪樣？你痛嗎？我給你打一針好不好？』

『枕頭！枕頭！太高！』二十二床痛苦地叫着。

『好，我給你換個吧，』她小心地從病人頭下抽出了個枕頭，後她再問一句：『現在好些吧？』

二十二床不作聲了。他靜了幾分鐘，纔又呻吟起來。聲音那是那麼悽慘，彷彿誰在抓他的心似的。汪小姐剛要走開，又被這呻聲止住了。她走到床前，帶了手腳失措的樣子，她似乎不知道應該用什麼方法來減輕病人的痛苦。她卻默默地用右手的兩根小指頭挑她右邊的鬢髮。

但一是

『郭大夫又來了。』當郭大夫客氣地招呼她的時候，她的臉上緊張的肌肉鬆

149

弛了，她彷彿得到了救星似的。（臉上浮出一絲笑意）她聽見在喊小姐，便趁這機會離開了。二十二床（第二床）請汪小姐打電話催他兒子來，這事情我在前面已經說過了。

「馮××，你痛嗎？」郭大夫溫和地問道。（把頭低下去）他叫出了病人的名字，但無法說出是哪兩個字音。

「我痛得要死！」二十二床答道。

「你忍一下吧。過些時候就會好的。」郭大夫安慰他說。

「我忍不住啊！」二十二床絕望地呼道。「郭大夫，你給我想個辦法啊！」

「你不要怕，我在這裏。我會給你想辦法。你不要着急啊。」

開刀過後總不免有痛苦的，」郭大夫溫和地說，「不過我覺得他聲音並

不是平靜時，裏面似乎含了一些焦慮。我猜想：難道
病人的情形很嚴重嗎。
眼鏡的女大夫來了。她站在病床的右面，郭大夫吩咐她守着病人，他去拿了臉盆、壓具來給病人臉
壁，那結果似乎增加了他的焦慮。我看見他伸起右手輕輕地按着
前額，現出思索的樣子。但這只是兩三分鐘的事。過後他一面俯下頭去解病
人頭上的繃帶，對女大夫說了兩句話，女大夫拿了他到
藥櫥那邊去了。解開繃帶後，他又把紗布揭起（女大夫拿了他
雪要的東西回來了），血淋淋的丢到吐痰杯裏去，再把新的紗布換上，他用
手指輕輕地按住牠。病人仍在呻吟，痛苦似乎並沒有減輕，忽然囔着要喝
水了。
"他，他給他吃，"郭大夫抬起頭朝站在對面的女大夫說。
"是，"女大夫低聲應着，就順手拿起茶櫃上的水壺，把壺嘴放到病人
嘴邊去。病人吞了兩口，便動一下頭，說："不吃囉。"

15-0

「不要動！」郭大夫阻止道，這是在病人搖動頭時說的（其實病人也只能微微地微動一下頭，或許只能夠做一個動頭的姿勢）。過後他關切地問道：「你現在好過一點吧？」他另外換了一張溼毛巾放在病人的額上。

「難過啊！」十二床痛苦地回答着。

「不要緊，過一陣就會好的，你多忍一下吧，」郭大夫安慰說。他用英語跟女大夫交談了幾句話。女大夫走了。

「今天把郭大夫駭壞了，」第八床伸着頭頸向十二床這面張望，他吐了吐舌頭，彷彿覺得有趣地說。

「郭大夫總是這樣小心。那次給我打了針，反應很大，一下就燒到一百零四度，把他也駭得不得了。他也是親自守在我旁邊，給我敷冷敷，給我喝水，等到後來我熱度降低了，他纔放心走開，」第九床接着解釋道。

乙：怎麽，你打九一四只壓那樣大？第四床笑着問道。

乙：那次那是第三針，油底度不同，二針比一針地增加的。辟言如上次打零点一五，下次便打零点三，這樣加起來的。第九床一翻身坐起來，双手抱着膝，不住地瞪着眼睛說。

乙：你当初害眼睛的時候，你也想不到是這樣病吧。第一床說。

乙：我怎麽會想得到！我連玩都沒有玩過，說句良心話，我連女人都沒有挨过。我進郭大夫一檢查，就知道是那種病，起初我还不承認，後來郭大夫問起我父親，我沒有說話了。我父親在時倒是愛逛窯子。他覺得了病傳給我了，說不定要害我一輩子。第九床帶点苦惱地說。

乙：怎麽說一輩子？你這次不是說可以醫好嗎？第一床說，他的声音是始終輕快的声音。他那愉快的心境似乎從沒有被什麽事擾亂過。他對人的苦惱並不曾引起他的同情。在這病的当中，現在他嘴角又掛着得意的微笑了。

乙：他媽的，我受不了啊！第十八床忽然痛苦地叫起來，声音特別高，有

151

点像衰竭了。

“冯××，你再忍一下，过一阵就会好的，”郭大夫温和地说，他又抚摸过一道纱布了。他皱着眉，脸上罩着一股阴郁气。他也辛苦了。

“我痛啊！我忍不住！郭大夫，你救救我！”十二床哀叫地说，

多么空旷，多么痛苦的声音。

“这是要痛的，你只有忍一阵。我在给你敷冷敷。（你不要怕痛。）现在给你打一针

好不好？”郭大夫俯下头轻声说。

“你给我止住痛吧，我实在忍不了啊！”

“李小姐，请你去——”郭大夫下面的话被我耳朵滑过去了，我不知道他吩咐

女大夫做什么，我只看见李小姐走到药橱那边去。过了一些时候，

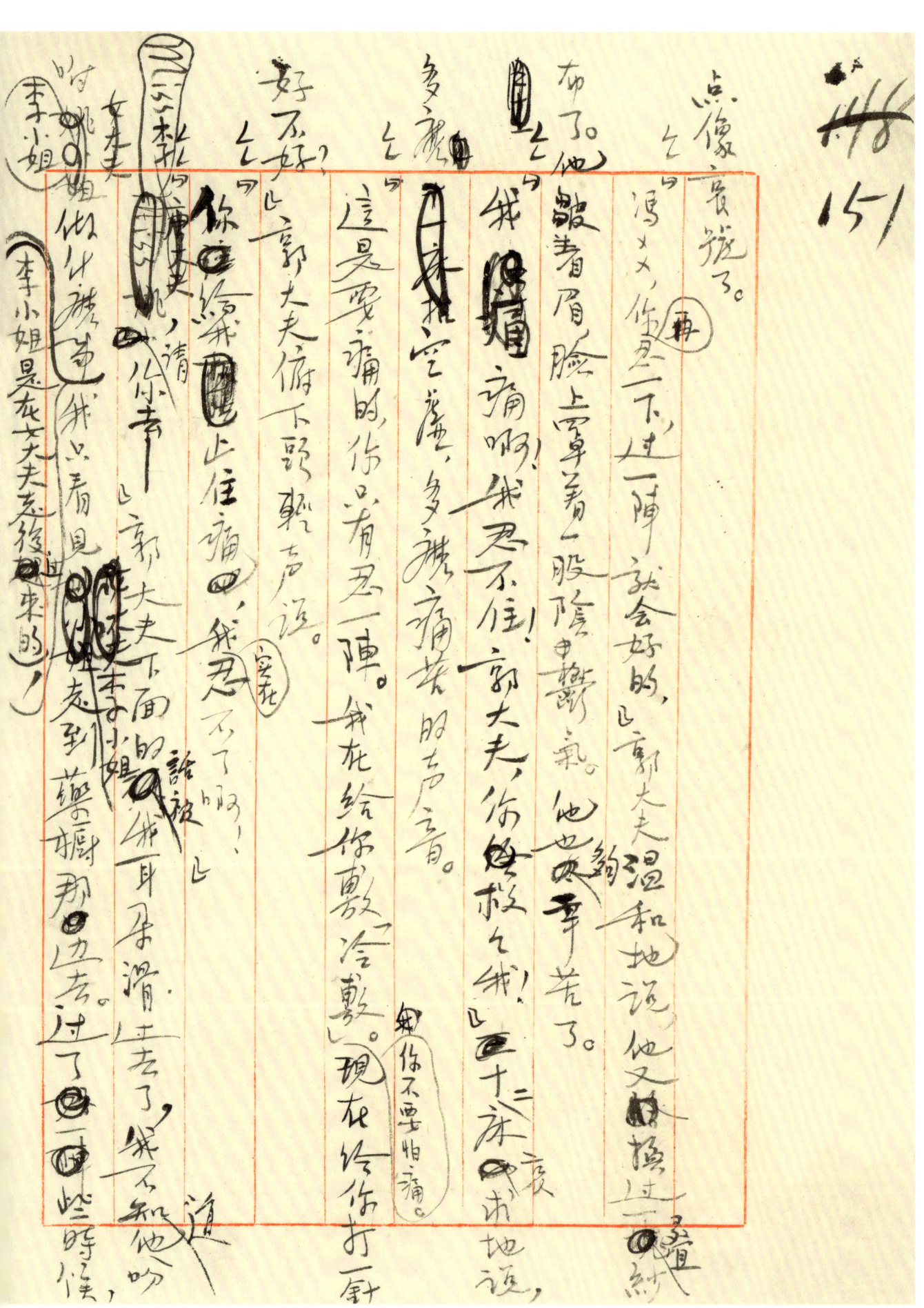

（李小姐是在女大夫走后过来的！）

她拿着药针来了。

"打过针，你会觉得好一点。慢慢地你就会觉得不痛的，"郭大夫说。她在二十床的膀子上打了针。

她的话刚说完，昨晚来过的二十床的朋友来了，还有个长头发的年青女人跟在他后面。

"这朋友带着兴奋的脸色急急忽忽地走进来。可是他一看见病人的面孔，大夫的脸色和周围的情形，他吃了一惊，站在床脚半晌才问出的话："医生，他不要紧吗？"

"不要紧，过了今天就会好的，"郭大夫答道。

"冯××，冯××，"那女人挤上前来，大声叫道。她把李小姐的身子稍微碰了一下。

"不要大声喊，让他安静一下，"郭大夫抬起头，略带警告地说。

"这是他屋里人，才赶到时，"朋友在旁边解释道。

"冯××，冯××，我来啦！"女人低声音，又唤了一遍。

49
152

〻〻：啊，我看不見了。我跟ㄨㄨ說，叫你不要來，我有朋友照料

……啊，他媽的，我痛得死了！〻〻十二床斷斷續續地呻吟道。他伸起右手在空中摸索了一下，又好像要抓到他妻子的手一樣，但馬上又力竭似地垂下去了。

〻〻：我原先也說不來，後來碰到有便車，就趕來啦！你不要緊吧？〻〻女人說，她的聲音又如了啞，她眼睛已經包了一腔淚水。這是一個相貌極普通的女人：長長的臉，微黑的臉膛，嘴角已長不住上牙，靠近門牙的右邊兩顆牙齒是假的，發着燦爛的金光。

〻〻：我不曉得，……哎喲！〻〻病人痛苦地叫一聲，他的胸膛稍微往上挺一下，過後又靜止了，他那聲痛的叫喊有着很長很長的餘音，使整個病室都被他攪得成了悲愁的空氣了。

「不要再跟他講話，」郭大夫責備那女人說。

「他眼睛還在流血，不要緊吧，」女人稍停一下，又低聲問道。

「要他安靜，睡着，不要說話，不要動，血才可以止住。你再講話，我就沒有办法了。」

「雪娘，」郭大夫焦急地說，他似乎要動氣，而又勉强忍住了。

「你不要再說了，讓他多休息一陣吧，」朋友在旁边劝道。

「我不說囉。不过我聽不得他叫喊，我心裏过不得。」女人回答說，她一面埋着頭揩眼淚，过後又抬起臉來对着郭大夫問道：「醫官，他眼睛會不會瞎？他以後還能不能開車子？」

「不會瞎，右眼保得住的，不过要安好假眼睛，車子倒是不能開了，」郭大夫皺着眉頭，但他終於回答了她的問話。

「我接到他的信，只說他左眼有点毛病，怎麼曉得他會病到這樣，眼睛挖得血淋淋，多可怕，嚇……他受得住。醫官，你救

153

救他啊！」女人仍然不閉口，不管郭大夫怎樣表示不要她多講話，她還是哭哭啼啼傷心地信口講下去。

郭大夫臉上的肌肉痛苦地搐動着，他輕輕地回答了一句：「不要吵醒他」的忍耐的限度到了。他並不看她，卻向着那個朋友說：「請你把這位太太帶出去，給她找個地方休息一下。我怕她受不了。並且對病人也不好。」他說完，就把頭俯下去，拿起貼在病人頭上的濕毛巾來。

那個朋友果然把病人的妻子帶出去了。李小姐轉過頭目送着他們的背影，郭大夫抬起頭如釋重負地吐了一口氣。我也跟着他吐了一口氣，好像我走過了長途後，得到片刻的休息似的。

病人的呻吟並未停止過，但他的聲音漸漸地小下去了。我注意到郭大夫皺攏的眉尖也慢慢地舒展了。到了劉小姐來代替李小姐的時候，我聽見李小姐對郭大夫說："郭大夫，你也該休息了，你還沒有吃午飯啊。"

"我不餓，"郭大夫笑笑答道，他那個瘦長的身體顯得非常瘦起來。

"郭大夫，我們會好好看護他的，你放心吧，"劉小姐笑着說，這個難得笑的女孩看護和善地笑了。

"郭大夫遲疑了一會，才說："好的，我等一陣再來。"他踏着穩重的步子走了。

六

第二床新病人來的時候，楊大夫也來了。這又是她的病人。我看見她忍耐地給他上完了藥。她洗過手，到新二十二床前講了幾句話後，便走到我這里來。

"楊大夫，你忙啊！"我說。

"還好，"她笑答道。"你今天沒有什麼不舒服吧，我看你臉色不太好。"她現出關心的樣子。

"沒有什麼不舒服，不過看見那些病人的事情，我心裏煩，"我訴苦般地說。

154

"是不是你看見老先生死了，心裏又難过？"她微蹙着額低声問道。

"我覺得我好像在地獄裏面，我盡看見挖目拔舌的事情，"我煩惱地說，对她，我已養成了信口說話的習慣。

我看見她眼睛忽然亮一下，馬上又黯淡了。她略々低下頭說："其实我應該比你更難过。你是沒有責任的。我倒有責任。"

"這不怪你啊，我覺得你是盡了力量的，"我說。

"盡了力量，你不曉得我有什麼力量啊！我有時真想改行做别的事，我真後悔學了醫，"她声音低，但裏面充滿了苦惱，這苦惱似乎並不深，可是她使我沒有樓上那樣寒慄了。"怎麼，像楊大夫這樣的人也会有苦惱啊？"

「為什麼？做大夫不是很好嗎？這是救人救世的事啊！」我望

許地說。

「你完全是小孩子想法！」她帶了笑搖搖頭說：「就是我學醫學到了天大的本領也不見得便能夠救人。我敵不過錢。沒有錢的人得不到我的好處。譬如第二床，要是他兒子有錢，他也許不會死。要用藥，沒有錢買藥，連營養的東西也吃不起，這樣敷衍地對付過去，我等於在殺人。……」

「其實醫院裏應該供給藥品，」我插嘴說。

「醫院裏只有普通的幾樣藥。你不曉得醫院多窮，不然也不會一個病房住二十四個人，而且連內科傳染病人也可以擠進外科病房來，」說到這裏她忽然改變了語調低聲說：「你要當心啊，你隔壁就是個傳染病人。還有第三床也是的，腸子還沒有接好，又染到了斑疹傷寒。這個辦法真不好。我要催着內科早點搬過去。」這個人也很使我感激她的關心。而且更使我感動的是我接觸了她的廣大的心。

我以前多麼不了解她，我還以為她是一個什麼都不懂的樂天派。

「楊大夫，今天戰爭消息怎樣？」我停了半晌，忽然想起一件事，便問道。

楊她眠了一下，然後又微笑了（這笑容是很勉強的），她說：「你不要管什麼戰爭消息，你好好養病吧。我後天就要給你抽線了。」

「那麼，我什麼時候可以出院？」我聽到抽線的話，心裏高興起來。

「這個月月半就可以吧。」「你要多住兩天也行，」她答道。

「醫官！醫官！」第六床用沙啞的聲調叫道。他把楊大夫的話打斷了。

楊大夫驚訝地轉過頭去問什麼事。

「他們怎麼不給我吃藥啦！」第六床粗聲問道，他的眼光停滯地定在楊大夫臉上，眼睛似乎不能夠靈活地轉動了。「醫官，是不是我今天要死啦？」

「他們說今天給你藥吃的，你不要着急嘛，」楊大夫答道。她又問我：「今

「大內科大夫來看過她他沒有？」

「來看過兩次，」我答道。

「那麼怎麼還不給他吃藥？」楊大夫納悶地自語道。

好像回答他的話似的，胡小姐跑過來了。這個胖臉的女孩氣咻咻地說：「第六床，拿錢來給你買藥！你有錢嗎？」

「有錢，」第六床爽快地答道，他伸手在枕頭下面摸了半晌，拿出一疊手帕包着的鈔票來，遞給胡小姐。

胡小姐數了鈔票後着急地問：「你還有沒有？就只有這一點嗎？」

「沒有囉，」第六床瞪着眼回答。

「不行。買藥要一千多塊錢。你才只四百七十塊錢，不夠，」胡小姐先望望他說。

「你通知他的家人吧，叫他們送點錢來吧，他總有朋友吧，」楊大夫插嘴道。

156

『我們查过了，他的傢人住在××坡，有三十多里路。剛纔寄了信去。不过今天來不及了。現在有人進城，本可以順便買回來的。这樣至少又要躭擱一天，』胡小姐說。

『這沒有办法。做大夫沒有藥，比什麼都苦，』楊大夫搖々頭嘆息地說。

『那麼只好明天再說了，』胡小姐說着，把鈔票交還給病人。『好，錢在這里，你收起來吧。』她走了。

『你看，又是這樣的事情，』楊大夫轉过身來訴苦般地望着我說。她眼裏射出一股憂鬱的光，那是我以前沒有見到过的，她现在燒灼着我的心。不知为了什麼緣故，她的苦惱傳染給我了。我怎麼能夠安慰她呢？但是看見她默默地含愁望着窗外樹梢的情景，我的心逼着我說出話來：

「楊大夫，你也不應該灰心啊。至少我得過你的好處，你使我的心得了溫暖，我怕我說不好，醫藥也不濟事，你用藥，你還醫治我的心……」我很感動，我說得很吃力，我覺得我眼淚快滴出來了。我不敢看她。

「可是你的膽囊並沒有拿掉啊。你不抱怨我們嗎？」楊大夫故意帶笑地打斷我的話。

「現在就是死在這裡我也沒有怨言了。我進醫院以前並沒有什麼……」我聲音顫動地說。

「你這是什麼意思，你不是在挖苦我們嗎？」楊大夫又打斷我的話說。

「不是，我也許沒有能力說得明白。我進醫院以前，什麼也不相信，我總以為人是為自己的利益而生活，現在我才知道人的心並不全是這樣窄小的，在這個充滿痛苦的地方也有人在努力幫忙別人減輕痛苦。至少，你楊大夫就是一個。我不管我的膽囊有沒有拿掉至少我的心得到了啟發。我对你是一個陌生的人，使我的心得到了温暖。醫院也許永遠不能跟你見面，可是你对我的關心不是用什麼利益換得來的，我能夠給你什麼報酬呢？

我覺得很寡，我相信自己沒有說得明白，我的臉發燒了。

我怕我說得不清楚，我不會講話。我的意思是，在這裡你不把我看成待修理的機器，你把我看作一個人，一個朋友，一個是第一樣的人。我發病的心得到多大的安慰……

"不許說了！我要以大夫的資格禁止你再說下去！"

她以長姊的態度阻止我說話，她把頭朝後一仰，一縷鬢髮掠過耳畔，搭到腦後去，她感動地微笑了，卻又勉強地止着自己的笑容。

"在醫院裏別人總叫我哲學家，就因為我喜歡跟別人講話。你把我倒真是當哲學家了。"我講多了，对你身体甚是很不相宜……吸，我们你（我那個病人馬上）就要出院了，你要不要搬过那边去？我叫人連你床板一齊搬，不会震動你傷口。我有点耽心你会傳染到那個病。」

「我可這個感激她，（但我不願再麻煩她，）我說不要緊，不搬也可以。我总是點着嘅。」

「她想了想，說：『也好。』她走了。」

「我枕頭边还放着那一包餅乾，我馬上把牠塞到牙檔下面去。」

「小陈不行」

「老鄭倒过便壺不久，第六床又在叫着（「老鄭」，說）小便壺滿了。」

「這是緊急警報了！」第 床笑嬉嬉地自語道。沒有人理他，也沒有人理第六床。看護小姐們正忙着。十二床（半日連續）地在呻吟。对面一角，裏那個鋸了兩隻腳的小孩，得了內病，今天沒有放警報了。那個十六七歲的小孩每天上午換藥的時候，總要媽呀媽呀哭叫一陣，第 床稱這為「昆明放警報」，說是他從前在昆明的時候，有個時期，裏每天一到那個時間就要放警報，一連半個多月，沒有錯过一回。但這也是他

158

信口講的話，我無法知道她是真是假。不過今天那可憐的孩子似乎病得厲害，胖胖的林大夫（下午）到那邊去過三次（他同第六床一樣，也是林大夫的病人），內科的大夫也去過好幾個，看護小姐也慌慌張張地朝那邊跑。

老鄭的影子始終看不見。第六床臉都掙紅了，他停了一下又叫了兩聲又停了，後來他的叫聲變成呻喚了。他掉過眼光來看我，好像在說「救救我吧！」可是我連動都不能動，怎麼能夠給他幫忙呢。我看見劉小姐站在十二床跟前，便大聲喊着「劉小姐！」

「哪樣？」劉小姐轉過頭來問道。

「第六床要老鄭來倒小便壺，」我大聲說。

「老鄭真豈有此理，不曉得跑到哪里去了！我又走不開，你們哪位帮他喊一声吧，"刘小姐皺着眉说。她的眼光朝四處看了看，到了第八床脸上便停止了。她的意思不说出来，別人也能知道的。

"是要我去吧，我曉得！"第八床轻轻一跳，下了床来，说是看刘小姐滑稽地笑了笑，扎了扎褲帶，然後笑嘻嘻地对第六床说："不要喊啦，我去替你拿来。看你獃着小便也可憐得很，不曉得是鄉下孩子作的孽子！"他哼着京调，跳跳蹦蹦地走出去了。

过了一刻，第八床笑着走了回来。他走到第六床旁边大声说："老鄉不在，我找不到。"

"哎喲！"第六床忽然痛苦地叫了一声，淚水逆出了眼腔来了。他脸上肌肉痛苦地搐動着。

"不要哭啦，我給你拿去倒就是囉！"第八床带着嘲笑的樣子说，他真的拿起那隻滿滿的便壺来，故意用左手提住自己的鼻子，做出滑稽的臉相走出去了。不一會他便拿了空便壺回来，還小心翼翼的遞到第六床的手裏，

159

還說有〃你要吧？」他把臉皺縮在一起地笑了。

「謝〃你啊，」第六床抓住便壺柄同時哭笑不得地說。他馬上把便壺放進被裏去了。某下他拿出牠來放到凳上時，我聽見他咕嚕着〃「又有滿了半壺啊！」

不久老鄭提着銅壺來冲水了。第六床看見他便嚷起來〃〃「老鄭，你到哪裏去了？剛才到處找你都找不到！」

「找我做什麽啊？」老鄭冷〃地問道。

「找你給第六床倒小便壺。還是我替你拿去倒的，」第六床得意道。

「管牠呢！哪個喊他要兩壺兩壺地吃水！我沒有空。一個月那点〃工錢買不了我的命！」他又發起牢騷來了，他的臉繃得很難看，眼白仍舊佈了絲根紅絲，而且帶了点〃病態樣子，不停地眨着。

也對那些聲音並沒有

傍晚的時候，第六床又在叫老鄭倒便壺了。引起人們的注意。看護小姐站在條桌前，聽不見他的叫喊。第六床躺在床上笑（自語道）：「恐怕又要我去倒便壺了。」

「那麼我的也請你順便倒一下吧，」第九床開玩笑地說。

「要醫院裏給我發工錢，我一定去倒，」第六床慢慢笑起來。

第六床仍舊含糊地叫着，他急得額上冒出一顆一顆的汗來。他臉

苦相。我看見胡小姐站在條桌前，便大聲叫着：「胡小姐，」我只叫了兩聲，她就走來了，

我說：「第六床請你喊老鄭來倒便壺。」

她出去好一陣才回來。「老鄭找不到，你等一下吧，」她對第六床這樣說。

「哎呀！」第六床苦痛地把臉向左邊擺了兩擺，低聲吐了兩個字。

胡小姐馬上忘記了這個人的痛苦。她到第十一床旁邊去了。那個病人從早

鐘開晚飯的時候起就沒有發過呻吟，他好像安安地睡着了。剛纔高郎大夫

還來看過一次，大夫穿一身藍布中山服，拿着一把油紙傘，彷彿要進城去似的

160

的，她看見病人睡得熟，便吩咐了胡小姐幾句，放心地去了。病人的妻子和朋友是在吃晚飯以前回來的，他們就一直留在床边。胡小姐給那女人拿來一個凳子，讓她安靜地坐着守護她丈夫。現在胡小姐又去跟那女人講話。這個姑娘像大人似地在安慰病人的妻子。第六床忽然又叫起"老鄭！老鄭！快！"他這聲音與其說是叫給別人聽，倒不如說是給他自己聽的。他叫了四五声，都没有用。我只得又請胡小姐過來。

"老鄭不曉得跑到哪里去了！真急死人！"胡小姐抱怨地說。她帶着焦急的神情又往外面去了。

"其实小姐也可以倒小便壶，何必拿架子啊！"第六床在一边嘲諷地說。

胡小姐去了好一陣都没有消息，第六床斷續地發出唱歌似的低声呻吟。我心裏煩躁。他的痛苦似乎傳染給我了。我不能忍耐地渴盼着老鄭進來……

"我看見一個熟習的黑影從外面閃進來。"老鄭來了！"我彷彿聽見一個快樂的聲音在我肚內說。我定睛一看。卻是老許端着麵進來了。他把麵碗遞給第九床以後，便在第十一床那張空床板上坐下，同第九床兩人談着閒話。

"老許，老許！"我靈機一動（我用了這句成語），朝着那方向叫起來。老許果然走近來了。

"你要吃麵嗎，大滷麵沒有啰，吃碗炸醬麵吧，"老許笑着說。

"不是，我就要睡了。我請你做一件事，你把第六床的小便壺拿去倒一下好不好？看他脹得可憐。喊也喊不出聲音來"，我懇切地要求他。

"老鄭哪？"他問道，我想他大概要推脫吧。

101

「喊了大半天都喊不到，不曉得跑到哪裏去了！」我掃興地答道。

「那我就去一趟。」他彎下身子拿了便壺在手裏。「好臭啊，」他厭惡地說，但他終於拿到廁所裏去倒了。

胡小姐個人回來，一句話也不講，她氣沖沖地坐在條桌前寫字。老許笑嬉嬉地提了便壺進來。

「老許，你什麼時候給老鄭當幫工的？」第八床笑問道。

「第五床陸先生喊我幫忙倒的，」老許答道。「這個差使我幹不好。」

他把小便壺放回到原處。

「老許，謝謝你啊！」第六床感激萬分地說，他馬上伸手去抓便壺，手用力猛，碰着壺子把便壺撞到地下去了。一個金屬的落在土地上的空虛的響聲

「啊呀！」他绝望地叫了一声。第八床和胡小姐都跑过来了。老许默默地弯下腰去拾起便壶，放到床沿上，病人右手可以拿到的地方。

「老许，你救救我啦！」第六床挽连说着。老许默默地把两隻手在圍腰上面用力擦。

空一行

「第六床的药没有買来，」兩脸的王大夫進来問胡小姐道。他已經来过兩次了。

「没有。奇怪，他的朋友今天下午一個也不来！」胡小姐正坐着便站起来答道。

「藥買不来怎麼辦？信号去出了嗎？」王大夫皺着眉说。

「去了，明天總會有人来的，」胡小姐说。

「那麼現在先給他打六瓶葡萄糖水針，再说。請你準備一下，」王大夫想了一刻，以後用決斷的聲音說。

「好的，」胡小姐應道。她同王大夫一路走了出去。

162

々天已經黑盡，電燈光從桌前非常亮。劉小姐似乎在對面一角照料那個斷腳的孩子。病室忽然現得空濶起來。没有大的聲音。平日不大講話的第四床放下帳子睡了。我為避免蚊子的騷擾，點起兩支蚊香。（這是我昨天叫老鄭托合作社買來的。點燃後平放在左右兩边兩個鐵欄上，讓半截香點着橫着，用水壺壓住香棍，然後慢慢向前推移。一晚上這兩支便夠了。即使不夠，我睡着了，也不覺得什麼了。）蚊香的刺激的氣味使我的心好像被什麼東西撫着似地覺得不舒服。我不能安静地閉上眼睛。而且第六床的受苦而固執的臉孔老是擺在我眼前，對這個人的命運我是不能漠然不關心的。々王大夫來打葡萄糖針的時候，他揭開第六床的蓋被，一股尿臭直撲進我的鼻孔來，這氣味比蚊香的氣味更強烈，更刺鼻！弄得這樣髒！

〃怎麽你連小便也不曉得！」王大夫責備地說。

〃第六床瞠着眼答不出話來。我忍不住代他說了：〃他便壺滿了，沒有人給他倒，看他脹得也很苦。喊工人總喊不來。」

〃喊不來，你找看護小姐呀，總不該在床上小便啊！」王大夫仍舊不肯原諒他。

〃看護小姐嘛，說得好！未必看護小姐還給你倒夜壺！」第八床在旁邊冷笑地說。

〃王大夫似乎沒有聽見他的話，正埋頭看着把一支長長的針插進第六床的大腿裏去。

〃等着吧，馬上就要放藥了，」第八床幸災樂禍地說。

〃你真是，人家吃苦，你倒快活。我希望你哪天也打一打鹽水針。」第九床帶笑罵道。

〃第八床拱一拱手，笑答道：〃對不起，我過兩天就要出院啦，幫不着。

163

怒不奉陪了。」

「把第六床腿上棒針起財好膠布，蓋好被單後，王大夫和胡小姐都走了，讓第六床慢慢地去享受六瓶鹽水針的滋味。

「第六床靜靜地躺在床上，身子沒有動過一下，也不曾發出一點聲音，他要不是睜着眼睛，我倒以為他沈睡了。水走得相當慢，過了好一陣，林小姐上班了，大瓶裏的水少去還不過三分之一。可是第六床忽然像從夢中醒過來似地現出精神來，大聲說：「我到了哪裏啦？」

「我吃了一驚，掉過臉去看他。他好像看不見我似的，他兩眼睛直視看前面，我不知道他在看什麼。「怎麼，沒有看見橋啦？」他嚴肅地說。「這不是五里橋那座塔嗎？還有那棵烏桕樹？船還不靠岸，到啦，到啦！上岸啦！……怎麼不看見我老母親啦？我回來啦！朱雲標回來啦！

〃喂，你拉着我幹什麽，走開走開！〃他把臉掉向左邊，用力去拉左膀上的繃帶，他一邊罵，一邊瘋狂地抓着，扯着，繃帶被他拉開了一段，手上流着血，好像是他自己的手抓爛的。

〃不要抓呀！不要抓呀！〃我吃驚地叫起來。

他掉過頭來看我，好像不認識我似的，臉一張古怪地紅着，眼裏射出茫然的，近乎瘋狂的眼光。〃不要抓〃，他拉住我，不讓我回家！〃他又把臉掉向那面去。〃滾開！不要拉住我！讓我上岸！到啦，到啦！〃

〃你不要抓！抓破了就不得了！〃我着急地干涉道。

〃不要抓？〃他又轉過臉冷冷地問道。

〃你把繃帶抓掉了，就不得了啦！〃我瞪着眼睛做出威嚇的樣子說。

〃好，不管牠，〃他好像下了決心似地說，〃那麽我拿掉這個，〃他說着就伸手去揭蓋被。

〃喂，動不得！〃我驚叫着，〃林小姐，快來，快來！〃

164 1

「上班不久的林小姐即刻走过来了。

「林小姐，他要把针拔起来，绷带也给他拉开了！」我着急地大声说。

「他擋住我的路，我要拿開他，」他望着林小姐解釋說。

「你不能動手，你把针弄断了，開起刀来多麻烦的，」林小姐正色地说：「你看你把膀子弄得血淋淋的，这怎麽办哪？」連温和的林小姐也感[illegible]了。

「只有找人来把他右手绑起才行，」第床提議道。

「好的。我去找老李来，那麽請你照料一下，不要他真的把针弄断啊，」林小姐回頭对第床說。

「我会照料的，」第床笑着回答了。他走到第六床跟前来：「同志，你到哪里去呀？」他故意問道。

第六床果然把手縮回來，他看了看第八床頭上的白蝴蝶，正經地答道：「我回家啦。同志，你帶了傷嗎？」

「是啊，老沈，你倒裝得像啊！」第九床同社笑地揶揄。第八床忍住笑說：「你回家做什麼？」

「看我老母親啊。」第八床沒有理他。「我這趟回去，要跟着我姐夫做生意，不出來囉。」

第六床正經地回答。

「你母親多大年紀？身体好嗎？」第八床又問。

第六床做了個手勢，答道：「五十八啊，她精神好得很。走幾十百里路，一点也不在乎。她只有我一個獨子，她不放我出來，是我自己要想走的……」

林小姐帶着老鄭來了。老鄭拿着一幅舊床單捲成了一根粗帶子，走到第六床跟我的床中間，不由分說就拿起第六床的右手，用帶子套住手腕，套得緊緊的，他一邊套一邊說：「朱先生，這隻手捏住鋪板上。」他把那隻手放下，又把帶子輕輕剌下個板凳腳上去，他把帶子扎緊得很牢。

165

"你绑紧点哦，"第八床嘱咐道。

"不会脱的。我绑人还绑得少了！力气再大的人我也绑过！"老郑粗声答道。

第六床起初一句话也不讲，就让老郑绑着，到老郑说出上面的话以后，他忽然摇摇头叹口气说："这又何必哪！大家都是中国人。"

"但是老郑的大嗓……客气点哦！"

"客气点，说在还不客气吗？"老郑试了一下，知道绑得很牢以后便站直身子，得意地嘲笑道。第八床吃吃地笑起来。

第六床也不嚷，也不挣扎，板起脸孔默默地想他，好像是在想什么。

我不敢多看他，一方面他的痛苦使我心里很难过，另一方面我又害怕他会突然发狂。可是他忽然大声叫起来："陆同志！陆同志！"

老陆……

「他那眼光使人害怕，我不敢正面对着他，却只偷偷地看了他一眼。」

「陆先生，我晓得喊陆先生你才答应，」他本正经地望着我这面说：

「兄弟是個粗人，近来常常讨陆先生关照，兄弟也非常感激，兄弟有得罪陆先生的地方，还请陆先生原谅，原谅。陆先生何必不理我啊！兄弟读书少，学问不够，有不对的地方也请陆先生指教。」

「我虽然有点害怕，但我差一点要笑出声来了，我连忙忍住，板起脸对他说：」

「不要吵，别人要睡觉，有话明天讲。」

「他摇一下头，做出不以为然的样子说：」「何必等到明天呢！今天我有点难，你陆先生不来救我？我受够他们的欺负啦！我要走啦！」

「我要睡觉啦，明天说吧，」我做出厌烦的样子说。

「陆先生，兄弟有许多事情不明白，要请陆先生指教，兄弟并没有犯罪，为什么要把我的手脚都捆住，我要回家看我老婆

船在山岸旁了。」他一字一字很清楚地说，脸色带黑里，眼光强而似乎

168

籠着一層網似的東西。雖然他在看我，可是我疑惑他看見的也許不是我。現在這個樣子。這一想，我更加害怕起來。我便掉過臉去不理他了。

「陸先生，你不要生氣啊，我給你陪罪吧，」第六床還在那裏說話。「好，大家都不理我啦！我走囉！我就開囉！各位，再見啊，」

「再見啊，」第八床接嘴說，我聽見他吃吃地在笑，又聽見第九床在抱怨他不該老是跟別人開玩笑。

「再見啊，」第六床又說。「眞豈有此理，手也綁住了。」

林小姐走來把兩瓶鹽水倒進掛着的玻璃瓶裏去。

「這位漂亮的小姐來做什麼啦？她不是我家鄉的人啊！她姓啥，你曉得嗎？」第六床不停地說。這使我真想笑了。林小姐自然沒有理他。

这以後他静了幾分鐘。过後又嚷起來：『你們把我關牢監啊！放我走！我要回去！啊喲！……我一定要回去，你們留不住！哎呀……啊喲！娘呀！我受不住了呵！』他拉長声音像唱小調似地唱起來了。『我難过喲，娘呀！你在哪裡喲！……你有兒不能見面喲……我有娘難相見喲！……老母望兒不見兒……妻子望夫夫不還……露從今夜白，月是故鄉明，有弟皆分散，無家問死生……』他用同腔的調唱过京調和唐詩以後，居然嗚嗚地哭了起來。哭了一會又唱起『孟姜女』的小曲來。

病室裏的人誰也無法制止他，就索性讓他一個人吵去。他起初還掙扎着，想把被綁住的右手拉出來，後來看見沒有用，也就放棄了這個企圖，只顧哼着，唱着，哭着，一直到針打完，林小姐把針拔出來，又把綁住他右手的帶子放鬆些，使他除了拉左手的繃帶外，便可以自由地使用右手，他纔安靜地睡了。其实他是不是睡去，還是疑問，不过我睡熟了，聽不見他的声音了。

第八章　六月十日（星期六）

今天我醒得比較晚，我記得老李喊過我三次。等我用手揉了眼睛把睡意趕走以後，天才開始發白，林小姐站在我床邊，背向着我，正在給第六床揩臉。揩過臉，林小姐把臉帕絞乾，掛在鐵櫃旁邊的釘上，然後彎下身子把便壺拿在手裏，朝床下大便盆裏倒進去（我後來才知道這大便盆是林小姐昨天半夜裏拿來的），倒過後又把便壺放回原處。她端起臉盆正預備走了，第六床紅着臉，用力地說了兩句話。

「哪樣？」林小姐不知道他說什麼，便問道。

「他說，你是他救命的恩人，」我替他翻譯道。今天他似乎神志清醒了。

林小姐微微一笑，她露出害羞的樣子，這句話使她相當高興。

々我洗過臉，覺得精神很爽快，傷口完全不痛了。茶壺裏昨夜的涼水進到口裏，非常可口。窗外天大亮了，光線多麼可愛，麻雀地唱着，吱吱喳喳地説地吵個不停，而且穿梭似地在病室裏飛舞。更不管我這周圍有着怎樣多的痛苦。今天，在這早晨，我覺得很高興，在我這並不强健的身体裏，我感覺到充實的生命力。

々早飯開來時，我居然喝了兩碗稀飯。第六床什麽也没有吃。他板着臉，帶着沈思的樣子，一直不講話，只有在老張來掃地把大便盆給他拿走時，他纔煩躁地説：「又拿走哪！那真是天曉得！」這以後他又沈默了。聽説对面那個斷腳小孩的病勢已經減輕了。十二床的情形也好許多。他妻子昨夜走得遲，今天一早就來了。

々看護小姐來鋪床時，她們有説有笑地從外面進來。今天似乎大家都很高興。剛鋪好床，她們站在條桌周講閒話，忽然一個東

168

西從架上落下來。李小姐孩子似地撲上去。胡小姐也跑到她身邊。又是一個，第一次笑着說：我不知道牠叫甚麼，可是我看見李小姐立起來，攤開右手，手掌心裏有一個幼鳥似的東西，小姐們都擠到她身邊來看。

快快！那個盒子拿來！李小姐說。胡小姐跑到櫥那兒去了，但馬上就拿了一個放藥的盒子來。她打開牠，急急地說：放進來，快快！

李小姐把幼鳥放到盒子裏去了。這個歸我，李小姐得意地笑道。

你給牠起個名字，張小姐說。我叫牠，牠叫一球，李小姐得意地說。那樣，眾人小鳥似地笑起來。

你們在笑什麼？楊大夫同汪小姐從外面進來，楊大夫溫和地問道。

小姐們答，卻笑着散開了。李小姐珍惜地捧着盒子到楊大夫面前，說：

"楊大夫，你看，我們的小琳黛。"

楊大夫俯着頭，用右手第二根手指在盒子裏撥弄了一下，笑着說："你好好地養着吧，這個黃嘴巴倒討人愛。"李小姐興高彩烈地放上盒蓋，跑出門去了。她跑得急，差一點碰到男看護周先生的身上。"當心啊！"周先生大聲警告她。他兩手正提着兩個大銅水壺的銅器具（我在廚房裏看見過的），全身搖得晃晃的，氣咻咻地從外面進來，吃力地提到藥櫥前，在櫥面上放下了。

楊大夫給你上好藥以後，便走到我床前來。她照例先對我親切地笑笑，接着就問："今天怎麼樣，好嗎？"

"今天更好了，"我愉快地回答。

"不錯，我看你臉色好了些，"她端詳地說。她把眼光稍稍掉向第六床，壓低聲音問："她怎麼樣？是不是好一點？"

"好像好一點，今天不吵了，"我回答。

"你還是不想搬？"她問時，又看一下十一床的空床板。

我搖搖頭，答道："我想就在這張床算了罷。"

"也好，横順第六床明天就可以搬開的，我剛纔還到第二病室去看過。啊，你唐詩唸完沒有？"

169

「看完罷，我还给你吧，」我說着就伸手到枕頭下去拿書。我開刀後就沒有操过，她不提，我差一点要忘記她了。

「這本書現在不要还我，等你出院的時候再还我吧，」她揮着手阻止我拿書。「你留着，悶的時候可以唸唸二兩遍。明後天我再找幾本書給你看。」

我不拿書了，我縮回手來，望着她那親切和善的面容，我想起了那個我常想起又時常忘記的問題，我便問她：「楊大夫，戰事究竟怎麽樣？」

「歐洲打得很好，」她緩緩地回答。

「湘北呢？」我又問。

「消息亂得很。不要管她。你再过一星期就可以出院囉。那時候你什麽都会知道的，」她改变了声调回答，我看見一片灰黑雲飛过她的臉，我知道那方面的戰事大概打得不大好。我怕觸動她的愁思，便不敢再追問下去。

「不要緊，沒有什麼特別壞的消息，你不要耽心，我後天要給你抽線啊！」她把頭往後一仰，勉強

微微笑着說。上海帶的用具從那大銅器中取出來，我這過後，蘆着她笑着大步走[redacted]向窗櫃[redacted]周先生正在那里把一件一件[redacted]白話。

過了一会[illegible]大夫[illegible]們來查病房時，楊大夫也[illegible]在[redacted]經過我

的病床，馮大夫[redacted]照例对我笑一笑，然後又同

楊大夫總是講兩三句英語，就過去了。每天早晚查一次病房時，楊大夫不常跟我講話，而且

她帶着[illegible]受拘束的神氣。他們在第四床旁邊停留的時間較多一點。我聽覺

那個[illegible]兩人在向廣大夫要求允許他當天出院，廣大夫答應了他。我奇怪那個床

他開刀後還沒有下過床，為什麼就忙着出院去。所以大夫們一走開，我便問他（雖然，我開

刀後他難得同我講話，而且每天[illegible]午飯前，他太太便給他送[illegible]菜來，她坐在床边一直坐到晚

飯後，兩人不斷地低低偶偶私語，我不知道他們哪里有那麼多的話講。）

「怎麼，你今天就要出院啦？為什麼不多住幾天？」

「我住不慣，並且我實怕得[illegible]傳染病，還是自己家裏舒服些，」他急急

頭，從他那清瞧的臉上浮出一種誇耀、滿足的微笑。

ㄑ我並不羨慕他。可是他的話使我感到一種莫名的悵惘。其實，莫名的，這個形容詞用在這里也不大恰當。我知道我爲什麽心裏不痛快。我不但沒有一個家，也沒有一個關心我的人。甚至於我那個音信斷絕、遠在淪陷區的父親，他是否還記得我這個兒子？

ㄑ第四床不會知道我這心情，而且我想他這時除了等候他太太來接他以外，什麽事都不會注意到了。他太太自然也不會讓他久等的，到了她往天來的那個時刻，她果然來了。不過今天她還帶了兩個人和一付床板。後來就用這床板把她丈夫抬了出去。於是我右手邊又多了一張空床了。

空床

〻〻為着第六床的事情，偏臉王大夫今天來过三次了。每次他都是掃興地離開的。但是下午两点多鐘他第四次來的時候，就在藥櫥前面的胡小姐不等他開口，便搖着頭說：

還是沒有人來过。

〻〻這怎麼辦呢？難道就這樣看着那人死掉嗎？

王大夫臉色發青，氣惱地說。可是他並不退出，卻直接到第六床跟前。

〻〻你城裏有什麼朋友嗎？

王大夫懷着希望地問道。

〻〻第六床茫然的眼光望着王大夫，動了一下嘴唇，卻不曾說出一句話。他為着小便壺的事剛纔还吵过一點鐘的長時間，還是那一幕悲喜劇，不同的是他……在服得沒有力氣了。從來空便壺給他拿回來時，他把牠拿到床上，掀開蓋，並不把便壺放好，就胡亂地小便起來。他身子下總是墊了一床油布，尿完全流滿在油布上面了。第八床自己高興地笑着，並且故意呼了胡小姐來看。胡小姐生氣地教訓病人幾句，把油布抽起了，過一會又給他換一條來，現在或許疲倦了不想出声也未可知。

〃你懂不懂我的話？〃王大夫俯下頭大声再問一句。

〃病人默默地搖搖頭，人不知道他這表示什麼。王大夫失望地轉過身子，正看見兩個穿藍布工服的人倉皇地朝第六床走來。

〃你們是來看朱雲樑的嗎？〃王大夫攔住這兩個人問道。

〃是的，〃兩人中的一個回答。

〃那麽你們快去給他把藥買來，藥方就在護士長那里，已經耽了一天了，〃王大夫興奮地說，他把兩個人拉到條桌前面去了。

兩人從汪小姐那里拿到藥單以後，又急急地走到第六床跟前来。他们站在床前，关心地望着第六床。两人低声交换了几句话。

⌈你们来做什么啊？⌋第六床忽然转过头问两人道。

⌈这一问使两人都楞住了，他们不知道应该怎样回答他。

⌈你们来搭船吗？不要下来啊！缓不下啦！你们先回去吧。⌋第六床正经经地大声嘱咐道。

⌈两人含糊答应着，说不出可清楚的话，脸上现出了窘态。

⌈你们好好回去，不要站在这里啊！⌋第六床继续大声说。

⌈我忍不住了，我对那两个莫明其妙地站在床前的人解释：⌈他发烧发了几天，脑筋糊涂了。你们快上去给他买药吧。⌋

⌈两人去了后一直没有消息。

王大夫每隔半点钟就来看一次，而且在三点半钟光景，他又给第六床打过一次盐水针。病人的忍受力似乎比昨天差多了。

卅 172

（他不但带了拉船去路的绷带，）

蒸水刚刚走了一点点，他就呜呜地哭起来了。哭了一阵又唱小调，唱够了小调又哭。他还把盖被揭起，让光赤的下身露出来给他盖上被，他立刻又掀开他，并且像顽皮的小孩似地捏着生殖器朝各处小便。他这举动引起了同室病人的笑声和看护小姐的责斥。他的朋友就是上次送了饼干来的那人，恰巧在这时来了，看见这情形只站了一下，就逃走了。这个人来干什么？可说也不讲就走罗，岂有此理！他望着我骂那个人道。他的右手不停地动着。

最后还是老郑来解决了一切，老郑把他那只手绑牢绑住了，他的手比那天更牢，绑的时候，他神色自如地，不过带了一点憎恨，我看得出来说上法场吗？我还得你，你是我的仇人二十

（客气一点好不好？）

年以後我會來報仇。」老鄭得意地笑着答道：「好吧，我等着你！」說着他便加了一把力，將第六床綁得連掙扎也沒有力氣了。這兩個人中間似乎有着深的仇恨存在着。聽那兩句對話，看那兩人的神氣，都是這樣。這究竟是為着什麼呢？……我愈想愈覺得奇怪了。

」打完針後，胡小姐說怕第六床再把被揭開或做出種種可笑的舉動，便沒有放鬆他的右手。病人起初……不久卻嚷着要小便了，但也不見有人來給他鬆綁。他不停地吵着，終於罵起不堪入耳的話來了。

「我來救救他」第八床跳蹦着說，他擺出滑稽的臉相走上來了，他好像準備做一件冒險而有趣的事情似的。「我放了你，你要規矩些啊！」他故意裝出教訓的調子說，他真的蹲下去解帶子。

「哦，我曉得，」第六床認真地低聲道。

手鬆開以後，第六床滿意地笑了。但這笑容是相當可怕的，好像不知道自己為了什麼在笑似的。但是他的白說：好啦，開船啦！

「你不是說要小便嗎？」第八床問道。他大概盼望看第六床再開玩笑吧。

「我扇過囉，我剛纔在山岸上扇過囉，」第六床答得很爽快。

「胡小姐，不得了，第六床在床上小便啦！」第八床故意大聲叫小姐地叫起來。

「不要緊的，等他去吧，」劉小姐似生厭煩的樣子答道。

這以後第六床安靜下來了。他不動，也不吵鬧，只是睜地望著

「快到家吧，……還不到！……好慢啊……快到囉……」

「這機械的、誠態的声音，意外地把我感動了。在這些時候他不管他怎樣地受苦，會會不忘的只是他一個家和一個老母親吧！」這樣一想，我也禁不住想起我那久別的老父的面容來了。

那晚吃晚飯的時候，老許給我端了大滷麵來。今天我胃口很好，吃完滿滿的一大碗麵，還覺得不夠。

「陸先生，我以後不來囉，」老許收錢的時候，他忽然躊躇着沮喪的神情对我说。

「怎麼，你不幹啦？」我驚訝地問道。

「老闆把館子頂出去了。他要到桂林去，叫我跟他一塊兒去，」老許答道。

「你老闆去幹什麼？」

「他去幫忙搬工廠來，說是很大的機器廠啊，老闆有股子。」

我停了一下，纔說出一句：「那麼你明天不來了？」我不知為什麼起了惜別之感。我每月照平常加倍地把小賬付給他了。

174

々々」谢々你。我吃过晚饭就进城去了，老许也露了留恋之色，但是也微々

一笑，又说：「谁来，你陆先生有事情，我来给你帮帮忙啊。」

々々」好的，再见，我对他点々头。心里却耽心着杨太太的家。」此事大概

更紧急了吧，我不能不这样想。

々々」老许向他的主顾们一一地辞行，这需要相当长的时间。他

还没有离开病室，先前买药的两个人回来了。我看见他们在条桌前

跟胡小姐讲话，接着胡小姐就飞也似地跑了出去。

々々」药买来了，是不是太迟了呢？病应该有了转机吧，我想

看，我祈祷似地想着。他的受苦引起了我深切的同情，我早已忘记他被传染的

危险了。々々王大夫来看看第六床把那白色的药片吞了下去。两个朋友在

病床前一直話到天黑，都沒有機会跟病人清清楚楚地交談一句。病人好幾次用説果的眼光看他們，他大概已經忘掉他們中间的友情了。兩個朋友低声商量了一会，終於失望地離開了病室。

晚上查病房時，常常看見的那位大夫都到了，他們經过第六床跟前，我聽見黄大夫問林大夫道：「明天搬过去，這隻手怎樣办？」

「我預備明早晨給他取掉，現在只有犠牲了，」林大夫毫無表情地答道。

「這太可惜了，」黄大夫摇頭嘆氣說。

在我的病床前他們只停留了一分鐘，黄大夫看了我一眼，一句話也沒有問就滿意地走去了。楊大夫走在最後，她從衣袋裏取出一本小書丟在我的枕畔，說了句：「你明天可以看看。」便追他們去了。

我拿起書來，讀着那書名：「杜甘地先生左右」，書名下

（15

面印着一幅甘地的畫像，在甘地的身旁坐着一個纏着印度衣服的圓々臉的中国青年。這封面引動了我的好奇心。但在這本子的的茶々粧々的小字使我的眼睛無法在這病室裏的電燈之下，我無法讀這印在紙上面的不太清晰的小字，我決定聽從楊大夫的話，把這本薄々的小書留到明天來翻讀。此刻我想閉上眼睛睡一覺！

々眼睛的確閉上了。可是我始終沒有能夠好々地睡一會兒。剛一朦朧，馬上就驚醒了。我腦子裏裝滿了那許多事情，她們不讓我休息，她們逼着我思索，逼着我回想。

々第六床還不時地咕嚕着，因為聲音不大，我也不去注意。不过後來我無意間睜開眼睛，我看見兩個黑影々在第六床左面的。我吃驚地仔細地一看，是兩個小孩。

「朱連長，朱連長！」身材較高的一個低聲喚着。

「啊，你們來啦，很好，很好！」第六床忽然大声說。

「張股長喊我們來伺候朱連長的，」那個小孩又說。

「很好，很好，你們把行李給我拿下船去，」第六床正經地吩咐道。

兩個孩子莫明其妙地呆望着。

「去啦！去啦！」第六床催促道。

第八床在旁边撅撅嘴了：「他說胡話，你們不要理他。」兩個孩子聽見這話，便蒙着嘴笑起來，跑出去了。

等一會兩個孩子又跑進来了。他們站在那床旁边，不知道應該做什麼事好。

「你們餵他吃点水吧，」第八床又提議說。

176

△較大的(那)一個小孩真的就拿起水壺放到病人嘴邊，一面說："朱庫只只，吃点水吧。"△第六床順從地喝了幾口，忽然推開壺懶懶地說："不吃啦，我快到家啦！"△這兩個小孩又笑(鬧)著笑起來了。他們覺得沒有趣味(笑了一會)，又一起跑到外面去了。△明天早上他們都搬了一個新床板進來就放

△我睡到半夜(其實我已經醒過了好幾次，但這次睡得比較久一些)忽然被一個(熟習的)聲音喚醒了。△"陸先生，陸先生！"△第六床輕輕地但固執地喚著。△我看了他一眼，卻(故意)不出聲。△我(接著)把臉掉開不(再)看他，我怕他

（177）前

会拿疯话来[redacted]同我纠缠。

「陆先生，陆先生，我求求你，听我说两句话，」第六床带着悲声继续道，声音低，但很清楚，而且正常，含着深的情感，我吃了一惊，便又掉过脸去。

第六床的脸朝着我。脸色[redacted]青得可怕，两眼含着泪水，口里不停地叫着：「陆先生。」

「[redacted]什么事？」我问着，我的心软了。全個病室裏除了林小姐穿着红绒线衣服坐在明亮的電灯下看書外，醒着的恐怕就只有我和他两[redacted]人吧。两個小孩穿着[redacted]擱在四十一床的空床板上睡熟了。

「我晓得我的病不会好啰。我并不怕死。不过我想起我娘……」他抽泣地说。我不耐烦地打断了他的话。

「你不要乱讲，你不会死的！」我说。

他叹了一口气，又[redacted]说：「就说不死，这隻手也成了残废啦。[illegible]我哪里有脸回去见我娘。我实在对不起她。如果我死……

177

啦，母请你给我写封信，把我现在的情形告诉她，说我临死还想着她，我後悔没有听她的话，他愈说下去，眼泪愈滴得多，话语愈显得吃力。

夜深啦，睡觉吧，明天再说不是一样吗？我一边安慰他。

也一边想中止这谈话，我的心已经被他的话搅乱了。

请你原谅我。明天我害怕我又糊涂起来。萬一現在我清楚

人今天已經取了右手臂，他快要出院啰。我的傷比他輕得多。雨天我懂得真难过

你就写 恨我 我不是没有羞耻心的人。三哥不晓得我干了什么事情，大家都看不起我，弟弟都在笑我，三哥直……

我生這樣病……请你一定给我娘写一封信，说我对不起她，信封上××、×××、××××五號門牌交朱雲標母親收。

好，我一定给你写，你放心吧，我爽快地答应下来。我不相信他

的病，一兩天內便有問題，他会用信差来寫這封信，我只是用這允诺

來安慰他的心，我應該說他那被回憶折磨着的心吧，希望能夠安靜下

來，不要再拿他的苦痛來折磨我。

「××、×××、××××、五號門牌朱雲標母親收，你記得吧？」他露出感謝

的樣子，接着又叮嚀地問了一遍。

「記得，」我順口答道，其實我聽过去就忘了，我並沒有想到我應

該記住這個地址。

「謝謝你。還有，」他遲疑地說，「我[illegible]女人，[illegible]請你添一筆，

我不怪她，就說讓她改嫁吧，我跟她脾氣合不來，她嫁來一個多月，我就出來了，跟她相打，

我朋友都不曉得我結过婚。」這是個不小的秘密，他居然拿來向我

這個陌生人吐露。我看他說這些話時是很費躊躇的，他似乎在思索

着，是不是要說出來，但終於斷然地說了。我

176

“難道他還是在說胡話嗎？”（不知他為什麼向我這個陌生人說？）我忽然懷疑起來。我注意地望着他，我想從他臉上得到個解答。

他剛剛拿被單揩了臉，擦了眼睛，臉上沒有一點淚痕。看那表情，他好像是看透了一切，徹悟了似的。還是一個正直，善良的農民臉相，但比我第一次看見他時瘦多了，眼裏射出和善的光，再沒有絲毫狂亂的痕跡。他是清醒的，至少在這一刻他是清醒的，也許比我還清醒哩！

“好，我寫，我照你的意思寫，”我感動地說。我覺得一陣難過，現在他沒有哭，我倒要哭了。

“謝謝你啦。請問你今年多少歲。”

“二十四。”勉強地笑一笑（他的笑得多苦澀）

「我還比你小，我才二十二歲，」他接着說，過後便掉過臉向着左边，不再理我了。「二十二歲，二十二歲……」他個人低声唸了好幾次，以後便寂然了。我只看見他的肩頭在聳動。

「難道他偷偷地在哭嗎？」這個疑問苦惱我許久，我許久不能睡，思想潮似地湧上來，我難过，我痛苦，我煩躁，但是終於我疲倦，居然落進了昏沈的睡眠。

第九章

六月十一日（星期日）

「今天我醒得很遲。」我睜開眼睛時，看護小姐們正圍着條桌在談笑。奇怪的是，我剛把眼睛睜開，就覺得眼前較往日明亮，好像左边少去了什麼障礙似的。我連忙向左边瞥視。第六床空了，只有付光光的空床板。那個聳立着的鉄架子也不見了，我可以清清楚楚地看見第七床

139

安静地睡在枕上。

〃他真的今天搬到内科病房去了，我宽慰地想着，他在那边一定可以得到更周到的看護和治療的〃。我感到一陣輕鬆，本來我覺得心上給什麼東西壓得緊緊的。睡眠不足和做怪夢使我疲倦。

〃胡小姐來給我鋪床的時候，我隨口問她句：〃第六床搬到内科去啦？〃

〃搬内科〃！搬到太平房去囉！〃胡小姐撅起嘴說，好像在生氣似的。

〃這对我彷彿是個晴天霹靂。过了半晌我纔吐出問話來：〃他死啦？什麼時候死的？〃

沒有一個人曉得。天剛發白林小姐去給他洗臉才發覺他已經斷氣囉。那個小孩還睡得昏昏沈沈的。他臉色倒不難看，就像在睡覺一樣。不过近看就看得出他眼睛微微睜開，眼角上嵌得有眼淚。這是林小姐告訴我的。……

胡小姐的声音有些顫動，可見她对這個陌生人的死是感到遗憾的。那麼我呢，我想起昨夜我和他中間的一段对話，我感到强烈的悔恨了。要是我当時知道那就是他最後的吐露胸懷的時刻啊……

現在太遲了。可是对話，我說謊言的事还不算遲呢。那麼這是他真挚的要求。我的信是必須寫的。可是地址呢，我要到什麼地方去呢？他昨夜親口对我讲过兩遍，為什麼不好好記住呢？既然我对他说我会记牢的？

我还可以從他朋友同事那里打聽到他家裏的地址，我將來可以到庫裏去找他們，這樣想，我便並且不像剛纔那樣地着急了。

160

初七晚

“今天楊大夫來得比平日較[redacted]早，[redacted]。剛鋪好床她就來了。[redacted]她先給別[redacted]的病人換[redacted]藥。[redacted]

我正靠着牆坐着，（握着手回答）[redacted]第八床出院的告別的[redacted]打招呼！今天他腳步比較平穩點，前白蝴蝶也

他忘了後第九床聽說感到寂寞吧，我想。但是楊大夫忘過來了。

“你坐起啦，很好。他們怎樣不給你拿個告訴背來？[redacted]”楊大夫笑說；

李，“[redacted]請你給第五床拿個告訴背來！”（李小姐遠遠地答應一聲，過一會

她就把那個製成的告訴背給我拿來了。

“楊大夫，你昨天給我的那本書，我沒有看過。”我看見她，便記起她

昨晚[redacted]去給我的那本小書，我對她說了真話。

“你慢慢看吧，”她溫和地說，[redacted]過後把眼光定在我臉上添了一

句：“我[redacted]現在給你抽線。”

「你不是說明天嗎？」我驚喜地問，提早抽線表示我傷口長好了，

這總算是比較可喜的消息。

「今天就可以羅。你沒有買膠布嗎？」

「[redacted]」「買了，好，拿出來吧。」

她邁着大步走了，过一會又拿換藥的[redacted]東西回來。

「你膝下來吧，」她這樣說，「好啰。」「你把眼睛掉開不要看啊，」她

叮[redacted]囑[redacted]着，她側着身子在我床沿上坐下來。她[redacted]解開了我胸上的大繃

帶。「不要怕，不會太痛的，」她安慰說。我的確感到好幾下針刺般的痛。

我忍耐着。一下……一下……最後聽見她說：「好啰，[redacted]没有啰。再給你[redacted]兩天

就可以帶子取消啰！你只要好好[redacted]躺着，不要多動，过三四天就

没有事[redacted]啰[redacted]了。[redacted]你掉过臉去吧。」於是她站起來，包

好剩餘的紗布，拿着那個換藥時用的缸子走了。

「楊大夫，」我在後面喊道。

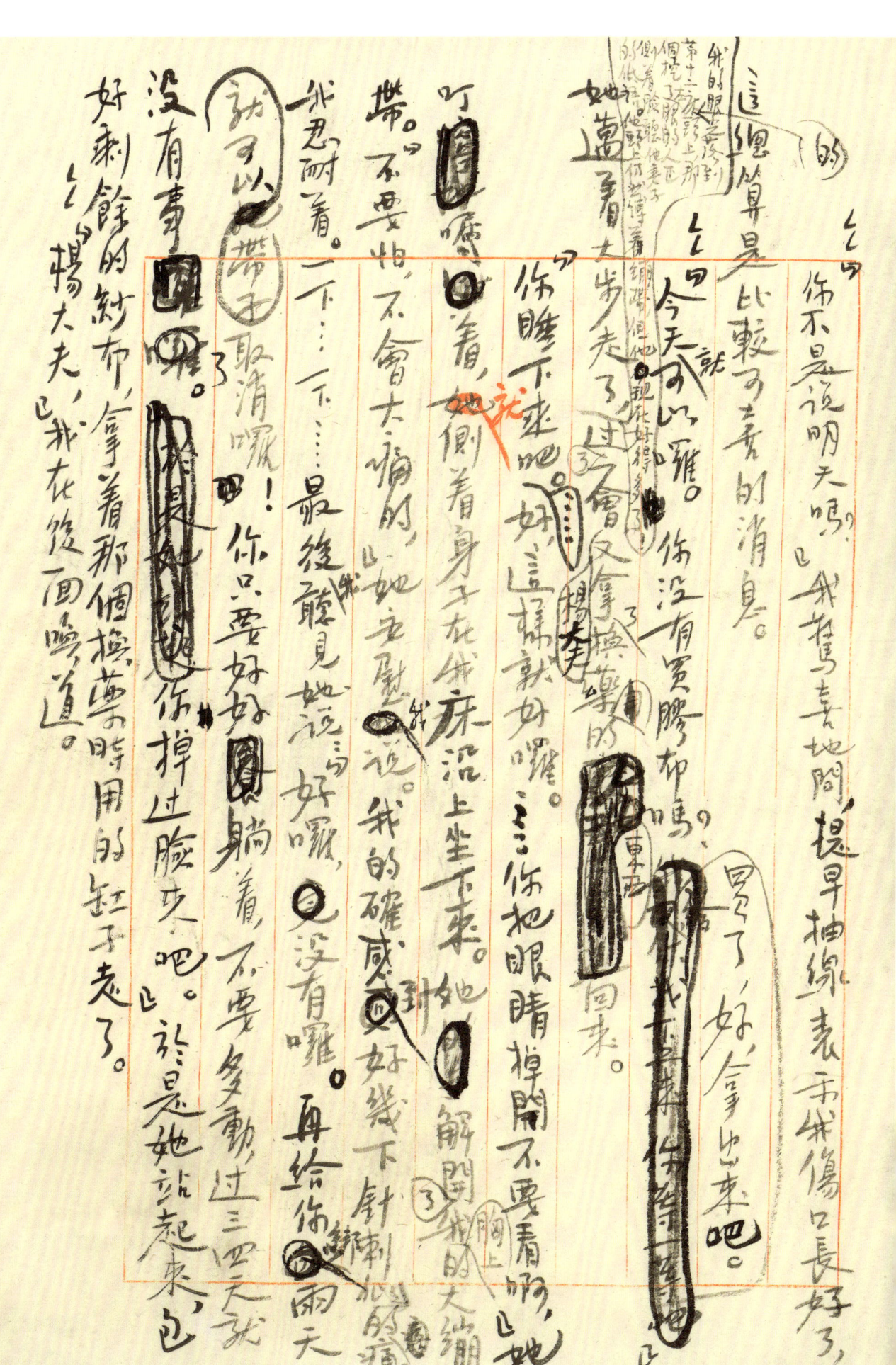

181

「我还要来的，」她头也不回地答道。

过了十多分钟，她果然出来了。「杨大夫，谢谢你呀，」我说。

她笑了笑。瞧看問道：「你出院以後打算怎樣？」

「我还没有考虑过這個問題。」我楞了一下，才答道：「我打算找個地方養一下。或者先到我父親的朋友家裏去暫住幾天。」其实我能不能到那里去住，还没有把握，她那位太太這些天都没有派個人来看过我，她会把我当作子侄輩看待嗎？

「也好。你應該好好養兩個月。你的病十之八九不会再發的，」她親切地說。

「是，」我答道。我發覺在她兩眉中間現出了一個「川」字形的皺紋。

我立刻明白她是為着什麼事情憂愁，我忍不住問她：「楊大夫，你是不是在想你的家裏？」

她吃驚地抬起頭，接着把頭向後一仰，一縷黑髮馬上飛到後面去。她咬了咬嘴唇，憂鬱的眼光老是在我臉上盤桓，最後終於用平穩的聲音，報告我一個消息：「我明天一早就回湖南去。」

「真的？你騙我吧？」我變了臉色，着急地說，我聽得見自己的心在咚咚地跳。

「我已經向院長請了假，」她還是用平穩的聲調說，可是我覺得她的每個字都是相當沉重的，「我回去把家裏人接出來，我想半個月就可以回來的。我身體不好，此外家裏就只有一個母親，一個妹妹和一個四歲的姪女。所以我要去一趟。」

「我把書還給你，」我想說幾句安慰她的話，可是偏偏找不到，卻說出來這樣的句，我便從枕頭下把兩本書都拿出來預備交給她。

182

"不要还我，你留着做個紀念吧，"她边說边做手勢阻止我，但伸手过來把書拿了去，"我給你簽個字吧。"她摸出自来水鋼筆来，在兩本書上都寫了字，然後還給我："我喜欢這本書，她把甘地寫得可愛極了（她指着"甘地先生的左右"）。他多麽善良，多麽近人情，真像個慈愛的父親。你常常讀讀這本書，它会使你变得善良些，純潔些，或者對別人有用些。"她臉上慢慢地現出了光輝的笑容，眉宇間陰鬱的皺紋已經消散了，好像她個人的煩愁也已忘記了似的。她停了半刻，忽然下了决心似地說："我走了。"她剛剛走了一步又轉回來，微笑地說："你的病十之八九是不會再發囉，你可以放心，我不会騙你的。"她走了。

我回来，你已經早走了！

從今天我把你交給張大夫了，你記着你是他的病人啊！

「楊大夫，楊大夫！」我連忙喊道。

她微笑着轉過身來看我。

「我以後可以寫信給你嗎？」

「你就寫到醫院來吧，」她答道。這次她真的走了。雖然她還站在條桌的右端同汪小姐講話，可是对於我，她是真的走了。

我手裏還拿着她給我的兩本書，我想起她剛纔說的那段話，我埋下頭翻開書的第一頁來看，那是裏封面，上面用藍墨水寫着兩行相當娟秀的字：

「XX弟存念

木華 一九四四，六月十一日。」

兩本書上都有這同樣的筆跡。

我懷着感激的心情抬起頭再去看她。她正走到門口，穿着寬大的白色工作衣的模糊的背影在我眼前亮一下就消失了，永遠地消失了。

第十床的廣東青年正坐在床上，一邊吃着麵包，一邊望着我傻笑。

183

第十章 五十八　六月十八日（星期日）

今天又是星期天，這是我在醫院裏過的第三個星期天了。

可是我今天上午就要出院了。

張大夫進來的時候，我正坐在床上，遠遠地就喚着他：「張大夫，我要出院啦！」

「好的，我馬上給你簽個出院證。你上半天走呢，下半天走？」他含笑答道。

「上半天走。」我答道。

哪！

這樣，他的眼睛小得好像是一筆畫成的了。

張大夫走到我床前來，一面說：「讓我再看看你的傷口。」

我躺下來，自己解開衣服，露出胸腹。我已經不用大繃帶了。

傷口上僅蓋着一疊紗布，用膠布黏牢了的。張大夫把膠布揭起，紗布拿開，傷口乾乾淨淨的結了一條[redacted]黑疤。

「好，不再上藥了，」張大夫滿意地說：「你等等，我給你洗一下。」他到藥櫃前去拔了一塊酒精棉花來，把我的傷口擦了兩擦，「你把衣服扣好吧。以後當心點，就沒有問題了。」

「張大夫，楊大夫有信來嗎？」我遲遲疑疑半晌終於說出這問話來。

「沒有，[redacted]不會這樣快吧。這兩天信呀電報呀都擠得不得了，當地慢慢哪。」張大夫答時，他的笑容不見了。

「你看此事不要緊吧，」我焦慮地問道。

「也難說。不過我有點替楊大夫擔心。剛才聽說衡山已經掉了。不知道是不是真的？現在外面謠言太多，弄得人真假都難分辨了，」張大夫壓低聲音說，他伸手在[redacted]他那稀稀落落的頭髮上搔了一下。

184

「恐怕不是真的吧，不过我只希望杨大夫平安无事早点回来」我说到这里，觉得喉咙像被什么东西堵塞住了，再也吐不出一个字来，我便埋下头不作声了。

「杨大夫不会有问题的，」他简简单单地说了两句，停了片刻又加上一句：「那么你就准备吧。」

「我没有什么可准备的，我的东西全收拾好了，衣服也穿好了。就只等着去办出院手续，我也知道那手续是很简简单单的。

「哦，还有我上次讲过免费的事，」张大夫走了几步又转身回来不好来对我说，「昨天我到入院处查过你的帐，你还存七千多块钱，所以我替去跟院长谈免费的事。我想也用不着了，是不是？」

我应该坦白地说，我感到要好的惊喜。我的花费竟然只有这么一点点！自然

“是的，”我简單地说。我同意他的话，我並且感激他还记得我進來時他对我提过的那件事情。

張大夫簽过字後，我便拿着林小姐写的通知單到入院處去算帳。星期日上午入院處照常办公，我領回了七千四百五十元的餘款，就把這零数四百五十元送給老郭、老張、老李三個工友作為賞錢。那個永遠板着面孔粗声講話的工友居然帶笑向我道謝。看着這張不自然的笑脸我不由得想起第六床朱云標的受苦的面容。人為什么要那樣地对待他的同胞？難道就只为了几个錢的緣故？

我提着衣包向張大夫、林小姐告別（林小姐從十六日起就換來做早班了，這時別的小姐都不在病室裏），我留意地看着他们的笑容（而且我在他们臉上看見了楊大夫的笑容），揮着手说“謝謝，再見！”我終於跨出了門檻。

185

外面是一個晴天。昨晚落了一夜大雨，院子裏殘開的芍藥也全打落了，地上還留着一些花瓣。芭蕉倒給雨洗得碧綠。我沿着石板路走出去。剛跨出第二道門，我遇見了十七天前引我進第四病室的那個穿着護士衣的小姐。我笑着想：這真是巧遇了。我還想對她講兩句話，但她匆匆地轉過臉走了。她甚至不記得我。我帶笑地向她打個招呼。她的頭微微動了一下，她似乎不認識我。我只想着我不禁失笑了。今天是星期日，門診部全關着門，天井裏和雨過石階上冷清清的，沒有一個候診的病人。我望見入院處的大鐘，纔九點一刻。我用不着再在這里逗留了。我帶着膽囊進來，仍然帶着膽囊出去。我並不後悔白割了一次膽囊。我覺得這十七天的長時間我並不是完全睡過去了的。我好像得到了一點東西。但要是有人問我得到了什麼，我實在也說不好。倘若被追問，我只好拿那兩本小書來搪塞。同時我自然地想起了楊大夫的許許多多變得善良些、純潔些、對別人有用些。

這並不是說我已經變得善良了，純潔了，對別人有用了。這只是說我已經知道我應該變得善良、純潔、對別人有用。以前我連這個還不知道呢！至於能不能變成那樣，那是以後的事。

現在，現在呢，我必須坐人力車到我那位父執家裏去。

我跨出了醫院門，漫天的陽光在等候我。

完

九四五年七月在重慶沙坪埧寫完

附录

《第四病室》小引

一

巴金先生：

你大概已经忘记了我罢。可是我却记得你。去年五月下旬的某一天我在公园里跟你见过一面。由朋友张君的介绍，我和你谈过二十多分钟的话。当时我曾告诉你，我新从一家医院出来，又要到另一家医院去。你问我去治什么病，我答说割胆囊。你说，这也是一种生活经验，不妨写下来。我说，我想试一下，要是写成功，一定请你替我看一遍。你没有表示拒绝。

在医院中我真的开始写起日记来，后来却中断了。那自然是开刀后的事。不过出院后住在某父执的家中我又凭着记忆补足了它。但是我并没有敢把我这草率的「病中日记」寄给你看，一则我知道你忙，二则我不知道在桂林大火后你逃到了什么地方（我记得那天你说过你要回桂林去）。直到桂柳[1]沦陷后，我读到你的新著《憩园》时，我才知道你又回到了四川，而且还继续做你的「发掘人心」的工作。因此我想起了我那本尘封了的「病中日记」。我找出它来重读一遍，我觉得它虽然没有什么艺术价值，可以供世人阅读，但是对于像你这样愿意了解人心的人，它也许有点用处。我决定把它寄给你看。不过原稿十八章字数过多，我不想多耗费你的时间，我删去其中的一部分，留存十章，算是一个整数。我没有抄下副稿。我把原稿寄给你，让你自由处置。

然而有两件事情我还得向你「添说」。我用了「添说」两字，因为那是我无法在「日记」中叙述，而又必须让你知道的。

一、到今天我还没有打听到杨大夫（杨木华大夫）的下落。我不知道她究竟到过衡阳没有。医院方面得过她去年六月二十二日到柳州的电报，但那是在衡阳被围攻了两星期之后才收到的。那便是她的最后的信息了。我问过好些从衡阳一带逃难出来的人，都答说不知道这样一个人，他们在路上没有遇见过她。

二、给朱云标母亲的信，我至今未写，因为我没有问到她的通信处。我到××坡××器材库去找过朱云标的同事、同乡和朋友。奇怪，他们都说不知道。（下略）

陆怀民 1945年2月，贵阳。

二

怀民先生：

（上略）「病中日记」我决定交给书局出版。我想用《第四病室》

〔1〕桂柳：桂林和柳州

作书名。「日记」写得不怎么好，不过跟那些拿女人身上的任何一部分来变戏法的艳字派小说相比却高明多了。在这纸张缺乏的时期中，我们多耗费一些印书纸，使色情读物的产量减少一分，让我们的兄弟子侄多得到一点新鲜空气呼吸，我们也算是报答了父母养育之恩，或者照另一些人的说法，是积了阴德了。

最近我听见一个从湘桂逃难出来的朋友说，去年八月金城江大爆炸的时候，他看见一个姓杨的女大夫非常勇敢而热心地帮忙抢救受难的人，有人说她后来受了伤，又有人说她同全家的人坐火车由柳州到金城江，列车停在站上，她一个人下车去买食物，她回来时列车被炸着火了。她紧张地奔走，帮忙抢救车上的人。可是她的亲人并没有能够救出来。她本人后来也不见了。她可能保全了性命，也可能死在连续三小时的大爆炸中。据说那个杨大夫是一个浓发大眼的豪爽小姐。

不过你可不要相信她就是杨木华大夫。因为姓杨的小姐在中国不知有多少，姓杨的女大夫自然也很多，浓发大眼的豪爽的小姐更是我们常见的了。况且我那个朋友并没有说过她的名字就是木华。他根本就不知道她的名字。

最近有个朋友从成都来，他才从××医院出来不久，他在那里遇见过一位姓杨的女大夫，也是浓发大眼的小姐，也是衡阳人，不过她的额上有块小伤疤，她的名字并不叫「木华」，她叫「再生」。可能是杨木华大夫改了名字，也可能是我的朋友见到了另一个人。

总之，我们还可以继续打听杨木华大夫的消息。

收到你的「日记」的时候（它在路上走了四个月），我一个朋友刚刚害霍乱死去，这里的卫生局长（用我们家乡的土话解释，他倒是名符其实的「卫生」局长了）还负责宣言并未发现霍乱。今天在人死了数百（至少有数百罢）而局长也居然「发现」了霍乱之后，我还看见苍蝇叮着的剖开的西瓜一块一块摆在街头摊上引诱那些流汗的下力人，停车站旁边人们大声叫卖冰糕，咖啡店中干净的桌子上，客人安闲地把一碟一碟的刨冰倾在泗瓜水杯子里，无怪乎盟国的使节也染到了虎疫。住在这里，人好像站在危崖的边缘，生命是没有一点保障的。要是我看不到你的日记印出就死去的话，请你为我谢谢我们的卫生局长，因为这是托了他的福，他间接地帮助多数平民早升天国，将来历史会感激地记载他的名字。

巴金 1945 年 7 月，重庆。

《第四病室》后记

《第四病室》是去年在重庆西郊沙坪坝友人家中蚊子的围攻下写成的，但排印成书时已是胜利后的若干日了。中间因了种种缘故，这本在重庆排成的小书直到今年一月才在上海出版。可是过了两个月，不但这本书没有下落，连出版这书的书店也渺无音信了。我五月中回上海后，即着手交涉收回版权，到现在总算有了结果。晨光出版公司愿意重印我这本「不走运」的小书，我感激地把纸型送了去。今天看见再版书的样本，我很高兴，我仿佛走完了一段路，回到家，宽慰地叹了一口气。我可以暂时休息了。

又，我并没有染到霍乱死去，我还是应该感谢那位卫生局长。

巴金 1946年11月11日。

《巴金文集》第十三卷后记

这两部中篇小说（一九四四年写的《憩园》和一九四五年写的《第四病室》），我自己觉得都是失败之作（其实我的其它作品又何尝是成功的？）。一位外国朋友读过《憩园》和另一部作品《寒夜》（见《文集》第十四卷）以后，批评我「同情主人公，怜悯他们，为他们愤怒，可是并没有给这些受生活压迫走进了可怕的绝路的人指一条出路。没有一个主人公站起来为改造生活而斗争过。」

我为这两部中篇小说写过「内容说明」。我为《憩园》写了如下的话：

这部中篇小说借着一所公馆的线索写出了旧社会中前后两家主人的不幸的故事，写出封建地主家庭灾祸的原因和子孙堕落的机会。富裕的寄生生活使得一个年轻人淹死在河里，使得一个阔少爷病死在监牢里，使得儿子赶走父亲，妻子不认丈夫。憩园的旧主人杨家垮了，它的新主人姚家开始走下坡路。连那个希望「揩干每只流泪的眼睛」的好心女人将来也会闷死在这个公馆里面，除非她有勇气冲出来。

为《第四病室》我写的是这样的说明：

这是一个年轻病人在当时一家公立医院中写的「病中日记」，也就是作者根据一部分真实的材料写成的小说。「第四病室」，一间容纳二十四张病床的外科病房，可以说是当时中国社会的缩影。在病室里人们怎样受苦，怎样死亡，在社会里人们也同样地受苦，同样地死亡。可是在这种黑暗、痛苦、悲惨的生活中却闪烁着一线亮光，那就是一个善良的、热情的年轻女医生，她随时在努力帮助别人减轻痛苦，鼓舞别人的生活的勇气，要别人「变得善良些，纯洁些，对人有用些」。作者写出了在那个设备简陋的医院里病人的生活与痛苦，同时也写出了病人的希望。

其实我讲的只是作者自己的主观愿望，我当时的确想把它们写成那样。至于做到没有，这是谁都看得出来的。而且细心的读者单单从这两个「说明」也会看出小说的缺点：我只是简单地写出了我自己看到的一点东西，或者我个人一时的感受。有时候我甚至有意无意地对应当灭亡的人给了一些同情，例如对《憩园》里的杨老三和姚国栋。

《憩园》的背景在成都。我一九四一年和一九四二年两次回成都的见闻帮助我写成这部小说。杨公馆就是我们老家的房子。我一九二三年离开它以后就不曾再见到它。我是根据我的记忆写成的。杨老三就是我的一个叔父，我一九四一年一月回到成都，听说他刚刚在监牢里死去，那情形和我在小说中所写的差不多。他花光了家产和妻子的嫁妆，后来被妻儿赶出来，靠偷盗乞讨过日子，这是真事。他的小老婆离开他另外嫁给军阀，后来送钱给他，也是真事。连老文和李老头都是真人。然而我凭空捏造了一个早熟的沉溺在病态的个人感情里的「杨家小孩」，把本来简单的事情写得更复杂、更曲折了。我写了《憩园》的旧主人的必然的灭亡和新主人的必然的没落，可是我并没有无情地揭露和严厉地鞭挞那些腐朽的东西，在我的叙述中却常常流露出叹息甚至惋惜的调子。我不应当悲惜那些注定灭亡和没落的人的命运。衷心愉快地唱起新生活的凯歌，这才是我的职责。我知道当医生的首先要认清楚病，我却忘记了医生的责任是开方和治好病人。看出社会的病，不指出正确的出路，就等于医生诊病不开方。我没有正确的世界观，所以我开不出药方来。

至于《第四病室》，它是在重庆沙坪坝写成的。小说的背景在贵阳。这是我自己的亲身经历。我一九四四年六月在贵阳中央医院一个三等病房「第三病室」里住了十几天，第二年我用日记体裁把我的见闻如实地写了出来。病人、医生和护士们全是真人，事情也全是真的（不用说，姓名都是假的），我只有在杨大夫的身上加了好些东西。第六床那天早晨真的搬到内科病房去了，他究竟是死是活，我并不知道。进院来割胆囊的是睡在我旁边病床上的病人，给我看病的也不是女医生，虽然在这个病房里常常看得见像杨大夫那样的一个年轻女医生（我指的是相貌和动作）。我躺在病床上观察在我周围发生的一切，看见人们怎样受苦，怎样死亡，我联想到当时的旧社会，我有很深的感受。对那个烧伤工人的受苦和死亡，我感到极大的愤怒，关于他我写的全是真事。他的烧伤面积比丘财康同志的小得多。可是公司不出钱给他治病，公立医院也因为他没有钱不好好给他治疗，让他受尽痛苦而死亡。别的病人也因为没有钱买药耽误了治病。这些都是真的事实。只有那个「善良的、热情的年轻女医生」的形象是我凭空造出来的。这是病人们的希望。至少我躺在病床上受苦的时候，盼望着有这么一个医生来给我一点点安慰和鼓舞。

《第四病室》跟《憩园》和《寒夜》不同。它没有《憩园》那种挽歌的调子，也没有《寒夜》的那种悲愤的哭诉。然而它的「一线光明」也只是那个同情贫苦病人、想减轻他们痛苦的「善良热情的女医生」，再没有别的了。但是在那个环境里她能够做什么呢？她也只好让那些本来可以不死的贫苦病人一个跟一个呻吟、哀号地死亡。

别的话，用不着我在这里多说了。

巴金 1960年2月29日。

◎本文及前面的小引、后记两文，均据人民文学出版社1989年《巴金全集》第八卷排印。

谈《第四病室》

我最近翻出一九四五年在重庆写的《第四病室》的原稿。那些用毛笔写下的歪歪斜斜的字在我的眼里显得非常亲切。我想起我那个时候的生活，我想起小说中的故事，我想起「第四病室」本身。我的确住过这样的病室。小说《第四病室》其实是真实生活的记录。

一九四四年五月到六月我在贵阳中央医院的三等病房「第三病室」里住了一个时候。我记不起正确的日期，也忘记了我究竟做了多少天的病人。可是「第三病室」的情景和病人的日常生活，还有某几位医生和护士的面貌以及言语动作，我闭上眼睛就看得清清楚楚。我并不愿意把这些人和事情长久记住。然而太深了的印象是无法轻易抹去的。我在一九四五年五月开始写《第四病室》的时候，因为「记忆犹新」，我的确有「重温旧梦」的感觉。不过这不是「好梦」，这是一连串的噩梦。无怪乎我当时为小说中许多繁琐的细节十分激动。读者们有理由不喜欢这本书，因为小说中来来往往的人物较多，而病室里人们又喜欢用号码代替病人的姓名。匆忙的读者翻开书只见「第×床」、「第×床」在活动，却弄不清楚那些病人「姓甚名谁」。我们的祖先有个好习惯：自报姓名。我自小爱好戏曲，看见人物上场，自言自语，几句话就把自己介绍得明明白白，故事讲得清清楚楚，我不但当时很满意，到现在我仍然佩服剧作者那种十分出色的简练手法。不幸我没有学到这个本领，因此我一开头就把读者引进迷宫去了。更可笑的是我竟然「赐」给某一个病人两个姓，过了十五年我才发现自己的错误，在《文集》付印时改正了。

我一开头就谈这个，无非老实告诉读者《第四病室》是失败之作。尽管这样，我还是要说，我颇喜欢它。小说写出了我过去的那段生活。不过任何时候我翻开书，我看到的都不是自己，都是当时同我在一起受苦的那些人，还有我们在其中受苦的那个社会。我还记得小说写好交出去的时候，出版公司要我写一个简短的「内容提要」作广告的底本，我便写了这样的话：

> 作者让一个简单、朴实的年轻人为我们叙述一些痛苦的故事。第四病室，一个阴暗的角落，人们在受苦、挣扎、死亡，不管另一些人怎样企图改善他们的命运，但是友情也在这环境中生长，人与人互相接近，甚至死亡和离别也不能分开他们，阴暗的病室被这友情照亮了。……[一]

我记得「提要」里还有「小小的第四病室就是我们这个社

【一】这是广告辞的初稿，与解放后重版的《第四病室》的「内容提要」或「内容说明」不同。

会的缩影」这一类的句子，出版者大概害怕得罪人招来麻烦，没有采用它们。其实我写出那一段真实的生活，我的动机便是控诉当时的社会。出版者虽然在广告上删去那句主要的话，可是读者们仍旧了解作者的用意。要不是为了控诉，我为什么不惮烦地把过去的生活那么详尽地记录下来，拿它折磨别人，折磨自己呢？

我一再地提到「记录」二字，只是因为小说中的人物和事情百分之九十都是真实的。经过作者加工的人物只有两个，一是书中的「我」，二十三岁的陆怀民；另一个不用说便是年轻女医生杨木华。第六床朱云标最后的死也是我增加的，我当时只看见朱云标给人用担架抬到内科病室去，并不知道他是死是活，他搬走后两天我就出院了。至于烧伤工人悲惨的死亡，患梅毒、吃长素的老人静悄悄的去世，摔断了手的司机的受尽折磨……全是真人真事。我在这里做的不过是照相师的工作。生活本身已经够丰富了，还用得着我这管破笔为它加一些颜色？既然有人从一滴水中看出了一个世界，为什么不能在一个病室里看到当时半壁江山的中国社会呢？

第四病室同我在十七年前住过的第三病室完全一样。唯一不同的是我在小说里取消了十张病床。那间真实的外科男病房一共有三十四张床位，因此也显得更拥挤，更嘈杂，更不干净。在那里的生活也可能更不舒适。我记得自己在病房里睡的就是小说中陆怀民睡的那张第五床。原来的病人死在我入院那天的早晨，听说他是个害传染病的内科病人。我住院的时期中，整整有两天我左右两张病床上都是斑疹伤寒的患者。我虽然患着另一种病（我的胆囊并未发炎），虽然我的年龄比陆怀民的大得多，我们的思想感情也并不相同，可是我们两个住的是同样的病床，接触的是同样的一些人，我们同样是远离家乡的单身旅客——我把自己的一部份经历借给陆怀民了。我并不是头一个，一般的小说家都喜欢干这种事情。有些「好事者」因此常常把小说人物同作者扯在一起，热心地做什么考证或者索隐的工作。我不怕别人说陆怀民是我的化身，因为我并不是陆怀民。我不止一次地把自己的经历写在小说里面，并无特别的用意，我觉得这样写更方便，更真实，也更亲切。我的确有这样的体会：耳闻不如目睹，目睹不如身受。然而我的「身受」毕竟有限，我写一个人物的时候，也不可能完全「包办代替」。所以陆怀民的身世就不同于我的。他也另有他的结局。我还害怕有人误会，又在小说的前面加上一篇《小引》，发表了陆怀民写给我的信和我的回信，让读者相信陆怀民这人并非虚构。不消说，不会有人上当，正如没有人相信《狂人日记》的作者真是狂人。

话说回来，我当初住进这个病室，它的拥挤、嘈杂、不干净等等都不曾使我感到惊奇。这一切都在我的意料之中。我觉得奇怪的倒是，住进了医院，还得自己花钱买药。在这里并不是对症下药。你虽然害着可治之症，你没有钱买药，医生们也会眼睁睁看着你死去。那个烧伤的工人就是这样地断气的。断手司机的病也是这样地给耽误了的。有的人没有钱买胶布，便不能及时换药，更不用提营养品等等了。其实不仅医生和护士，不仅院长和工友，连病人和家属也知道医院的职责在于治病救人，在于减轻病人的痛苦。可是这一切在当时的病房里都成了空话。我亲眼看见病人在这里受到多大的折磨，医院里的人怎样给病人带来本来可以避免的痛苦。我躺在病床上常常问自己：「这种种不合理的事情怎么可能发生？」回答十分简单：「在不合理的政治制度下，在不合理的社会里，天天处处都在发生不合理的事情。」我并非不知道这个，我也明白这个小小的病室跟蒋介石统治下的地区是分不开的：在这里发生的事在外面也一样地发生。可是看到任何一件不合理的事情，我仍然会愤慨，痛苦，会因为自己束手无策而感到痛苦。我相信在医生和护士的脑子里一定发生过这样的疑问，而且我也曾听见他们（他和她，我特别提出「她」字，我觉得那些十七八岁的护士小姐都是很纯洁、很善良的）不止一次地发过牢骚。然而像杨木华那样的医生却不是真实的人，至少我没有见过，也不曾听见任何人讲起她。

好罢，我就先从杨木华大夫谈起。拿外貌说，我在病室里常常看见这样一个浓发大眼的女医生，连举止、连服装都同我所描写的一样。我不知道她的姓名，我也没有机会跟她谈话，因为我不是她的病人。只是我常常看到她的笑容，在这个阴暗的病室里，这样的笑容也能带给人一点希望和亮光。当时在贵阳我的朋友少，而且没有人知道我住进了医院，所以从入院到出院，我始终是孤零零一个人。我在医院里施过两次手术，两次开刀都是局部麻醉，我的脑子始终是清醒的。虽然没有剧痛，但是那种小的痛楚和不舒服也会达到难熬的地步，那些时候，我除了背诵唐诗以外，还常常幻想听见一两句温言暖语。手术完毕，给人抬回病室，麻醉药性已过，我感到极不舒服，那时我多么希望有人对我讲两句安慰和鼓舞的话。在疼痛难熬的时候，在头痛心烦不能睡眠的时候，我会单纯得像一个少年，就像陆怀民那样，我的确把医生当作救星，盼望他给我灵药，使我的心灵得到休息和安宁。可是医生们并不注意病人的心灵，他们倒习惯于把病人当成机器，认为只有用科学医治百病，甚至于吝啬一个好意的微笑或者一声亲切的招呼。我若说我所遇到的医生有点像冷冰冰的机器，一定有人责备我有成见，不然便说我根据片面的观察。而我自己的解释却是这样：我对他们的期望太高，所以失望也很大。不过小说中写的一个医生粗暴地批评病人、另一个医生跟病人吵架的事情却是千真万确，这是我亲眼看见的。我在那些时候只有把期望寄托在幻想上，我想象出一位「爱跟病人讲话」的杨木华大夫。每逢我体力较差、心烦意乱，我常常把幻想同真实混在一起，在现实的环境里放上那个虚构的人物。反正外形是现成的。我看到那位貌似豪爽的实习医生（我甚至不曾跟她谈过话，也难得听见她讲话，因此我只能用「貌似」二字），就好像看见小说中的杨大夫，她渐渐地在我的眼前和我的脑子里活动起来。读者同志不要笑我在做「白日梦」。请原谅，受到疾病折磨的人的心灵仿佛干枯的禾苗，多么需要甘霖。我就这样一天一夜、一点一滴地创造了杨大夫的心灵。今天看来她的心灵也极不丰富。可是当时她却给了我一些安慰和鼓舞。不然，要我那么寂寞地在这样的病室里度过二十天，可把我憋死了！我在这里只说到心灵，因为我在这个人物身上所创造、加工的也就只有这么一点点。相貌是现成的，我天天看见；至于举动、工作等等，也不需要我凭空创造。这个病室里还有一位姓洪的女医生，身材高高，面孔白白，爱讲话。她好像是外科的值班医生，整天相当忙，像后颈生疮的老人、骑自行车摔伤腿的少年……都是她的病人。小说里杨大夫的病人除了陆怀民以外都是由洪医生治疗的。我把洪医生诊病、上药、换药等等的动作和讲话完全真实地写了下来，而且全记在杨大夫的账上。所以也可以说，杨大夫是由那两位女医生拼凑成功的。这就是说：一个出外形，一个出技术。心灵和感情呢？那得由作者拿出来了。至于身世等等，作者也可以随意编造。我把她的家放在衡阳，只是为了安排她回家去把母亲、兄弟接到比较安全的地方，以便造成她在金城江火车站大爆炸中的死亡。

在小说的《小引》里我终于写出了杨大夫死亡的消息。但是我并未肯定地说她已经死亡。我只是暗示，我又声明这是道听途说。我还说要继续打听她的消息。其实我最初的企图并不是这样。我很想明确地说像杨木华大夫那样善良的知识分子在当时的社会里活不下去，她一定会得到悲惨的结局。然而写到最后我的想法变了，我愿意留下一点希望，哪怕是渺茫的希望也好。去年年底我在成都校改《第四病室》，我自己也受不了那种等于空虚的渺茫的希望，我要让她活下去。我又把《小引》中我那封回信改了一遍。改动虽然不大，但是她不死的可能性更大了。我愿意让这样一个人长久地、健康地活下去。她要是活到今天，一定能够认真地改造自己。

是的，杨大夫一定会接受改造的。过去她不是革命者，也不是一位进步的民主人士。然而她是一个热心帮助人的心地善良的医生，也热爱她这个治病救人的职业。她不仅关心病人的肉体，也常常注意他们的心灵。她爱读书，也喜欢把自己读过的书介绍给病人。她一共借了两部书给陆怀民。第一部是《唐诗三百首》。我当时进医院就只带了这一部书。我常常读它，第六床也借去朗读过。我在手术台上心里难受的时候，也不断地暗暗背诵唐人的绝句，那些诗可以把我带到另一种境界里去，也可以使我的心平静。我觉得好诗对病人有益处，爱读书的杨大夫一定会注意到这个。所以我把《唐诗三百首》写上了。第二部书本来是《在甘地先生左右》，这是一个崇拜甘地的中国青年写的一本薄薄的小书。在小说的原稿中杨大夫还说过这样的话：「我喜欢这本书，它把甘地写得可爱极了。他多么善良，多么近人情，他真像一个慈爱的母亲。真正的伟人应该是这样的。」我自己当然不是甘地的信徒，我也不想替他宣传。我在写小说的时期中，无意间读到这本书，便想起了杨大夫。我开始想象她读了这本书有什么意见。我想来想去，就写出了上面的话。用那一段话来说明杨大夫的思想和她的性格，也并非不适当。那本书和那段话在头几版的《第四病室》里原封不动地保存着。后来我这本小说换了出版的地方，好心的编辑同志认为替甘地宣传，可能引起读者的误会。我听到这样的意见以后，又想起知道那本小书的人既然很少，我为什么要替它做广告呢？来不及仔细考虑，我匆匆地替杨大夫换上另一本书：商务印书馆出版的《约翰·克利斯多夫》第一卷。我不过设身处地替杨大夫想：这本书可以给病人一些安慰和忍受痛苦的勇气。罗曼·罗兰当初是人道主义者，杨木华大夫也是一个人道主义者，不用说，还得加上「资产阶级的」这个形容词。我还得声明，我自己有一个时期也喜欢《克利斯多夫》，我从它那里得过益处，所以我一想就想到了它。我为什么不换上另外的书呢？有的书我一时想不起来，有的书对杨大夫不合式。要是杨大夫常常把进步书报借给病人，她可能早就给人抓起来或者赶出医院去了。那么她也不会是资产阶级的人道主义者了。

谈过了杨大夫，我还想提一提陆怀民。我已经说过，这个二十三岁的失业青年完全是虚构的。他在小说里也不起什么作用。我仅仅借用了他的一对眼睛，让它们看出病室里种种不合理的现象和那些平凡人物的生活的悲剧。但是我为什么写他入院来割胆囊呢？我自己不曾有过那样的经验，连「全身麻醉」是什么滋味我也弄不清楚。要不是睡在我右面第三床的病人因为胆囊发炎住院来「施大手术」，那么我做梦也想不到让陆怀民进医院来割胆囊。第三床跟我离得近，他一言一语、一举一动都逃不过我的耳朵和眼睛。医生给他施了手术，却来不及拿掉胆囊，这也是真事。甚至病人和实习医生关于头等病房那个病人的谈话也有一半是真话。不消说，感激的话是我加的。医生也不是像杨大夫那样的女医生，他的确好意地向病人解释头等病房那个人身体好，受得住，并非大夫另眼看待。只是第三床始终不满意，虽然他当时精神差，不曾大发牢骚。至于是否另眼看待，连我也怀疑那位医生的解释。头等病房和三等病房明明是两个世界，我在小说中描写的都是我亲眼看见的，要说不是分别待遇，怎么能教人相信呢？难道头等病房的病人也常常让「老郑」骂来骂去吗？

在病室里我眼睁睁看见两个病人的死亡。那个烧伤工人的惨死给我的印象特别深。我至今还不曾忘记他那充满痛苦的号叫。他在断气之前不知道叫了多少声，却始终没有人为他做任何事情，就只见工友来把他那只鲜血淋淋的胳膊牢牢地绑在板凳脚上。在我的小说里第十一床怨气冲天地向他的朋友诉苦道：「我没有钱，哪里有药吃？我的伤怎么好得了？天天打针受罪……他们就让我死在医院里不来管我……」我的确听见那个烧伤工人说过这样的话。大夫天天给他打针，打的是医院里制造的盐水针。至于要花钱的治病和止痛的针药，他当然享受不到。医院里一位年轻大夫对他说：「你是替公司做事烧坏了的，论情理，凭良心，他们都应该出钱把你医好。」可是公司里的「股长」却答复他的朋友和同事道：「他受伤是他自己不小心，公司并没有责任，上次给的医药费已经很够。现在一个钱也不给！」公司完全不管，医院不认真管，他一个钱也没有，就只好受尽痛苦地死去。这是我亲眼看见的真人真事。我当时的愤慨是很大的。可是我睡在病床上又能作什么呢？十四年以后，一九五八年六月到八月我到上海广慈医院去采访丘财康同志的事迹。我和几位外科医生谈过话，我也看到烧伤工人丘财康同志的病房和他在医院里受到的医疗和看护。十一床的病比丘财康同志的病轻，他的烧伤面积也小得多。可是丘财康同志今天健康地活着，十一床却死得那么悲惨。今天整个社会同心协力救活一个烧伤工人，要药有药，要血有血，要皮有皮；十四年前一个烧伤工人在三等病房里受尽冷落和侮辱，得不到治疗，甚至没有人为他尽一点力。这就说明了新旧社会的不同。两个制度的优劣是一眼就看得出的。我还记得丘财康同志在广慈医院中有一次病势恶化，右下肢感染厉害，发生了截除右下肢的问题，一天晚上我到医院去，在那间专门为丘财康同志布置的隔离病房附近的一个较大的阳台上，医生和专家们正在举行会诊，严肃认真地研究怎样保存病人的右腿。情况严重，病人的痛苦增加，医生、护士们脸上都带着愁容，但是没有一个人放弃希望，大家都在贡献自己的力量进行战斗。我们称这个为「挽救生命的战斗」。这的确是一场艰苦的战斗。然而胜利来了。丘财康同志的生命保全了，他的腿也保全了。后来有一部关于这个战斗的记录电影片，叫做《生命的凯歌》，又有一部故事片叫做《春满人间》。它们感动了、教育了多少人。其实真实的生活比艺术更丰富，更激动人心。广慈医院一位医生谈到他那个烧伤的病人，他情不自禁地说：「我们爱他。」一个护士说：「病人每一次痛都痛在我的心上。」另一个护士在日记里写着：「时间真快，夜班又要下班了，真想在病人旁边多留一会。」第三个护士报名献皮以后在日记里写道：「只要能为老丘做一点有益的事情都是光荣的。」这种人与人之间美好的关系在旧社会里连做梦也想不到。我惭愧我这管无力的笔没有能替过去时代许多屈死的冤魂报仇雪恨，我只做了一个袖手旁观的空头作家。

此外，我还想谈谈第二床那个生疮的老病人和他的儿子。我在这父子两人身上并没有增加过什么。连他们的谈话，连「李三爷的地」，连「四宝」母子的探病，连漱口盅和猪肝汤，连最后静静的死亡……无一不是真实的。在小说最初的版本里第三章有一段杨大夫拉着儿子扎耳朵取血的描写。过了几年忽然有人提意见，说要输血不能靠扎耳朵取血去化验。这明明是我目睹的事实。然而我考虑了一下还是把那一小段删去了。我从前看见那位姓洪的女医生「捉住他的左耳，拿针往肉里扎」。后来我把这笔账记在杨大夫的名下了。这是我的粗心。我当时不曾想到，洪医生可以干那件事，杨大夫却不可以。杨大夫纵然不同情那个小公务员，她至少会可怜他，无论如何总不会不得他同意就捉住他扎耳朵取血。杨大夫不是那样的人。我应当删去那些不适当的描写。这说明虚心对待别人的意见，总有好处，即使他指的是东，我若认真考虑，也有可能看出西面的绊脚石来。

从上面这几句话，细心的读者也看得出我并不像洪医生那样厌恶那个小公务员。刚相反，我倒有点同情他，我至今还责备老病人的自私。但是可能有许多读者另有不同的意见。我当初写文章，喜欢说个痛快，本来用两句话便说得明白的，我往往写上四五句。稍后我懂得了一点「惜墨」的道理，话也渐渐地少起来。可是积习难改，我还会重犯唠叨的旧病。所以在我后期的小说《第四病室》中，我有时说了又说，还怕人不明白；有时又省去一句两句，让读者自己去体会、论断或者下结论。我写那个儿子到病房一次要洗几回手，我写他不断地向人诉苦……这都是他自己做过的事，而且也有权利这样做，谁也没有理由批评他。愚孝的时代已经一去不复返了。他父亲只关心自己，丝毫不顾儿子的死活。老人的这场病和丧事一定会缩短儿子的生命。他要偿还那笔债并不是容易的事情。应当受谴责的是不合理的社会制度，是国民党的反动统治，不是那个靠薪水度日朝不保夕的小公务员！但也有人认为我字里行间流露出对儿子的不满，甚至有人说我有意批评儿子的不孝，这要怪我不曾说得痛快，没有讲得明白。我省去了当讲的话，只好在这里向读者认错了。

写到这里，我觉得可以打住了。关于那些用英国粗话骂病人的架子十足的名医，我本来还有不少的话可说，然而在那个时期，他们过的生活还不如任何一个偷带「黄鱼」、盗卖汽油的货车司机，更比不上做黄（金子）、白（大米）、黑（鸦片烟）生意的商人。他们的气派只是在外表，回到家里他们一样地叫苦，走到外面也一样地遭白眼、受冷落。我不忍心再让他们出洋相了。我在《小引》里讽刺了当时重庆的卫生局局长，我至今还因为挖苦过那种不负责任的道地官僚感到高兴；我也因为骂过当时充满「陪都」

书店的色情读物感到十分痛快。那些我无法写进小说里的话，总得找个地方记下来，所以我很重视《序》、《跋》、《后记》、《小引》等等别的作者不一定喜欢的东西。我这个人缺乏口才，不善词令，因此拿起笔就哓哓不休。倘使能治愈这个毛病，当然也不是坏事。

1961 年 10 月 25 日。

关于《第四病室》

今天下午去医院看病，回来我忽然想起我的小说《第四病室》，就找出来翻了一下，我又回到抗日战争的日子里去了。

小说是一九四五年上半年在重庆沙坪坝写成的，写的是一九四四年六月在贵阳发生的事情。那一段时期中我在贵阳中央医院一个三等病房的「第三病室」里住了十几天，第二年我就根据自己的见闻写了这部小说。

我还记得一九四四年五、六月我在贵阳的生活情况。我和萧珊五月上旬从桂林出发，五月八日在贵阳郊外的「花溪小憩」结婚。我们没有举行任何仪式，也不曾办过一桌酒席，只是在离开桂林前委托我的兄弟印发一份「旅行结婚」的通知。在贵阳我们寂寞，但很安静，没有人来打扰我们。「小憩」是对外营业的宾馆，这是修建在一个大公园里面的一座花园洋房，没有楼，房间也不多，那几天看不见什么客人。这里没有食堂，连吃早点也得走半个小时到镇上的饭馆里去。

我们结婚那天的晚上，在镇上小饭馆里要了一份清炖鸡和两样小菜，我们两个在暗淡的灯光下从容地夹菜、碰杯，吃完晚饭，散着步回到宾馆。宾馆里，我们在一盏清油灯的微光下谈着过去的事情和未来的日子。我们当时的打算是这样：萧珊去四川旅行，我回桂林继续写作，并安排我们婚后的生活。我们谈着，谈着，感到宁静的幸福。四周没有一声人语，但是溪水流得很急，整夜都是水声，声音大而且单调。那个时候我对生活并没有什么要求。我只是感觉到自己有不少的精力和感情，需要把它们消耗。我准备写几部长篇或者中篇小说。

我们在花溪住了两三天，又在贵阳住了两三天。然后我拿着我舅父的介绍信买到邮车的票子。我送萧珊上了邮车，看着车子开出车场，上了公路，一个人慢慢走回旅馆。

我对萧珊讲过，我回桂林之前要到中央医院去治鼻子，可能需要进行一次手术。我当天上午就到医院去看门诊，医生同意动手术「矫正鼻中隔」，但要我过一天去登记，因为当时没有床位。我等了两天。我在另外一家小旅馆开了一个小房间，没有窗户，白天也要开灯。这对我毫无不便，我只有晚上回旅馆睡觉。白天我到大街上散步，更多的时间里去小旅馆附近一家茶馆，泡一碗茶在躺椅上躺一两小时，因为我也有坐茶馆的习惯，在那里我还可以观察人。

就在这两天中我开始写《憩园》，只是开了一个头。

两天以后我住进了医院，给安排在第三病室，也就是外科病室。我退了旅馆的小房间，带着随身带的一个小箱子坐人力车到了医院，付了规定预付的住院费，这样就解决了全部问题。我在医院里住了十几天，给我动了两次手术，第一次治鼻子，然后又转到外科开「水囊肿」。谁也不知道我睡在医院里，我用的还是「黎德瑞」这个假名。没有朋友来探过病，也没有亲人来照料我。贵阳开明书店办事处里有我的熟人，我的信件都由那里收转。我只对他们说我有事去别处。动过手术后的当天，局部麻醉药的药性尚未解除，心里十分难过。但是我在这间有二十几张床位的三等大病房里，并没有感到什么不便，出院的时候，对病房里的医生、护士和病友，倒有一种惜别之情。

出院后我先在中国旅行社招待所里住了十多天，继续写《憩园》，从早写到晚，只有在三顿饭前后放下笔，到大街散步休息。三顿饭我都在冠生园解决，早晨喝碗猪肝粥，其余的时间里吃汤面。我不再坐茶馆消磨时间了，我恨不得一口气把小说写完。晚上电灯明亮，我写到夜深也没有人打扰。《憩园》里的人物和故事喷泉似地（的）要从我的笔端喷出来。我只是写着，写着，越写越感觉痛快，仿佛在搬走压在头上的石块。在大街上散步的时候，我就丢开了《憩园》的新旧主人和那两个家庭，我的脑子里常常出现中央医院第三病室的情景，那些笑脸，那些痛苦的面颜，那些善良的心……我忘不了那一切。我对自己说：「下一本小说就应该是《第三病室》。对，用不着加工，就照真实写吧。」人物有的是，故事也有。这样一间有二十几张病床的外科病房不就是当时中国社会的缩影吗？在病室里人们怎样受苦，人们怎样死亡，在当时的社会里人们也同样地受苦，同样地死亡。

但是我在贵阳写的仍然是《憩园》，而且没有等到完稿，我就带着原稿走了，这次我不是回桂林，我搭上了去重庆海棠溪的邮车。萧珊在重庆两次写信来要我到那里去，我终于改变了主意，匆匆地到了四川。万想不到以后我就没有机会再踏上桂林的土地，因为不久就发生了「湘桂大撤退」的事情。动身前我还再去花溪在「小憩」住了两天。我在寂寞的公园里找寻我和萧珊的足迹，站在溪畔栏杆前望着急急流去的水。我想得多，我也写得不少。我随身带一锭墨，一枝小字笔和一叠西式信笺，用信笺作稿纸，找到一个小碟子或者茶碗盖，倒点水，磨起墨来，毛笔蘸上墨汁在信笺上写字很方便，我在渝筑道上的小客栈里也没有停笔。最后在重庆我才写完这部小说，由出版社送给重庆市图书杂志审查处审查。装订成一本的西式信笺的每一页上都盖了审查处的圆图章，根据这个稿本排印，这年十月小说就同读者见面。这些图章是国民党检查制度的最好的说明，我把原稿保留下来，解放后捐赠给北京图书馆手稿部了。

第二年我开始写《第四病室》。没有稿纸，我买了两刀记账用的纸，比写《憩园》时用的差多了，这种纸只能用毛笔在上面写字。我当时和萧珊住在沙坪坝一个朋友的家里，是土地，楼下一大间，空荡荡的，我白天写，晚上也写，灯光暗，蚊子苍蝇都来打扰。我用葵扇赶走它们，继续写下去。字写得大，而且潦草，一点也不整齐。这说明我写得急，而且条件差。我不是在写作，我是在生活，我回到了一年前我在中央医院三等外科病房里过的日子。我把主人公换成了睡在我旁边床上那个割胆囊的病人。但我只是借用他的病情，我写的仍然是当时用我的眼光看见的一切。当然这不是一个作家的见闻，所以我创造了一个人物陆怀民（我在这里借用了第六床病人朱云标的本姓），他作为我一个年轻读者给我写了一封信，把我的见闻作为他的日记，这样他就可以睡在我当时睡的那张病床上用我的眼光看病房里的人和事了。

我写得很顺利，因为我在写真实。事实摆在那里，完全按照规律进行。我想这样尝试一次，不加修饰，不添枝加叶，尽可能写得朴素、真实。我只把原来的第三病室同第四病室颠倒一下，连用床位号码称呼病人，我也保留下来了。（我有点奇怪，这不是有点像在监牢里吗？）那几个人物……那个烧伤工人因为公司不肯负担医药费，终于在病房里痛苦地死去；那个小公务员因为父亲患病和死亡给弄得焦头烂额；那个因车祸断了左臂的某器材库员在受尽折磨之后不知由于什么原因得了伤寒，病情恶化；还有那个给挖掉一只眼睛的病人等等，等等，我都是按照真实写下来的，没有概括，也没有提高。但我也没有写出真名真姓，因为我不曾得到别人的同意。既然习惯用病床号数称呼病人，就用不着我多编造姓名了。小说里只有几个名字，像医生杨木华，护士林惜华，病人朱云标，当然都是我编出来的。朱云标的真姓名，我完全忘记了。我只记得他姓陆，我把他的姓借给日记（也就是本书）的作者了。可是对他的言语面貌，我还有印象。我初进病房，在病床躺下，第一个同我讲话的就是他。他睡在我左边床上，左臂高高地吊起来，缠着绷带，从肘拐一直缠到手腕，手指弯曲着，给吊在一个铁架上，而铁架又是用麻绳给绑在方木柜上面。这是那位中年医生的创造发明，他来查病房或者换药时几次向人夸耀这个。他欣赏铁架，却从来没有注意那个浙江农村青年的灵魂，他的态度给病人带来多少痛苦。在这个病房里病人得用现款买药，自己不买纱布就不能换药，没有钱买药就只有不停地给打盐水针。这个从浙江来的年轻人在家乡结了婚，同老婆合不来，吵得厉害，就跑了出来。后来在这里国民党军队某某器材库工作。有一天他和一个同事坐车到花溪去玩，翻了车，断了胳膊，给送到陆军医院，然后转到这里。他常常同我谈话，我很少回答。不过我看得出来，他容易烦躁，一直想念他的家乡。他因为身边没有多少钱，不习惯给小费，经常受到工友的虐待。不久他发烧不退，后来查出他得了斑疹伤寒。他是在什么地方传染到斑疹伤寒的呢？医生也说不出。病查出来了，因为没有钱买药，还是得不到及时治疗。他神志不清，讲了好些「胡话」。小说里第八章中他深夜讲的那些话都是真实的，只有给他母亲写信那几句才是我的「创造」。他并没有死，第二天就给搬到内科病房去了。这以后他怎样我完全不知道，也无法打听。

另一个病人是在我眼前死去的，就是那个烧伤工人。他受伤重，公司给了一点医药费，就不管他。在医院里因为他没有钱不给他用药，只好打盐水针，他终于痛苦哀号地死去。他对朋友说：「没有钱，我的伤怎么好得了？心里烧得难过。天天打针受罪。……我身上一个钱也没有。他们就让我死在医院里，不来管我！」这些话今天还在烧我的心！他第二天就永闭了眼睛。工友用床单裹好他的尸体，打好结，还高高地举起手，朝着死人的胸膛，把断定死亡的单子一巴掌打下去。旁边一个病人批评说：「太过分，拿不到钱，人死了还要挨他一巴掌。」这就是旧社会，这就是旧社会的医院。一九五八年我在上海广慈医院采访了抢救钢铁工人丘财康同志的事迹，这一场挽救烧伤工人的生命的战斗得到了全国人民的支援。丘财康同志活下来了。一个夏天的夜晚，我在医院里一个露台上旁听全市外科名医的会诊，专家们为丘财康同志的治疗方案提供意见，认真地进行讨论。我从医院回家，已经相当迟了，一路上我想着一九四四年惨死的烧伤工人，他的烧伤面积比丘财康同志的小得多，可是在过去那样的社会里哪有他的活路！我多么希望他能活到现在。

还有那个小公务员和他的后颈生疮烂得见骨的老父。这一家人从南京逃难出来，到贵阳已经精疲力尽了。儿子当个小公务员，养活一家六口人很不容易，父亲病了将近一个月，借了债才把他送进医院。我亲耳听见儿子对父亲说：「你这场病下来，我们一家人都完了。」父亲不肯吃猪肝汤，说：「我吃素。」儿子就说：「你吃素！你是在要我的命。你是不是自己不想活，也不要别人活！」我还听见儿子对别人说：「今天进医院缴的两千块钱还是换掉我女人那个金戒指才凑够的。」又说：「要不是生活这样高，他也不会病到这样；起先他图省钱，不肯医，后来也是想省钱，没有找好医生……」又一次说：「今天两针就花了一千六百块钱。我实在花不起。」过两天父亲不行了，还逼着儿子向一个朋友买墓地，说：「李三爷那块地我看中了的。你设法给我筹点钱吧。我累了你这几年，这是最后的一回了。」他催促儿子马上跑出去找人办交涉。等到儿子回来，就只看到「白白的一张空床板」。父亲给儿子留下一笔还不清的债，古怪的封建家庭的关系拖着这个小公务员走向死亡。虽然无名无姓，在这里我写的却是真人真事，我什么也没有增加。在这小人小事上面不是看得出来旧社会一天天走向毁灭吗？更奇怪的是，这个吃素的老人偏偏生杨梅疮，真是莫大的讽刺！

我不再谈病人了，上面三个人只是作为例子提到的。我还想谈谈那个年轻的女医生杨木华。她并不是真人，真实的只有她的外形。在这本小说里只有她才是我的创作。我在小说里增加一个她，唯一的原因是，我作为一个病人非常希望有这样一位医生，我编造的是我自己的愿望，也是一般病人的愿望。在病房里我见到各种各样的医生，虽然像杨木华那样的医生我还没有遇见，但她的出现并不是不可能的。她并不是「高、大、全」的英雄人物。她不过是这样一位年轻医生：她不把病人看作机器或者模型，她知道他们都是有灵魂、有感情的人。我在三等病房里住了十几天，我朝夕盼望的就是这样一位医生在病房里出现。我写这部小说的时候，我也曾这样想过：通过小说，医生们会知道病人的愿望和要求吧。所以我写了杨木华。我说：在这种痛苦、悲惨的生活中闪烁着的一线亮光，那就是一个善良的，热情的年轻女医生，她随时在努力帮助别人减轻痛苦，鼓舞别人的生活的勇气，要别人「变得善良些，纯洁些，对人有用些。……」[一]

但是像这样一位医生在当时那个社会，当时那个医院里，怎么能长久地生活下去、工作下去呢？所以我给她安排了一个在金城江大爆炸中死亡的结局：「一个姓杨的女大夫非常勇敢而且热心地帮忙着抢救受难的人……她自己也死在连续三小时的大爆炸中。」后来我编印《文集》，一九六〇年底在成都校改这部小说，我自己也受不了那个悲惨的结局，我终于在《小引》里增加了一小段，暗示杨大夫到了四川改名「再生」，额上还留着一块

【一】见我的《文集》第十三卷的《后记》。

小伤疤。她活着，我也感到心安了。

其实我也仔细想过：为什么杨大夫就不能在那个医院里工作下去呢？她当时不过是医科大学（湘雅医学院）的学生、实习医生。她要改变思想和她的生活方式，总得在碰了无数次钉子之后，在她离开学校做了多年医生之后。根据我的经验，哪怕旧社会是多大的染缸，要染黑一个人，也不是容易的事。杨大夫的确应当活下去，工作下去。

小说写完了，出版了……在「四害」横行的时期，它受到了严厉的批判，给戴上了「毒草」的帽子，这是无足怪的。我接受批判时，心安理得。我看出来我的确和「四人帮」那一套「对着干」。我希望医生把病人当朋友，「四人帮」之流却把病人当敌人，在医院里实行「群众专政」。在一段长时间里，好几年吧，我没有去医院看病，因为我不愿意先到群众专政组去登记，不愿意让别人在我的医疗卡或病历卡上加批「反动学术权威」或者「无产阶级专政的死敌」等等字样。友人王西彦纪念魏金枝的文章里有这样的话：「当病人被送到医院急诊室时，医生看到是个气喘吁吁的老人，原来态度是很积极的，可是等到机关去了人以后，大概知道病人是个靠边的，医院里的态度就变了。」这是一九七二年年底的事，就在这之前四个月，萧珊患肠癌在上海某医院「动手术」，她一个人住院治病，却需要动员全家的人轮流看护、照顾，晚上也得有人通宵值班。萧珊病情恶化，我们要求医院代请一位较有经验的护理人员，医院也毫无办法。看来一个人生重病就可能拖垮一家。对「四人帮」之类搞的那种让病人（或者及其家属）自力更生的办法，即使在当时我也想不通。我守在萧珊的病榻旁边，等待她需要我做什么事的时候，我几次想起了一九四四年在贵阳医院里的一段经历。难道我是在做梦？难道我没有写过一本叫做《第四病室》的小说？难道我写的真实是假话？当时我一个人睡在病床上，甚至在开刀后不能动弹的时刻，没有家属照顾，也不要我自力更生，我居然活下来了。

今天是萧珊逝世后六年零八个多月〔一〕，想到她在上海医院中那一段经历，我仍然感到心痛。大概没有人再相信「四人帮」之类的胡说了吧。现在重读三十五年前我写的中篇小说，我还有一种和老友重见的感觉。重读它我更加热爱生活，它仍然鼓舞我前进，鼓舞一个七十五岁的老人前进。即使我前面的日子已经很有限、很有限了，我还是在想：「怎样变得善良些，纯洁些，对别人有用些。」

我怀念当时第三病室的医生、护士和病友。

1979年3月。

〔一〕一九七九年八月十三日是萧珊逝世七周年纪念日。

◎本文及前文均据人民文学出版社1993年版《巴金全集》第二十卷排印

《〈第四病室〉手稿珍藏本》后记

一

在这部手稿的最后一页，巴金先生用红笔写着「一九四五年七月在重庆沙坪坝写完」两行字，这应当是他后来校阅手稿时补写上去的。如今刊印的各版本中都没有这两行字，手稿中的补充，再次提示我们关注此书创作的时间和地点。在《第四病室》晨光版的《后记》中，作者说：「《第四病室》是去年在重庆西郊沙坪坝友人家中蚊子的围攻下写成的……」[一]三十多年后，作者的回忆更具体：

我当时和萧珊住在沙坪坝一个朋友的家里，是土地，楼下一大间，空荡荡的，我白天写，晚上也写，灯光暗，蚊子苍蝇都来打扰。我用葵扇赶走它们，继续写下去。字写得大，而且潦草，一点也不整齐。这说明我写得急，而且条件差。我不是在写作，我是在生活，我回到了一年前我在中央医院三等外科病房里过的日子。……[二]

【一】巴金：《〈第四病室〉后记》，《第四病室》第365页，晨光出版公司1946年11月初版；现收《巴金全集》第8卷第412页，人民文学出版社1989年5月版。

【二】巴金：《关于〈第四病室〉》，《巴金全集》第20卷第591页，人民文学出版社1993年4月版。

「沙坪坝友人」是巴金的朋友、文化生活出版社的创办人吴朗西。他的儿子回忆：

1944年5月，巴金与陈蕴珍（萧珊）在贵阳结婚后，他们把家安在重庆民国路文化生活社，父亲母亲多次邀请他们来沙坪坝，那时，我家租的房子在沙坪坝庙湾，是一个大院，大院称「皋庐」。院内有两栋二层楼房，前院是房东住的，我们租了后一栋。大概在1945年5月，巴金和萧珊搬来我家，母亲把楼下的大房间腾给他们住。因为没有什么家具，只准备了双人床、写字台和几把椅子。巴金正在写《第四病室》……我印象最深的是，有时晚饭后，我和姐姐去找李伯伯（巴金）陈嬢嬢（萧珊）玩扑克，主要是抽乌龟，那时我就知道绝对不能得到黑桃Q，得到的话，尽量把这张牌放在外侧，让别人抽走，有时李伯伯抽走黑桃Q，当了乌龟，我们都很高兴。另外，还玩过要牌的游戏。我们也常让李伯伯讲故事。姐姐小学毕业的纪念集上，李伯伯写道：「不要回顾过去，应该多想将来。将来是充满着阳光的。阳光会照亮年轻的眼，抚慰年轻的心。写给西柳。」[三]

【三】吴念鲁：《路漫漫其修远兮，吾将上下而求索——忆父亲》，《吴朗西先生纪念集》第224–225页，上海文艺出版社2000年10月版。

这部书的出版，又关涉巴金的另外一位友人，那就是出版家赵家璧。1944年赵家璧从桂林撤退，运送良友公司物资的火车在金城江遭遇大火，图书化为灰烬。半生事业化为灰烬，在赵家璧濒临绝望的时刻，巴金鼓励他复兴良友公司，并答应赵家璧把自己的长篇新作交给良友出版，以实际行动支持朋友。巴金原来打算交出的长篇是《寒夜》，可是，1944年秋冬之际，《寒夜》只写了个开头，他就放下了。转过年，倒是《第四病室》先完成。于是，1946年1月，《第四病室》便由良友出版公司出版，属于「良友文学丛书」之列。没过多久，良友公司停止业务，赵家璧和老舍在1946年11月创建了晨光出版公司，巴金收回版权，再添上刚刚完成的《寒夜》，同时以两部长篇新作支持赵家璧的出版事业。其实，巴金自己主持的文化生出版社也同样遭受劫难，他的作品一向在读者中间畅销，然而，巴金却把两部新作交给朋友，可以当得起「舍己为人」四个字。难怪巴金先生逝世时，赵家璧先生的子女遵父亲遗嘱发来唁电，特别提到：「抗战后期，李伯伯用心和笔帮助我家渡过了因金城江大火而遇到的难关，更是我们祖祖辈辈不会忘却的恩情。」[一]

【一】赵修仁、赵修慧、赵修义、赵修礼2005年10月20日唁电，《巴金纪念集》第398页，上海文艺出版社2006年10月版。

《第四病室》在单行本出版之前，曾于《文艺复兴》的创刊号（1946年1月10日出版的第一卷第一期）上发表过小说的前记和第一章。然而，在第二期，编者李健吾在《编余》（写于1946年1月20日）中说：「创刊号的《第四病室》，巴金先生的长篇小说，因为和书局有约就要成书，所以我们从第二期起不再续刊了。巴金先生来信表示歉意，说他想不到久已筹备的《文艺复兴》迟了两个月才问世。应当表示歉意的是《文艺复兴》。谁叫纸价一涨再涨，排印一贵再贵，逼得我们一迟再迟呢？」杂志延期，单行本即将出版，杂志只好让路。不过，后来，巴金以《寒夜》还上了《文艺复兴》的这笔债。

一部书汇聚了这么多难忘的记忆和珍贵的友情，至今想来，还是令人感慨和感动的。

二

《第四病室》单行本刊行情况是这样：

（一）良友复兴图书印刷公司初版本，1945年8月重庆付排，1946年1月上海印行，系赵家璧编辑的「良友文学丛书」第11种。该书前记6页，正文364页。

（二）晨光出版公司初版本，1946年11月印行，至1955年新文艺出版社新1版前，共印行11版（次）[二]。晨光版初版（印）本前记、正文与良友初版本同，应为同一纸型排印的；第365页，作者新增一页后记，写于「三十五年（1946年）十一月十一日」，这是专为晨光版而写的。晨光版《第四病室》十一次印刷，各版次情况有些复杂，它们之间正文内容相同的前提下，又略有差别，这个差别在于封面设计、内文排版等方面。晨光版《第四病室》初版本和1947年3月再版本，封面是大字的书名和「巴金创作」的署名，以及晨光公司的标志雄鸡图案，还有巴金的一幅面部画像。第三版版权页上标明为1948年2月重排3版[三]，封面换成横排的设计格局，封面有从书名、书名、作者署名和一幅木刻，木刻的内容是医生和护士在给一个青年男子做手术的图景。在扉页「晨光文学丛书」的标题下，比初版本多了「赵家璧主编」和「第四种」两行字。前记4页，正文248页，后记1页（该书第250页，为无字页）。到第6版，均如此。该书1953年5月第10版，封面变化，增加前记5页，落款「巴金一九五三年三月」，原前记改为「小引」，4页，正文250页（含后记+白页），与重排三版同。这个前记与1950年5月写的，现在收入《巴金全集》第17卷的《开明版〈巴金选集〉自序》文字几乎相同，带有自我检讨性质。

（三）新文艺出版社初版本，1955年5月印行。这一版「前记」改为「小引」，排4页，正文248页，无后记。版权页标注信息为：根据晨光出版公司1946年11月纸型重印，1946年11月上海第1版—第1次印刷；1955年5月上海新一版—第12次印刷24001-32100册。新文艺初版本文字直排，1956年5月第2次印刷本已改为横排本，小引3页，正文203页，文字略有改动，印数开始改为新文艺版独立计数：8101—11100。到1958年3月第6次印刷本时，封面重新设计，正文文字没有变化，与新文艺第二次印刷本同。印数为：35001-52100。这一印次的本子还印制了精装本，印数为1-6700册。

（四）巴金文集本，人民文学出版社1961年12月版的《巴金文集》第13卷收入《第四病室》，含小引和正文，无后记。该卷文集有后记，其中也谈到《第四病室》创作情况。这一版本，

【二】《巴金全集》第8卷上的版本记录中说：1946年11月由晨光出版公司印行一版，迄1953年5月，共印行十版（次）。我根据新文艺出版社1955年5月新一版版权页记载，之前应当印过十一版次，因为这个新一版标注为：第12次印刷。另外，1953年5月，晨光第十版标明印数为：17001—20000，而新文艺1955年5月新一版印数起点是24001册，这中间有四千册差额，而在新文艺版1956年5月的第二次印刷本的版权页上特别注明：原晨光公司版印24000册。这也证明第十版之后，仍印过一版，这样印数才能衔接上。遗憾的是，我并没有找到晨光本第十一版原书。

【三】巴金故居还藏有1948年2月第三版《第四病室》，封面与重排三版基本相同，唯有书名和作者名字体偏细，上端丛书名居然是「良友文学丛书」，而封底出版者则是晨光出版公司出版。此书内文内容与晨光三版一致，但是排版大不相同，字号小，行间密，全书共210页，比重排三版少了40页。此书印装稍微简陋，感觉像个翻印本。令我有此怀疑的是，重排三版，有持续，后来印刷的各版本都是依据它的。而同时间内，又多出的这个「第三版」，后面并没有持续版本。且版权页上列的前两版版次是晨光版的版次，与良友文学丛书又矛盾。

巴金认真校阅文字，有不少修改。此稿出版后，《第四病室》的文本趋于定型。此后，四川人民出版社1982年9月初版的《巴金选集》第6卷收入《第四病室》，主要文本依据是《巴金文集》本，小引、正文之外，有后记，后记为作者1960年所写的《巴金文集》第13卷后记。人民文学出版社1989年5月出版的《巴金全集》第8卷，收入的《第四病室》，正文文本依据的是四川的《巴金选集》本，补入晨光版后记，《巴金文集》第13卷后记以附录形式附后。按照习惯，巴金先生看校样时也会随手改动文字，《巴金选集》《巴金全集》本或有个别文字，与《巴金文集》有所差异，但是，这种改动应当不大。后来也印过其他单行本以及收入过一些小说选中，其文字的底本都是《巴金文集》本，所以，我把它列为有代表性意义版本，其他则忽略。

非常幸运的是这部书的母本——手稿竟然比较完整地保留下来，让我们有机会领略巴金先生生动、鲜活的手迹。

这部手稿，现在已经装裱成册，它的第一页有巴金先生的几行字：

中篇小说

《第四病室》（巴金作）

原稿共一百八十五页

一九四六年一月

上海良友图书公司出版

这几行字当为巴金1960年代初捐赠给上海图书馆时所写。185页，是双折页，单面的尺寸是：31.5×22cm（高与宽）。

现存手稿中无小说的「前记」，也没有晨光版的后记，仅为正文第一章到第十章结束，中间不缺。巴金回忆：「第二年我开始写《第四病室》。没有稿纸，我买了两刀记账用的纸，比写《憩园》时用的差多了，这种纸只能用毛笔在上面写字。」[一]这种记账用纸，直行，有红线框，单面十行，它的天头和外侧空白较多，巴金的毛笔字每一页都写出了框线，写满整个纸张。

核校手稿上面主要有四种笔迹：

第一种笔迹是主体，为毛笔墨迹，系巴金写作的原稿。上面有删除、增补和各种修改。具体情况，容后再谈。

第二种笔迹是用红笔修改的部分字句。这部分修改具体时间，不很明确。红笔修改的字句，在良友初版本和晨光初版本中，均未改正。晨光重排三版本中，已有修改，直至新文艺初版本，才大部分修改。由此推断，它不是1946年编辑书稿过程中的修改，它是在晨光本三版之后才修改的，而且作者不是一次修改。最终刊印本

【一】巴金：《关于〈第四病室〉》，《巴金全集》第20卷第591页。

上的修改，与手稿上的红笔修改，并不完全吻合，有一些字句作者选用了同义的另外词语。按照常规，初版本其后的修改，都应当在校样上直接完成，而不是手稿上。这些似乎说明：这部分红笔字的修改是作者作为备忘修改的，而不是作为稿件发排的底稿。

具体情况，可以参考以下例证：

1、我跟着她从登记的地方出来，顺着一条石板铺的路，穿过两道门……（良友初版本第1页）

「登记的地方」，手稿中红笔改为「登记处」。良友初版本、晨光初版本及各版均未改；新文艺版1955年1版1刷本也未改，然而，1956年5月改为横排的新文艺2次印刷本起均改。

2、院子里［有］一丛芭蕉，［和］十多株芍药。（良友初版本第1页）

「有」、「和」两处，为红笔增补字。良友初版本、晨光初版本均未改，1951年4月晨光第6版已改，以后新文艺诸版也照改了。

3、左边柜上放着两个吐痰的杯子和两把茶壶，［看那放的样子］，显然是给我们两个人分用的，第六床的柜子被铁架占去了。（良友初版本第3页）

「看那放的样子」一句，手稿中红笔划掉了。良友初版本、晨光初版本、新文艺初版本均未删去；新文艺2次印刷本已改，删掉。

4、坐三轮车到××去玩（良友初版本第6页）

先抬到××医院（良友初版本第7页）

这两处××，手稿上红笔已分别明确为：花溪、陆军。晨光初版本未改，新文艺初版已改。

5、接着一个矮小精悍的护士走进来。（良友初版本第21页）

其中，「精悍」手稿中红笔改为「精干」。良友初版本、晨光初版本、新文艺初版以及巴金文集本和以后的诸本，均未改。

6、我右［手］边第二床和第三床头上两面窗全撑着，……（良友初版本第115页）

手稿中，「右手边」中「手」字，红笔圈掉；末尾「着」字，改为：「了起来」。这两处，良友初版本、晨光初版本、新文艺初版本均未改。新文艺第2次印刷本起「右手边」改为「右面」；后一处，照红笔改为：「撑了起来」（第66页）。

第三种笔迹，只有三处，是作者修正一个错误，修改时间是在1960年，巴金说：「更可笑的是我竟然『赐』给某一个病人两个姓，过了十五年我才发现自己的错误，在《文集》付印时改正了。」[一]

「怎么样，老朱？」愉快地吃着「大红蹄」下饭的第三床抬起头问道。我才知道第十二床姓朱。（良友初版本第248页）

「老朱，吃点罢。用不着难过。一只眼睛还不是一样看东西，」第八床似乎是在安慰那个病人……（良友初版本第249页）

这三处「朱」字，在手稿的第126页（原稿所署页码），作者都改成：冯。

第四种笔迹，即上面提到的捐赠前所写的图书出版和手稿页数这一页信息。

【一】巴金：《谈〈第四病室〉》，《巴金全集》第20卷第488页。

三

不是所有的作品，我们都能有幸看到作者的手稿，因为战乱、社会动荡等各种原因，中国现代作家的手稿保存状况，并不是很好。很多作品，我们只能看到冷冰冰的、整齐划一的铅字印刷本，而难以亲近带有作家个性和温度的手泽。手稿本的出版，不仅给读者提供了赏鉴的样本，而且为研究者提供了研究的依据。

在作家和作品的研究中，作为基础文献的手稿，其重要性是不言而喻的。哪怕粗略地翻阅，从这份手稿中我们也能够看到很多宝贵的信息、线索和诸多可以解读的内容：

首先，手稿形象地呈现了作家的创作状态。1961年10月写创作谈时，巴金说：「我最近翻出一九四五年在重庆写的《第四病室》的原稿。那些用毛笔写下的歪歪斜斜的字在我的眼里显得非常亲切。」[一]1979年3月，再谈这部作品时，他进一步说：「字写得大，而且潦草，一点也不整齐。这说明我写得急，而且条件差。我不是在写作，我是在生活，我回到了一年前我在中央医院三等外科病房里过的日子。」「我写得很顺利，因为我在写真实。事实摆在那里，完全按照规律进行。我想这样尝试一次，不加修饰，

【一】巴金：《谈〈第四病室〉》，《巴金全集》第20卷第487页。

不添枝加叶，尽可能写得朴素、真实。」[1]「歪歪斜斜」似乎有些夸张，字大，潦草，一点也不整齐，这大约是巴金手稿的特征，他的笔迹与文字风格是一致的，都是那种汪洋恣肆、无拘无束、滔滔不绝的感觉。他不会整整齐齐地像填字一样把每个字填到规定的格子里，时常是溢出其外，不受约束。

巴金还说，这部小说他写得急、写得快、写得顺利。这从手稿中同样能够看得出，文字笔势流畅，行云流水般，甚至能够体会到作者下笔万言、文不加点的那种气势。这恐怕是与他构思成熟、胸有成竹大有关系。作者的手稿有时候也要分好几种情况，比如初稿、修改稿、誊清稿（最终定稿）等等。在前述创作状态下完成的《第四病室》，他的手稿几乎是「一次」成稿。从目前的手稿看，这部小说的最终定稿，就是这份最初写下的稿子，有增补、修改都是在这份稿子上完成，小说不存在其他的修改稿和誊清稿等。这能够看出巴金创作时一气呵成的状态。

其次，手稿也能够看出作者的创作的过程，这对于研究一个创作文本是如何构成和定型的，有着重要的价值。比如，小说第四章中有一句话，手稿上是这样：「没有用。[我不知道这是不是害]病女人的叫声毁了一切。」（手稿第111页，良友初版本第217页）括号中的一句，全文应当是：「我不知道这是不是害怕」，显然是作者没有写完，随即转念放弃的一句话。这段文字整个写的是对于即将到来的手术的恐惧，原来作者是直接描写自己的心情，舍弃后，改为写隔壁病室的病女人的叫喊带给他的心理紧张，这比直接、抽象地写自己的「害怕」更有感染力。

《第四病室》是用日记体写成的小说，第一章主人公入院时是6月1日（星期四）的日记，第十章，出院时是6月18日（星期日）。这个日期，在前三章最初书写时，写的是五月某日（手稿涂抹，看不清具体日期），如第二章，手稿上最初写的是「五月二日」，后又改为「五月六日」，最后确定为「六月二日」（手稿第33页）。第三章，最初写的是「五月四日（星期六）」，后改为「六月三日（星期六）」（手稿第60页）。从第四章开始，作者直接写「六月」了——这说明作者写到第三章时，修改了故事发生的月份，把它确定为六月，并把前两章五月的日期做了修改。这种构思过程的呈现，为研究者提供了很多耐人寻味的解读空间。为什么会做这样的修改？我只能做一点推断：我查了书中六月这个日期和星期几的周期，发现这个时间与1944年的6月具体的日子是吻合的。我自然联想到巴金一再说过的，这个小说是以他在贵阳住院的亲身见闻而写的，他住院的时候应为当年5月，改为6月，属于技术处理，以免让人对号入座吧。

手稿中另外一个细节的修改，是在创作完成、作品出版之后，

[1] 巴金：《关于〈第四病室〉》，《巴金全集》第20卷第591、592页。

作者继续对作品修改和完善。巴金不大相信作品创作完成之后即定型的说法[一]，他认为作者始终有权修改自己的作品，直到自己满意为止。他本人也是这么做的，几十年来，不断地修改作品。有人喜欢把这个解释为因为政治和时代变化的原因。虽然不排除这些因素，但是无限夸大它，也是不合适。我们还应当看到一个作家对作品精益求精的艺术追求。《第四病室》中有一个很小的细节修改，就是主人公陆怀民的年龄：

……过后换过话题问：「你今年多少岁！」

「二十四，牌子上写得有的，」我说。

「看样子你不过才二十岁，怪不得你这样急，」她姊姊似的微微一笑说。（手稿第47页，良友初版本第96页，第一句文末的「！」号为排印错误，手稿上为「？」，这个错误到晨光第3版才改正）

杨大夫！救救我！我只是一个二十四岁的孩子。（手稿第111页，良友初版本第217页）

以上两处「二十四」作者都用红笔改为「二十三」了，这个修改在晨光版第3次印刷本中已经得以改正（分别在第64、146页），也就是说，主人公的年龄小了一岁。第二处修改在手稿中作者改了几次，先是「二十五」，接着是「二十四」，最后是「二十三」。为什么修改？大约是后面杨大夫说「看样子你不过才二十岁」，作者想尽量降低一点「我」的年龄？一岁之差有这么重要，甚至让作者考虑再三？或许是，对于一个优秀的作家，在他小说的每一处都不会马虎的，巴金的这处以及其他类似的修改都体现了这一点。

第三，手稿中大量的作家写作或写作完成后的增补、修改，为直接研究作家的写作、修改特点、语言习惯，研究这部作品形成前的形态等等提供了充分的依据，这也是手稿本最为宝贵的价值。这种情况，在手稿中的每一页都存在，大体有这样几种具体形态：

（一）增补文辞或段落。这种情况特别多，从字、词、句乃至整段文字，能够看出作者对于作品具体文辞的润色。从手稿上看，这些词句都是作者填补在最初写作的语句的边上，或以小字

【一】巴金在《关于〈海的梦〉》一文中说：「我在一九五七年到一九六二年编辑我的《文集》时，的确把我所有的作品修改了一遍。五十年中间我不断修改自己的作品，不知改了多少遍。我认为这是作家的权利，因为作品并不是试卷，写错了不能修改，也不许把它改得更好一点。不少西方文学名著中都有所谓『异文』(la variant)。要分析我不同时期思想的变化，当然要根据我当时的作品。反正旧版还在，研究者和批判者都可以利用。但倘使一定要把不成熟的初稿作为我每一部作品的定本，那么，今天恐怕不会有多少人『欣赏』我那种欧化的中文、冗长的表白、重复的叙述、没有节制的发泄感情了。说实话，我是在实践中不断地学习、进步的。」（《巴金全集》第20卷第608–609页）

填补进去，或者在稿子的天头地脚，以修改符号补入。具体的例子如下：

（1）他虽然接连地这样答应着……（良友初版本第68页）

（2）老郑只管冲他的开水，并不去理睬第十一床。他默默地走过第二床，第三床，第四床……一壶冲满了又是一壶。老郑走到第七床跟前了。（良友初版本第34页）

（3）胡小姐把最后一瓶盐水倒在大瓶里，回来把空瓶仍旧放在方木柜上。她用怜悯的眼光（我想应该是怜悯的眼光）望着病人，顺着张大夫的口气接下去说：……（良友初版本第49页）

（4）「我是一至八，现在是老张的班，」他答道。我想，老张一定是那个对我提起太平房的工友。

「你们一天也够辛苦啊，」我用了同情的声调说。

「那不是！一个人每天八点钟伺候一个病房，倒屎倒尿都要来，还要上街买东西。有时候还要抬死人！这点工钱也不容易挣啊，」他对我发起牢骚来了。

「这倒是真的。不过仗打完，情形就不同了，」我安慰他说。

「都是这样说，不晓得将来是不是这样的，」他带了点疑惑的神情说。

「厕所在后面罢，」我不想同他再讲下去了，便短短地问这一句。（良友初版本第71-72页）

以上划线部分都是以增补的形式补入正文的。从上面的例子不难看出，这些增补基本上是补充叙述，让文字内容更充实、细节更丰满。这也能够看出作者的行文习惯，常常是先写下叙述的躯干语句，再增加修饰语、限定语，完善全句（段）。

（二）文辞的修改。即最初写的是甲字句，后改为乙。这种修改，要么是随写随改的，更多情况是完成全稿或某章节后，作者通读和校阅稿子时，认为原先用词不妥当，而做出的替换、修改。如：

（1）「我是医眼睛，又说扁桃腺发炎，现在差不多全好啰……」（良友初版本第75页），这句话的划线部分，原稿中为「头顶底下生个疮」，作者划掉改成上述语句。

（2）「……我两天没有解大便，他们也不来灌肠，……」第六床又在抱怨了。他刚才还说过几句类似满意的话。不知道怎样，他的朋友们又引出他的牢骚来了。但是奇怪的是，今天天亮后看护小姐来问他大便的次数，他为什么不向她要求灌肠呢？（良

友初版本第 185 页）

两处划线部分，第一处，省略号，原为：我今天有点。第二处，原句为「他明明回答过『一次』。他为什么不对她说真话，或者」，修改为：「他为什么不」。

（三）文辞的删除。这种情况在手稿中比较多，主要是作者感觉文辞冗余，或认为描写过多、重复，为全文干练、精简而删掉部分语句。这种修改与作者后期创作的语言风格和创作追求大有关系，作者后期的创作更注重冷静的观察、客观的描写，体现在语言文字，是以尽量俭省的字句来叙述动作或描述事物，这样，最初写作时不加节制的文辞，在修改中都被划掉。这些修改的痕迹倒是完整地保留在手稿中。我认为这是手稿关键价值所在，因为只有在手稿中，才能看到作者修改的过程和细节，而在排印出版的书刊中只能读到最终定型的文本。

例如：

（1）天不知道在什么时候开朗了。灰云已经褪去大半，让蓝天露出脸来。阳光照在树梢。我立在树下，仰头一望，觉得眼睛非常舒适，我畅快地呼吸着新鲜空气。我不过在病室里躺了半天工夫，却仿佛和这样清新的空气分别了几个月似的。

［从开刀房后面转出来一群白衣护士，都是年青的少女，一个，两个，三个，四个，五个，六个，我认得第四个便是胡小姐。我认识她，她却忘了我。她和同伴们走过我身边，往外面去了。我想她们多半是到病室去铺床。那么病室里此刻一定有一阵混乱。我不如多留在这里呼吸点好空气。这里还是宜于散步的地方。］

我在大树四周踱了一会。我还不觉得怎么累。我又立在树下，望着开刀房，因为那间房子的门打开了，一个护士从里面出来，随手关上门，转到后面去了。门仍然关得紧紧的，我什么也看不见。护士的白衣刚刚隐去，从屋后又转出一个女人来。她也穿白衣服。但那是外套似的大夫的工作衣，她没有扣上纽扣，让衣服敞开，当胸露出浅灰色的旗袍。（**良友初版本第 76—77 页**）

（2）我明白了。第四床没有说假话。我拿出一张五十元的钞票递给他。他带笑地接着，说了一声「谢谢」，就走了。

［为什么呢？我在做什么呢？我忽然奇怪地想着。］

我不由自主地笑了一声。我奇怪我的笑。（**良友初版本第 215 页**）

（3）「没有，」她低声答道。她把眼睛掉开去看别处，但是马上又掉转来望着我。「其实也没有多大关系。……即使几年后再发，你还可以来医院开刀。」［我没有做声。她一定看见我脸色变了，她走近一步」

「那么他，头等病房那个人——」我带着愤怒说……（良友初版本第234页）

（4）这以后他安静了几分钟。过后又叫起来：「你们拿我关牢监啊！放我走！我要回去！啊哟！……我一定回去，你们留不住！哎呀！……啊哟！娘呀！我受不住了呵！」他拉长声音像唱小调似地（的）唱起来了。「我难过呀，娘呀！……你在哪里哟！……你有儿不能见面呀！……我有娘难见呀！……老母望儿儿不转，妻子望夫夫不还……露从今夜白，月是故乡明，有弟皆分散，无家问死生……[他乡复行役，驻马别孤坟。近泪无干土，低空有断云。]」他用同样的调子唱过京调和唐诗以后，居然呜呜地哭起来了。哭了一会儿，也又唱起了《孟姜女》的小曲。[谁也无法制止他。就]病室里的人，谁也无法制止他，就索性让他一个人吵去。（良友初版本第324–325页；划线部分为作者增补部分，[]内部分为手稿中删除部分）

以上的[]中的文字，都是作者原稿中删除的。细读手稿，恢复部分作者删除（涂抹）掉的文字前后对比，能够体会出作者写作中的诸多良苦用心。

（四）原稿与刊印本差异之处。有的是排印错误，有的可能是作者校样上修改。良友初版本第356页，有一句话，说甘地的：「他真像一个慈爱的母亲。」此句中的「母亲」在手稿182页中是「父亲」。用「父亲」称呼甘地倒也恰如其分，但是，或许「母亲」比「父亲」更能体现出那种「慈爱」的感觉？此处的修改可能是作者在校样上完成的。还有原稿书写正确，排印时排印错误，印了数版才得以纠正的情况：「好像肚里有许多话，要即刻全吐来出似的；……」（良友初版本第275页；手稿第141页），「吐来出」，手稿为「吐出来」，这个排印错误直到新文艺版才得以纠正。

四

抗战胜利前后，巴金连续创作三部长篇小说：《憩园》（1944年）、《第四病室》（1945年）、《寒夜》（1945–1946年），它们可以代表着巴金小说创作的高峰，而且与他的前期创作有着明显的差异。对此，一些有眼光的文学史家早就指出，如夏志清认为：「随着政治态度的改变，巴金丢开了革命课题，开始专写『小人小事』（一九四四年出版的短篇集子）；不过这一书名，用来描写他自从《火》以来写下的三本小说（《憩园》、《第四病室》、《寒夜》）的内容也是合适的。在这四本书里，有很多地方我们可以看到巴金观察力突飞猛进，对于抗战期间发生在小人物身上种种不如意，哀伤和悲剧描写精细入微。」谈到《第四病室》，他认为：巴金「已经能够敏锐地观察到周遭的世界，小心翼翼地专注于有意义的细节，同时不着痕迹地状拟角色间的方言特色。」「巴金在书中抓住了痛苦人生中一些不愉快的现实。更重要的是：他已经能够用同情的笔触，来描绘发生在污秽病室中种种仁慈或者残忍的行为。」[一]另外一位香港文学史家司马长风，对这一时期巴金的创作更是推崇备至：「若讲抗战时代的史诗，应不限为国流血的英雄，不限于炮火漫天的前线，还有大后方，无数饥饿贫病的生命，无数忍受绝望的心灵，从这一意义来说，《人间三部曲》实也是大时代的史诗。这里没有伟大的英雄人物，也没有出众的佳人，但是却有五亿平民的眼泪和呼声，这不是英雄的史诗，而是平民的史诗，是真正的史诗。有了人间三部曲，中国的文坛，中国的青史河山，才不再那么寂寞了！」[二]

然而，相对于巴金的前期创作，他抗战以后的创作的研究极不充分。虽然近年来，学者们时有努力，可是，我认为从关注度和研究成果而言，还是与巴金实际的创作状况不相匹配。重视和加强对这一阶段巴金创作的研究，更为真实和全面考察巴金的创作，认识到他的创作对于中国现代文学史的价值，应该是今后我们努力的一个方向。编辑和推出《第四病室》手稿本，正是希望为这方面研究铺平道路，以使更多的读者和研究者能够更为深入地了解和认识巴金的这一阶段的创作。

在2005年，巴金先生去世的日子里，我们推出了《寒夜》手稿本，随后又出版《憩园》手稿本。将这三部长篇小说的手稿本出齐，一直是我的一个心愿。谁知，因为种种原因，《第四病室》手稿本在延宕十几年之后，才得以与读者见面。好事不怕晚，能够让这三部书的手稿化一为千，与读者见面，毕竟是一件令人欣慰的事情。为了使读者能够全面了解这部作品创作情况，手稿之外，本书又以附录形式补充了「小引」、「后记」和「巴金先生的两则创作谈」。为此，我要感谢华文出版社和余佐赞先生，也要感谢上海图书馆的大力支持。我也期盼在以后，让更多的巴金先生保存下来的手稿都有机会出版，以最终实现出版一套完整的巴金手稿集的宏伟目标。

周立民

2019年6月27日凌晨一时于上海竹笑居

6月30日改于赴澳门飞机上

【一】夏志清：《中国现代小说史》第323、325、326页，刘绍铭等译，香港中文大学出版社2001年版。

【二】司马长风：《中国新文学史》下卷第76页，香港昭明出版社1978年12月版。